Harold disse, rapidamente: — A senhora parece exausta, sra. Rice. Posso oferecer-lhe alguma coisa?

Ela sacudiu a cabeça. — Não. Não se preocupe comigo. Estou bem, na verdade. É só o choque, sr. Waring, aconteceu uma coisa terrível.

— Clayton está gravemente ferido? — perguntou Harold.

Ela prendeu a respiração. — Pior do que isso. *Ele está morto.*

A sensação de um fio de água gelada a descer-lhe pela espinha impediu Harold de falar por um instante.

Petrificado, ele repetiu:

— Morto?

Agatha Christie

Os trabalhos de Hércules

Um caso de Hercule Poirot

Tradução
Bárbara Heliodora

Rio de Janeiro, 2024

Título original: *The Labors of Hercules*
The Labours of Hercules Copyright © 1947 Agatha Christie Limited. All rights reserved. AGATHA CHRISTIE, POIROT and the Agatha Christie Signature are registered trade marks of Agatha Christie Limited in the UK and/or elsewhere. All rights reserved.

Direitos de edição da obra em língua portuguesa no Brasil adquiridos pela Casa dos Livros Editora LTDA. Todos os direitos reservados. Nenhuma parte desta obra pode ser apropriada e estocada em sistema de banco de dados ou processo similar, em qualquer forma ou meio, seja eletrônico, de fotocópia, gravação etc., sem a permissão do detentor do copyright.

Rua da Quitanda, 86, sala 601A – Centro – 20091-005
Rio de Janeiro – RJ – Brasil
Tel.: (21) 3175-1030

Diretora editorial: *Raquel Cozer*
Gerente editorial: *Alice Mello*
Editor: *Ulisses Teixeira*
Revisão: *Nilson Souto Maior, Thamíris Leiroza e Zaira Mahmud*
Projeto gráfico de miolo: *Lúcio Nöthlich Pimentel*
Projeto gráfico de capa: *Maquinaria Studio*

CIP-Brasil. Catalogação na fonte
Sindicato Nacional dos Editores de Livros, RJ

C479t   Christie, Agatha, 1890-1976
        Os trabalhos de Hércules / Agatha Christie; tradução Bárbara Heliodora. - [2.ed.] - Rio de Janeiro: HarperCollins Brasil, 2016.
        288 p.

        Tradução de: The labors of Hercules
        ISBN 978.85.9508.292-2

        1. Ficção inglesa. I. Heliodora, Bárbara. II. Título.

CDD: 823
CDU 821.111-3

Printed in China

SUMÁRIO

Como tudo começou 7

O Leão da Nemeia 15

A Hidra de Lerna 42

A Corça de Arcádia 68

O Javali de Erimanto 87

As Cavalariças de Áugias 110

As Aves do Lago Estínfale 130

O Touro de Creta 152

Os Cavalos de Diomedes 180

O Cinto de Hipólita 200

O Rebanho de Gerião 216

As Maçãs das Hespérides 237

As Profundezas do Inferno 254

Como tudo começou

O APARTAMENTO DE HERCULE POIROT era essencialmente moderno em termos de decoração. Rebrilhava de cromados. Suas poltronas, embora confortavelmente estofadas, apresentavam um perfil quadrado e inflexível.

Numa delas estava sentado Hercule Poirot, meticulosamente — bem no meio da poltrona. Em frente a ele, numa outra, sentava-se o dr. Burton, professor na Universidade de Oxford, saboreando em pequenos goles um copo do Château Mouton Rothschild de Poirot. Não havia nada de meticuloso a respeito do dr. Burton. Era gorducho, mal-ajambrado, e debaixo de um repuxo de cabelos brancos luzia um semblante rubicundo e benigno. Tinha um riso grave e asmático e o hábito de cobrir a si mesmo e a tudo à sua volta com cinzas de cigarro. Era trabalho perdido Hercule Poirot cercá-lo inteiramente de cinzeiros.

O dr. Burton estava fazendo uma pergunta.

— Diga-me — disse ele. — Por que Hercule?

— Refere-se a meu nome de batismo?

— E nada próprio para cerimônias cristãs — retrucou o outro. — Definitivamente pagão. Mas por quê? É isso que quero saber. Fantasia paterna? Capricho materno? Razões de família? Se bem me lembro — muito embora minha memória já não seja o que era — você tinha um irmão chamado Achille, não tinha?

Os pensamentos de Poirot relembraram rapidamente os detalhes da carreira de Achille Poirot. Teria aquilo realmente acontecido?

— Apenas por pouco tempo — respondeu.

O dr. Burton, com o devido tato, desviou-se da questão de Achille Poirot.

— As pessoas deviam ter mais cuidado com o nome que dão aos filhos — resmungou ele. — Tenho afilhadas e sei muito bem. Uma se chama Blanche — parece cigana, de tão morena! Outra é Deirdre — Deirdre das Dores, sabe — e é mais alegre que um passarinho. Quanto à jovem Patience, é a rainha das impacientes, no mínimo! E Diana — bem, Diana... — O velho estudioso da antiguidade clássica teve um arrepio. — Já está pesando oitenta quilos *agora* — e só tem quinze anos! Ficam dizendo que é gordurinha de adolescente; mas, para mim, dali só para pior. *Diana!* Queriam chamá-la de Helena, mas eu fiz pé firme. Conheço o aspecto do pai, da mãe e da avó! Ainda fiz uma tentativa no sentido de Martha, ou Dorcas, ou alguma coisa mais sensata... mas não adiantou. Perdi meu tempo e meu trabalho. Pai e mãe são umas coisas muito esquisitas.

Ouviu-se um risinho asmático — e sua carinha gorda cobriu-se de rugas.

Poirot olhou-o indagador.

— Estava pensando em uma conversa imaginária. Sua mãe e a finada sra. Holmes, costurando ou tricotando roupinhas e dizendo: "Achille, Hercule, Sherlock, Mycroft..."

Poirot não conseguiu compartilhar do divertimento do amigo.

— Devo compreender que o que está dizendo é que em aspecto físico *eu* não me assemelho a Hércules?

Os olhos do dr. Burton correram por Hercule Poirot, por toda a sua meticulosa pessoinha vestida de calças listadas, correto paletó preto e impecável gravata borboleta, correram de seus sapatos de verniz preto até sua cabeça de ovo e os imensos bigodes que adornavam seu lábio superior.

— Com toda a franqueza, Poirot — disse o dr. Burton —, nem um pouco! Suponho — continuou — que você nunca teve muito tempo para estudar os clássicos, não é?

Os trabalhos de Hércules

— Exatamente.

— Uma pena. Uma pena. Não sabe o que perdeu. Se fosse por mim, todo mundo estudaria obrigatoriamente os clássicos.

Poirot deu de ombros.

— *Eh bien,* tenho passado muito bem sem eles.

— Passado bem! *Passado bem!* Não é questão disso. Uma visão inteiramente errada. Os clássicos não são uma escada de acesso à conquista imediata do sucesso, como esses cursos por correspondência de hoje em dia! Não são as horas de trabalho de um homem que importam — são suas horas de lazer. Esse é o erro que todos nós cometemos. Veja você, agora; está ficando mais velho, vai querer se afastar das coisas, ficar mais tranquilo — e o que é que vai fazer com *as suas* horas futuras?

A resposta de Poirot foi pronta.

—Vou dedicar-me, muito seriamente, à cultura de abobrinhas.

O dr. Burton ficou estarrecido.

— Abobrinhas? Do que é que está falando? Daquelas coisas com um lado inchado, que têm gosto de água?

— Ah! — disse Poirot entusiasticamente. — Aí é que reside todo o problema. Elas não *precisam* ter gosto de água.

— Ora, eu sei: é só cobrir de queijo, ou de cebolas picadas, ou de molho branco.

— Não, não; você está incorrendo em erro. Tenho de mim para mim que o próprio sabor da abobrinha pode ser aprimorado. Que lhe pode ser dado — seus olhos apertaram-se — um *bouquet...*

— Pelo amor de Deus, homem, abobrinha não é vinho. — E a palavra *bouquet* lembrou-o do copo que estava a seu lado. Tomou um golinho e saboreou-o. — Muito bom, este vinho. Muito sério. Realmente. — Acenou a cabeça em aprovação. — Mas, quanto a essa coisa de abobrinhas, não está falando sério, está? Não está querendo dizer — falava com expressivo horror — que está efetivamente pretendendo *abaixar-se* — suas mãos baixaram com aterrorizada compaixão sobre seu próprio e volumoso abdome — abaixar-se e ficar atirando pás de estrume nas tais coisas ou alimentando-as com fios de lã embebidos em água e coisas no gênero?

—Você parece — disse Poirot — estar muito bem informado a respeito do cultivo das abobrinhas.

— Tenho visto alguns jardineiros trabalhando nos meus fins de semana no campo. Mas, fora de brincadeira, Poirot; que passatempo! Compare-o a — sua voz transformou-se num gostoso ronronar de contentamento — uma boa poltrona em frente ao fogo queimando na lareira, em uma sala longa e baixa toda forrada de livros — e tem de ser *longa*, não quadrada. Livros por todos os lados. Um cálice de porto — e um livro aberto nas mãos. O tempo corre para trás enquanto se vai lendo. — E citou, sonoramente, traduzindo do grego:

De novo com arte o piloto desvia, no mar cor de vinho,
A nave célere batida pelos ventos.

— É claro que nunca se capta exatamente o espírito do original.

Naquele momento, em seu entusiasmo, ele havia esquecido de Poirot. E Poirot, observando-o, repentinamente sentiu uma dúvida — uma ferroada incômoda. Será que havia, mesmo, perdido alguma coisa? Alguma riqueza do espírito? A tristeza dominou-o. Sim, ele deveria ter conhecido os clássicos. Há muito tempo. Agora, infelizmente, já era tarde...

O dr. Burton interrompeu sua melancolia.

— Mas você quer mesmo dizer que anda pensando em aposentar-se?

— Ando.

O outro deu uma risada. — Aposto que não se aposenta.

— Mas eu lhe garanto...

— Ora, homem; não vai conseguir. Você tem interesse demais em seu trabalho.

— Nada disso — já estou até tomando as providências necessárias. Apenas mais uns poucos casos — muito bem escolhidos

— não tudo o que aparecer, compreenda — apenas problemas que me fascinem pessoalmente.

O dr. Burton sorriu.

— É exatamente isso. Só um caso aqui, outro ali. Vai parecer o eterno recital de despedida da *prima donna*, um último caso atrás do outro!

Ele deu uma risada e levantou-se vagarosamente, parecendo um simpático gnomo de cabelos brancos.

— Os seus não são os Trabalhos de Hércules — disse ele. — São trabalhos de amor. Você vai ver se não tenho razão. Aposto que daqui a doze meses você continua aqui e as abobrinhas continuarão a ser... — teve um arrepio — apenas abobrinhas.

Despedindo-se de seu anfitrião, o dr. Burton deixou a sala severamente retangular.

E, com isso, sai ele destas páginas, para nunca mais voltar. Só nos interessa o que ele deixou atrás de si, que foi uma Ideia.

Pois após sua partida Hercule Poirot sentou-se novamente, como se sonhasse, e murmurou:

"Os Trabalhos de Hércules... *Mais oui, c'est une idée, ça...*"

O dia seguinte encontrou Hercule Poirot folheando um imenso volume encadernado em couro, com ocasionais olhadelas preocupadas na direção de várias tiras de papel datilografadas, bem como na de outros livros mais delgados.

Sua secretária, a srta. Lemon, havia recebido instruções para coletar informações a respeito de Hércules e colocá-las diante dele.

Sem qualquer interesse (não era do tipo imaginativo ou curioso), porém com perfeita eficiência, a srta. Lemon havia cumprido sua tarefa.

Hercule Poirot mergulhara de cabeça num estonteante mar de lendas clássicas referindo-se, particularmente, a *Hércules, célebre herói que, depois de morto, foi colocado ao lado dos deuses e recebeu honras divinas.*

Até aí, tudo bem — porém daí por diante as coisas não correram nada fáceis. Durante duas horas Poirot leu diligentemente, tomando notas, franzindo a testa, consultando suas tirinhas de papel e seus outros livros. Finalmente afundou-se em sua poltrona e sacudiu a cabeça. Suas emoções da noite anterior haviam desaparecido. Que gente!

Tomem esse tal Hércules, por exemplo — esse herói! Herói? O que era ele senão uma criatura grande e musculosa, com baixo nível de inteligência e tendências criminosas! Poirot lembrou-se de um tal Adolfe Durand, carniceiro, que fora julgado em Lyon em 1895 — uma criatura de força bovina que matara várias crianças. A defesa tinha sido epilepsia — da qual ele evidentemente sofria — muito embora vários dias tivessem sido gastos para se decidir se se tratava de *grand mal* ou *petit mal*. Esse antigo Hércules provavelmente tinha sofrido do *grand mal*. Não, sacudiu Poirot a cabeça; se *isso* era a ideia dos gregos de um herói, então segundo critérios modernos ela positivamente não servia. Todo o esquema clássico chocou-o. Esses deuses e deusas — pareciam ter tantos nomes e apelidos quanto os criminosos de hoje. Bebedeiras, orgias, incesto, estupro, saque, homicídio e charlatanice — o bastante para manter um *juge d'Instruction* eternamente ocupado. Nada de vida familiar decente. Nenhuma ordem, nenhum método. Nem sequer nos crimes tinham ordem ou método!

"Então isso é que é Hércules!", disse Hercule Poirot, pondo-se de pé, desiludido.

Olhou à sua volta, com ar de aprovação. Uma sala quadrada, com ótima mobília moderna e quadrada — até mesmo uma peça da melhor escultura moderna que representava um cubo pousado sobre outro cubo e, acima dos dois, um arranjo geométrico de fio de cobre.

E, no centro daquela sala rebrilhante e bem arrumada, *ele próprio*.

Olhou-se no espelho. Aqui estava, então, um Hércules *moderno* — muito diverso daquele desagradável desenho de uma figura nua com músculos saltando para todo lado, brandindo uma clava. Ao invés disso uma pequena figura compacta e trajada de forma correta para a vida urbana e com um bigode — um bigode que Hércules jamais sonhou cultivar — um bigode magnífico porém sofisticado.

No entanto, havia entre este Hercule Poirot e o Hércules das lendas clássicas um ponto de semelhança. Ambos, sem dúvida, tinham sido instrumento para a libertação deste mundo de um certo número de pragas. Cada um podia ser descrito como um benfeitor da sociedade em que viveu.

O que havia dito o dr. Burton ao sair ontem à noite: "Os seus não são os Trabalhos de Hércules..."

Porém nisso o velho fóssil estava enganado. Era preciso que aparecessem, novamente, os Trabalhos de Hércules — de um Hércules moderno. Ideia engenhosa e divertida! No período anterior à sua aposentadoria final ele aceitaria doze casos, nem mais, nem menos. E esses doze casos seriam selecionados com vistas especiais aos doze trabalhos do Hércules da antiguidade. Sim, isso seria não só divertido como também artístico... seria *espiritual*.

Poirot tomou o Dicionário dos Clássicos e afundou-se novamente nas lendas clássicas. Não pretendia seguir seu protótipo com fidelidade absoluta. Nada de mulheres, nada de Camisa de Nessus. Os Trabalhos e apenas os Trabalhos.

O primeiro Trabalho, portanto, seria o do Leão da Nemeia.

"O Leão da Nemeia", repetiu ele, experimentando os sons na língua.

Naturalmente não esperava que aparecesse um caso em que efetivamente estivesse envolvido algum leão de carne e osso. Seria coincidência demais o ser ele procurado pelo diretor do jardim zoológico para que resolvesse algum caso ligado a algum leão de verdade.

Não; seria necessário recorrer a um certo simbolismo. O primeiro caso deveria girar em torno de alguma figura pública célebre, deveria ser sensacional e da maior importância! Algum mestre do crime — ou talvez alguém que, aos olhos do público, tivesse o impacto de um leão. Algum escritor famoso, algum político, algum pintor — talvez alguém da realeza?

Gostou da ideia da realeza.

Não teria pressa. Esperaria — esperaria pelo caso de tal importância que pudesse ser aceito para tornar-se o primeiro de seus Trabalhos autoimpostos.

O LEÃO DA NEMEIA

— ALGUMA COISA DE INTERESSANTE ESTA MANHÃ, srta.Lemon? — perguntou ele ao entrar na sala na manhã seguinte.

Confiava na srta. Lemon. Era uma mulher sem imaginação, porém dotada de certo instinto. Qualquer coisa que considerasse digna de atenção geralmente merecia atenção de fato. Era uma secretária nata.

— Pouca coisa, M. Poirot. Apenas uma carta que julguei pudesse interessá-lo. Coloquei-a no alto da pilha.

— E do que se trata? — Ele deu um passo interessado para a frente.

— De um homem que quer que o senhor investigue o desaparecimento do cachorro pequinês de sua esposa.

Poirot estacou no mesmo lugar, embora ainda tivesse um pé no ar. Lançou um olhar de profunda reprovação à srta. Lemon. Ela nem notou; já tinha começado a datilografar. Datilografava com a precisão e a velocidade de um tanque de tiro rápido.

Poirot ficou abalado; abalado e amargurado. A srta. Lemon, a eficiente srta. Lemon o desapontara! Um *cachorro* pequinês! Um cachorro *pequinês*! Logo após os sonhos que tivera na noite anterior, nos quais estava saindo do Palácio de Buckingham após receber agradecimentos pessoais, quando seu criado de quarto entrou com o chocolate matinal!

Várias palavras tremularam em seus lábios — palavras espirituosas ou cáusticas. Não as pronunciou porém, porque a srta. Lemon, devido à velocidade e eficiência de sua datilografia, não as teria ouvido.

16 — Agatha Christie

Com um grunhido de desgosto pegou a carta que estava no alto da pequena pilha arrumada a um lado de sua escrivaninha.

Sim, era exatamente o que a srta. Lemon havia dito. Um endereço comercial — um pedido breve, comercial e destituído de refinamentos. O assunto... o rapto de um cachorro pequinês. Um daqueles bichinhos de estimação mal-educados e de olhos esbugalhados estragados por senhoras ricas. O lábio de Hercule Poirot curvou-se enquanto ele lia.

Nada de inusitado no caso. Nada fora do comum ou... Mas, sim, sim, num pequeno detalhe a srta. Lemon tinha razão. Num pequeno detalhe *havia* algo de inusitado.

Hercule Poirot sentou-se. Leu a carta vagarosa e cuidadosamente. Não era o tipo de caso que estava querendo, não era o tipo de caso que se havia prometido. Não era de modo algum um caso importante; era sumamente sem importância. Não era — e aí residia o "x" do problema — não era exatamente um Trabalho de Hércules.

Porém infelizmente ele sentia-se curioso... Sim, estava curioso.

Levantou a voz a fim de ser ouvido pela srta. Lemon por sobre o barulho de sua datilografia.

—Telefone a esse Sir Joseph Hoggin — ordenou — e marque uma hora para eu encontrá-lo em seu escritório, como sugere.

Como de hábito, a srta. Lemon tinha estado certa.

— Sou um homem simples, M. Poirot — disse Sir Joseph Hoggin.

Hercule Poirot fez um gesto neutro com a mão direita, que expressava (segundo os desejos de quem o iria interpretar) admiração pelo sólido mérito da carreira de Sir Joseph e admiração por sua modéstia em descrever-se em tais termos. Era possível, igualmente, que transmitisse uma elegante contestação da declaração. De qualquer modo, não deixava transparecer a menor pista a respeito do pensamento dominante na cabeça de Hercule Poirot: o de que Sir Joseph era com certeza (para usar os termos mais

Os trabalhos de Hércules

francos e coloquiais) não só simples mas também simplório. Os olhos de Hercule Poirot pousaram de forma crítica sobre a imensa queixada, os pequenos olhinhos de porco, o nariz de batata e a boca de lábios muito finos. O efeito geral lembrava-lhe alguma coisa ou alguém — mas, pelo menos no momento, não conseguia recordar-se do que ou de quem. Uma lembrança remexeu-se quase que imperceptivelmente. Já fazia muito tempo... na Bélgica... sem dúvida, algo a ver com *sabão*...

Sir Joseph continuava.

— Nada de enfeites para o meu lado. Não gosto de chover no molhado. A maior parte das pessoas, M. Poirot, deixaria esse caso para lá. Contabilizava em perdas e danos e esquecia tudo. Mas Joseph Hoggin não é desses. Sou rico — e de certo modo duzentas libras a mais ou a menos não fazem a menor diferença...

Poirot interpolou precipitadamente: — Meus parabéns.

— O quê? — Sir Joseph fez uma pequena pausa. Seus olhinhos ficaram ainda menores. Disse, incisivo: — Isso não quer dizer que tenha o hábito de andar por aí jogando dinheiro fora. O que quero, compro. Mas pago o preço do mercado... e nada mais.

Hercule Poirot perguntou: — O senhor sabe que meus honorários são altos?

Acrescentou: — Não faço pechinchas. Sou um especialista. E para se obter os serviços de um especialista é preciso pagar bem.

Sir Joseph respondeu com franqueza: — Sei que o senhor é de primeira linha nesse tipo de coisa. Andei indagando e disseram-me que o senhor é o que de melhor se pode encontrar. Quero chegar ao fundo dessa questão e não vou reclamar das despesas. É por isso que o fiz vir aqui.

— O senhor teve muita sorte — disse Hercule Poirot.

Sir Joseph disse, de novo: — O quê?

— Uma sorte excepcional — retrucou Hercule Poirot firmemente. — Eu estou, posso afirmar sem falsa modéstia, no ápice de minha carreira. Dentro de muito pouco tempo pretendo aposentar-me — morar no campo, viajar ocasionalmente para ver o mundo e, possivelmente, cuidar do meu jardim, dando especial atenção às abobrinhas. Vegetais magníficos, porém destituídos de sabor. Não é isso, no entanto, o que importa. Desejava apenas explicar que, antes de me aposentar, impus a mim mesmo determinada tarefa. Decidi aceitar doze casos — nem mais, nem menos. São doze "Trabalhos de Hércules" autoimpostos, por assim dizer. O seu caso, Sir Joseph, é o primeiro dos doze. O que me atraiu foi sua impressionante falta de importância.

— Importância? — perguntou Sir Joseph.

— Falta de importância, foi o que eu disse. Já tenho sido procurado por uma grande variedade de motivos — para investigar assassinatos, mortes inexplicáveis, assaltos, roubos de joias. Esta é a primeira vez que fui chamado a aplicar meus talentos na elucidação do sequestro de um cachorro pequinês.

Sir Joseph grunhiu. Disse: — O senhor me surpreende! Eu diria que dezenas de mulheres deveriam, normalmente, andar correndo atrás do senhor para importuná-lo com seus cachorros.

— Isso, sem dúvida. Porém esta é a primeira vez que sou convocado pelo marido em questão.

Os olhinhos de Sir Joseph apertaram-se de prazer.

Comentou: — Estou começando a perceber por que o recomendaram a mim. O senhor é muito perspicaz, M. Poirot.

Poirot murmurou: — Se agora puder narrar-me os fatos deste caso. Quando foi que o cachorro desapareceu?

— Há exatamente uma semana.

— E a esta altura sua esposa deve estar desesperada, suponho. Sir Joseph encarou-o com firmeza.

— O senhor não compreende — disse. — O cachorro foi devolvido.

— Devolvido? Então permita-me que lhe pergunte, meu senhor, onde é que *eu* entro nessa história?

O rosto de Sir Joseph ficou rubro.

— Na minha indignação e recusa em ser vítima de roubos! Muito bem, M. Poirot, vou contar-lhe todo o caso. O cachorro foi roubado há uma semana — surrupiado em Kensington Gardens, onde estava passeando com a dama de companhia de minha mulher. No dia seguinte minha mulher recebeu um pedido de duzentas libras! E eu lhe pergunto: duzentas libras por uma porcaria de um bicho que late fino e está sempre fazendo a gente tropeçar nele!

Poirot murmurou: — Naturalmente o senhor não aprovou o pagamento de tal soma?

— Claro que não... ou não teria aprovado se tivesse sabido da coisa! Milly (minha mulher) sabia disso muito bem. A *mim* ela não disse uma palavra. Pura e simplesmente mandou o dinheiro — em notas de uma libra, como fora estipulado — para o endereço dado.

— E o cachorro foi devolvido?

— Foi. Na mesma noite tocaram a campainha e lá estava a porcaria do bicho na soleira da porta. Mas não se via ninguém.

— Perfeitamente. Continue.

— E então, é claro, Milly confessou o que havia feito e eu perdi a tramontana. Mas depois de algum tempo acabei me acalmando — afinal, a coisa estava feita e não se pode esperar que mulher tenha juízo ou bom senso — e acho mesmo que acabava deixando tudo ficar por isso mesmo se não tivesse encontrado o velho Samuelson no Clube.

— Sim?

— Raios me partam, tudo isso deve ser uma quadrilha organizada. Exatamente a mesma coisa havia acontecido com ele. Tinham arrancado trezentas libras da mulher dele! Bem, assim já era demais. Resolvi que é preciso acabar com tudo isso. E então mandei chamá-lo.

— Porém, sem dúvida, Sir Joseph, a coisa certa (e muito menos dispendiosa) a fazer teria sido chamar a polícia, não acha?

Sir Joseph esfregou o nariz.

— O senhor é casado, M. Poirot? — perguntou.

— Infelizmente — respondeu Poirot — não tive tal felicidade.

— Hm — respondeu Sir Joseph. — Quanto à felicidade eu não sei; porém, se fosse, o senhor saberia que as mulheres são uma coisa muito engraçada. Minha mulher teve um acesso histérico só de ouvir falar em polícia. Meteu na cabeça que algo aconteceria ao seu precioso Shan Tung se eu a chamasse. Não queria nem ouvir falar — e devo dizer que também não gosta muito da ideia de chamar o senhor. Porém fiz pé firme nesse ponto e finalmente ela concordou. Mas fique sabendo que ela continua a não gostar.

— A posição é delicada, já percebi — murmurou novamente Poirot. — Seria talvez conveniente que eu entrevistasse a senhora sua esposa a fim de, ao mesmo tempo, coletar maiores informações e tranquilizá-la a respeito da segurança futura de seu cachorro.

Sir Joseph acenou com a cabeça e levantou-se.

— Levá-lo-ei de carro imediatamente — concluiu.

Numa sala de visitas grande, quente e de mobiliário excessivamente ornado, duas mulheres estavam sentadas.

Quando Sir Joseph e Hercule Poirot entraram, um cachorrinho pequinês avançou correndo, latindo furiosamente e circulando perigosamente em torno dos calcanhares de Poirot.

— Shan-Shan, venha cá. Venha aqui com a mamãe, meu amorzinho... Quer fazer o favor de agarrá-lo, srta. Carnaby?

A segunda mulher correu para a frente e Hercule Poirot murmurou:

— Não há dúvida; um verdadeiro leão.

Um tanto sem fôlego, a captora de Shan Tung concordou.

— É mesmo; ele é *ótimo* cão de guarda. Não se assusta com nada nem com ninguém. Pronto, assim é que é um menino bonito!

Tendo feito as apresentações necessárias, disse Sir Joseph: — Bem, M. Poirot, deixo tudo em suas mãos — e, com um breve cumprimento de cabeça, deixou a sala.

Lady Hoggin era uma mulher gorda de aspecto petulante e cabelos escandalosamente pintados. Sua dama de companhia, a tremulante srta. Carnaby, era uma criatura gorducha, de aspecto amável, que estava entre os quarenta e os cinquenta. Tratava Lady Hoggin com grande deferência e obviamente morria de medo dela.

Os trabalhos de Hércules   21

— E agora, Lady Hoggin, narre-me todas as circunstâncias desse crime abominável — sugeriu Poirot.

Lady Hoggin enrubesceu. — Fico muito contente de ouvi-lo dizer isso, M. Poirot. Porque foi realmente um crime. Os pequineses são terrivelmente sensíveis — tão sensíveis quanto uma criança. O pobrezinho do Shan Tung poderia ter morrido de susto se não de outra coisa qualquer.

A srta. Carnaby ecoou, sem fôlego: — Isso mesmo; foi uma maldade — uma maldade!

— Por favor, contem-me os fatos.

— Bem, foi assim. Shan Tung tinha saído para seu passeio no parque com a srta. Carnaby.

— Ai, meu Deus; é isso mesmo; a culpa foi minha — disse a esganiçada dama de companhia. — Como pude ser tão estúpida — tão descuidada...

Lady Hoggin disse com azedume: — Não quero recriminá-la, srta. Carnaby, porém realmente creio que poderia ter estado um pouco mais atenta.

Poirot transferiu seu olhar para a dama de companhia.

— O que aconteceu?

A srta. Carnaby explodiu em um discurso torrencial e um tanto aflito.

— Bem, foi a coisa mais inacreditável! Nós tínhamos acabado de atravessar o caminho das flores, naturalmente com Shan Tung preso em sua correia — ele já tinha dado sua corridinha costumeira pelo parque — e eu estava a ponto de voltar para casa quando minha atenção foi despertada por um bebê em um carrinho — um bebê lindo! — ele riu para mim — as bochechinhas eram muito rosadas e os cabelinhos todos encaracolados. Não pude resistir e dirigi-me à ama para perguntar que idade ele teria — ela respondeu que tinha dezessete meses — e tenho certeza de que não falei com ela mais do que um ou dois minutos, mas, de repente, olhei para baixo e Shan Tung simplesmente não estava mais lá. A correia tinha sido *cortada*...

Lady Hoggin falou: — Se estivesse prestando a devida atenção aos seus deveres, ninguém poderia ter se esgueirado até tão perto para cortar a correia.

A srta. Carnaby parecia estar a ponto de banhar-se em lágrimas, de modo que Poirot disse rapidamente:

— E então o que aconteceu?

— Bem, naturalmente eu procurei por todos os lados. E chamei! E perguntei ao funcionário do parque se ele tinha visto algum homem carregando um cachorro pequinês, porém ele não havia notado nada nesse gênero; e eu não sabia o que fazer — e continuei a procurar mas afinal, é claro, tive de voltar para casa...

A srta. Carnaby ficou paralisada. Poirot bem podia imaginar a cena que se seguira. E perguntou:

— E então a senhora recebeu uma carta?

Lady Hoggin retomou a narração.

— Pelo correio da manhã, no dia seguinte. Dizia que, se eu quisesse ver Shan Tung vivo, devia mandar duzentas libras em notas de uma libra em um pacote não registrado para o capitão Curtis, em Bloomsbury Road Square 38. Dizia também que, se o dinheiro estivesse marcado ou se a polícia fosse informada, então... então... as orelhas e o rabo de Shan Tung seriam... cortados!

A srta. Carnaby começou a choramingar.

— Uma coisa horrível — murmurou. — Como é que as pessoas podem fazer coisas tão monstruosas!

Lady Hoggin continuou: — Dizia que, se eu mandasse o dinheiro imediatamente, Shan Tung seria devolvido na mesma noite vivo e em bom estado, mas que se... se depois eu procurasse a polícia, quem iria sofrer seria Shan Tung...

A srta. Carnaby resmungou choramingando: — Ai, meu Deus, mesmo agora ainda sinto tanto medo... bem, é claro que M. Poirot não é exatamente a polícia...

Lady Hoggin disse, ansiosamente: — De modo que o senhor compreende, M. Poirot, que temos de ter o maior cuidado...

Hercule Poirot apressou-se em aliviar-lhe a ansiedade.

Os trabalhos de Hércules 23

— Porém eu, madame, eu não sou a polícia. Minhas indagações serão realizadas com a maior discrição, o máximo de silêncio. Pode ter a certeza, Lady Hoggin, que Shan Tung estará inteiramente a salvo. Isso eu lhe garanto.

Ambas as damas pareceram ficar aliviadas com essas palavras mágicas. Poirot continuou:

— A senhora tem a tal carta aí?

Lady Hoggin meneou a cabeça.

— Não; tive instruções de incluí-la com o dinheiro.

— E assim fez?

— Exatamente.

— Hm. É uma pena.

A srta. Carnaby disse, com entusiasmo: — Porém eu ainda tenho o pedaço da correia cortada. Quer que vá buscá-la?

Saiu da sala. Hercule Poirot aproveitou-se de sua ausência para fazer algumas perguntas pertinentes.

— Amy Carnaby? Ora, quanto a ela não tenho dúvidas. Uma boa alma, embora muito tola, naturalmente. Já tive inúmeras damas de companhia e foram todas igualmente tolas. Porém Amy sempre foi devotada a Shan Tung e ficou perturbadíssima com o caso todo — como aliás só poderia ter ficado, já que ficou pendurada em carrinhos de criança negligenciando o meu queridinho! Todas essas solteironas são a mesma coisa: babam-se por qualquer criança! Não, tenho a certeza de que ela nada teve a ver com o caso.

— Não parece provável — concordou Poirot. — Porém, como o cão desapareceu quando sob seus cuidados, é preciso que nos asseguremos de sua honestidade. Já faz muito tempo que ela está com a senhora?

— Quase um ano. Tive excelentes referências a seu respeito. Esteve com a velha Lady Hartingfield até sua morte — creio que dez anos. Após o que cuidou de uma irmã inválida durante algum tempo. Ela é realmente uma excelente criatura — porém uma tola completa, como já disse.

Amy Carnaby voltou nesse momento, ligeiramente mais resfolegante, e apresentou a correia de cachorro cortada que entregou a Poirot com a maior solenidade, olhando-o com esperançosa expectativa.

Poirot inspecionou-a cuidadosamente.

— *Mais oui* — afirmou ele. — Indubitavelmente foi cortada.

As duas mulheres ficaram aguardando fascinadas.

— Guardá-la-ei comigo — acrescentou ele.

Solenemente, colocou-a no bolso. As duas mulheres soltaram suspiros de alívio. Tornou-se óbvio que Poirot fizera o que esperavam dele.

Era hábito de Hercule Poirot não deixar nada incomprovado.

Muito embora à primeira vista parecia muito pouco provável que a srta. Carnaby fosse qualquer coisa que não a mulher tola e um tanto atarantada que parecia ser, mesmo assim conseguiu Poirot entrevistar-se com a figura austera e reservada que era sobrinha de Lady Hartingfield.

— Amy Carnaby? — disse a srta. Maltravers. — Claro que me lembro perfeitamente bem dela. Uma boa alma que sob todos os aspectos era perfeitamente adequada às necessidades da Tia Júlia. Devotada aos cães e lê muito bem em voz alta. Tem grande tato, jamais contradiz uma inválida. O que veio a ser dela? Espero que não esteja passando por nenhuma dificuldade. Há cerca de um ano dei-lhe uma carta de apresentação para uma senhora qualquer — o nome começava com H...

Poirot adiantou precipitadamente que a srta. Carnaby ainda mantinha o mesmo posto. Tinha havido, explicou, um problema com um cão desaparecido.

— Amy Carnaby adora cachorros. Minha tia possuía um pequinês. Deixou-o para a srta. Carnaby ao morrer e ela tinha devotamento pelo bichinho. Acho que ficou arrasada quando ele morreu. Sim, é uma boa alma. É claro que não digo que seja exatamente uma intelectual.

Hercule Poirot concordou que a srta. Carnaby não poderia, realmente, ser definida como uma intelectual.

Seu próximo passo foi descobrir o guarda do parque a quem a srta. Carnaby havia falado na tarde fatídica. No que não teve a menor dificuldade. O homem lembrava-se do incidente em questão.

— Uma senhora de meia-idade, meio gordota — estava que parecia maluca — perdeu seu cachorrinho pequinês. Eu a conheço bem de vista — traz o cachorro aqui no parque quase todas as tardes. Eu a vi entrar com ele. Mas parecia nem sei o quê quando perdeu o bicho. Veio correndo para mim perguntar se eu havia visto alguém com um cachorro pequinês! Era só o que faltava! O parque vive apinhado de cachorros — de todas as espécies — fox-terriers, pequineses, bassês — até aqueles borzois — aqui temos de toda espécie. Como é que eu haveria de reparar em um pequinês a mais ou a menos!...

Hercule Poirot acenou pensativamente sua compreensão.

Foi ao número 38 de Bloomsbury Road Square.

Os números 38, 39 e 40 haviam sido reunidos para formar o Balaclava Private Hotel. Poirot subiu os degraus e empurrou a porta. Foi saudado, ao entrar, por um ambiente escuro, o odor de repolho cozido e de restos de arenque defumado (do desjejum). À sua esquerda havia uma mesa de mogno com um vaso de crisântemos tristes em cima. Acima da mesa havia um grande retângulo de madeira coberta de feltro ao qual se prendem as cartas chegadas. Poirot olhou pensativamente para esse quadro por alguns instantes. Empurrou uma porta que ficava à sua direita. Ela abria para uma espécie de sala de estar com pequenas mesas e algumas poltronas hipoteticamente confortáveis recobertas do mais deprimente cretone estampado. Três senhoras idosas e um velho de aspecto furibundo levantaram suas cabeças e fulminaram o intruso com olhares de puro veneno. Hercule Poirot enrubesceu e retirou-se.

Caminhou um pouco mais pelo corredor e chegou ao pé de uma escada. À sua direita saía uma passagem que evidentemente conduzia à sala de jantar.

26   Agatha Christie

À meia altura dessa passagem lateral havia uma porta onde estava escrito GERÊNCIA.

Nela Poirot bateu. Não recebendo qualquer resposta, abriu a porta e olhou para dentro. Havia uma grande escrivaninha na sala, coberta de papéis, porém não havia ninguém à vista. Ele retirou-se, fechando novamente a porta. Penetrou na sala de jantar.

Uma moça de ar triste, com um avental sujo, arrastava os pés carregando uma cesta de garfos e facas que ia distribuindo pelas mesas.

Hercule Poirot disse, em tom de desculpa: — Perdão, porém será que eu poderia falar com a pessoa encarregada?

A moça olhou para ele com olhos sem brilho.

— E eu é que vou saber se pode? — disse ela.

— Não há ninguém no escritório — explicou Poirot.

— Bem, então eu não sei onde é que ela está.

— Será — insistiu Poirot, com paciência e persistência — que poderia descobrir para mim?

A moça suspirou. Por mais cansativa e desagradável que fosse sua rotina diária, agravara-se em ambos os aspectos em virtude dessa nova tarefa que lhe desabava sobre os ombros. Disse tristemente:

—Vou ver o que posso fazer.

Poirot agradeceu e dirigiu-se novamente para a entrada, não ousando enfrentar de novo os ocupantes da sala. Estava novamente olhando o quadro das cartas quando o ruído de passos e um forte odor de violetas de Devonshire anunciaram a chegada da gerente do hotel.

A sr.ª Harte era gentilíssima. Exclamou:

— Desculpe-me não ter estado em meu escritório. Está procurando um quarto?

— Não exatamente — murmurou Poirot. — Estava querendo saber se um amigo meu esteve hospedado aqui recentemente. O capitão Curtis.

— Curtis — exclamou a sr.ª Harte. — capitão Curtis? Ora essa, onde é que eu ouvi esse nome?

Poirot não a ajudou. Ela sacudiu a cabeça, desistindo.

— Quer dizer então — disse Poirot — que o capitão Curtis não esteve hospedado aqui?

— Bem, ao menos não recentemente. Porém, mesmo assim, tenho a impressão de que o nome me é familiar. Será que o senhor poderia descrevê-lo?

— Isso — retrucou Poirot — seria muito difícil. — E continuou: — Suponho que por vezes acontece chegarem cartas dirigidas a alguém quando, de fato, ninguém com esse nome está hospedado aqui?

— É claro que, vez por outra, isso acontece.

— E o que é feito de tais cartas?

— Bem, nós as guardamos por algum tempo. O senhor percebe... muitas vezes isso significa que a pessoa em questão vai chegar dentro de poucos dias. Porém naturalmente quaisquer cartas ou pacotes que fiquem muito tempo sem serem reclamados são devolvidos ao correio.

Poirot concordou pensativamente.

— Compreendo. Pois foi isso. Eu escrevi uma carta para o meu amigo para este endereço.

O rosto da sra. Harte iluminou-se.

— Agora estou compreendendo. Devo ter visto o nome num envelope. Mas na verdade temos tantos cavalheiros que são militares reformados residindo aqui ou hospedando-se de passagem... Deixe-me ver.

Ela olhou para o quadro.

Hercule Poirot afirmou: — Não está aí, não senhora.

— Devo tê-la devolvido ao carteiro, naturalmente. Desculpe-me. Espero que não fosse nada de importante...

— Não, não; nada importante.

Quando ele dirigia-se para a porta, a sra. Harte, envolta em seu pungente perfume de violetas, correu atrás dele.

— Se o seu amigo aparecer...

— Não creio que seja provável. Eu devo ter-me enganado...

28   Agatha Christie

— Nossos preços são muito em conta — acrescentou a gerente. — E incluímos café após o jantar. Eu gostaria que visitasse um de nossos apartamentos...

Com imenso esforço, Poirot conseguiu escapulir.

A sala de visitas da sra. Samuelson era maior, mais suntuosamente mobiliada e ainda mais sufocantemente aquecida do que a de Lady Hoggin. Com dificuldade, Hercule Poirot foi encontrando caminho entre mesas, consolos e um sem-número de estátuas.

A sra. Samuelson era mais alta do que Lady Hoggin e seu cabelo, ao invés de pintado de negro, era oxigenado. Seu pequinês chamava-se Nanki Poo. Seus olhos protuberantes investigaram Poirot com arrogância. A srta. Keble, dama de companhia da sra. Samuelson, era magra e angulosa, ao invés de gorducha como a srta. Carnaby, porém igualmente aflita e sem fôlego. Também ela havia sido culpada pelo desaparecimento de Nanki Poo.

— Mas, realmente, M. Poirot, é uma coisa extraordinária. Aconteceu tudo em um segundo. Bem defronte ao Harrods. Uma enfermeira perguntou-me as horas...

Poirot interrompeu-a.

— Uma enfermeira? Era uma enfermeira de hospital?

— Não, uma dessas enfermeiras que cuidam de bebês. Uma gracinha de bebê, por falar nisso. Tão pequenininho. Tão rosadinho. Dizem que as crianças de Londres não são saudáveis, mas eu acho...

— Ellen — disse a sra. Samuelson.

A srta. Keble corou, gaguejou e finalmente emudeceu.

Com tom amargo a sra. Samuelson comentou: — E enquanto a srta. Keble debruçava-se sobre um carrinho com o qual não tinha nada a ver, um marginal audacioso cortou a correia de Nanki Poo e levou-o embora.

A srta. Keble murmurou, chorosa: — Aconteceu tudo em um segundo. Eu mal olhei para o lado e o queridinho tinha sumido — na minha mão, só havia sobrado um pedaço de correia. Será que o senhor gostaria de ver a correia, M. Poirot?

— De modo algum — afirmou Poirot precipitadamente. Não tinha a menor intenção de colecionar correias cortadas. — Pelo que soube — continuou ele — pouco depois a senhora recebeu uma carta?

A história era a mesma em todos os detalhes — a carta, a ameaça às orelhas e ao rabo de Nanki Poo. Só diferia da outra em dois pontos — na soma exigida, trezentas libras, e no endereço ao qual deveria ser remetido o dinheiro; desta vez ele deveria ser enviado ao comandante Blackleigh, Harrington Hotel, Clonmel Gardens 76, Kensington.

A sra. Samuelson esclareceu: — Depois que Nanki Poo estava de volta e em segurança eu fui pessoalmente dar uma olhada no local, M. Poirot. Afinal, trezentas libras são trezentas libras.

— Se são.

— A primeira coisa que vi foi minha carta com o dinheiro numa espécie de estante na entrada. Enquanto esperava pela gerente enfiei-a na minha bolsa. Infelizmente...

— Infelizmente, quando o abriu verificou que só continha pedaços de papel em branco — concluiu Poirot.

— Como sabia? — perguntou a sra. Samuelson olhando-o assombrada.

Poirot deu de ombros.

— É óbvio, *chère Madame,* que o ladrão teria o cuidado de apossar-se do dinheiro antes de devolver o cão. Depois disso, substituiria o dinheiro por papel e reporia a carta em seu lugar, para que sua ausência não fosse notada.

— Ninguém com o nome de comandante Blackleigh jamais se hospedou lá.

Poirot sorriu.

— E, naturalmente, meu marido ficou muito aborrecido com o caso todo. Para falar a verdade ele ficou furioso — absolutamente furioso!

Poirot murmurou timidamente: — A senhora não — hm — consultou-o antes de enviar o dinheiro?

— É claro que não — declarou decididamente a sra. Samuelson.

O olhar de Poirot tornou-se indagador. A senhora explicou-se.

— Eu jamais correria esse risco. Os homens comportam-se de maneira tão fora de propósito quando se trata de dinheiro. Jacob insistiria em comunicar-se com a polícia. Eu não podia correr tal risco. O meu querido Nanki Poo. Nem se pode imaginar o que lhe aconteceria! É claro que *tive* de contar a meu marido mais tarde, porque tive de explicar por que havia estourado minha conta bancária.

— Compreendo, compreendo... — disse Poirot.

— E nunca o vi tão zangado. Os homens — disse a sra. Samuelson ajeitando seu belíssimo broche de brilhantes e torcendo os anéis que lhe cobriam os dedos — só pensam em dinheiro.

Hercule Poirot subiu pelo elevador até o escritório de Sir Joseph Hoggin. Entregou seu cartão e foi informado que, no momento, Sir Joseph estava ocupado, mas que o receberia dentro de pouco tempo. Finalmente uma loura com ar importante retirou-se da sala de Sir Joseph carregando uma pilha de papéis, lançando ao estranho homenzinho que esperava um desdenhoso olhar, ao passar por ele.

Sir Joseph estava sentado atrás de sua imensa escrivaninha de mogno. Havia restos de batom em seu queixo.

— Então, M. Poirot? Sente-se. Tem boas novas para mim?

Hercule Poirot afirmou: — O caso todo é de uma simplicidade encantadora. Em ambos os casos o dinheiro foi mandado para um desses hotéis residenciais, ou pensões, nos quais não há porteiro ou recepcionista e nos quais um grande número de hóspedes entra e sai, inclusive um elevado percentual de militares reformados. Nada mais fácil para o culpado do que entrar, retirar uma carta do quadro de avisos e levá-la embora ou substituir o conteúdo por papel em tiras. Por isso mesmo, em ambos os casos a pista termina em um beco sem saída.

— Quero dizer que não tem ideia de quem possa ser o sujeito?

Os trabalhos de Hércules

— Bem; tenho algumas ideias. Precisarei de alguns dias para investigá-las.

Sir Joseph olhou-o com curiosidade.

— Muito bem. Então, quando tiver alguma coisa a informar...

— Levarei as informações em sua casa.

— Se chegar ao fundo dessa complicação toda, terá feito um bom serviço — disse Sir Joseph.

— Não há qualquer possibilidade de fracasso. Hercule Poirot não fracassa nunca.

Sir Joseph olhou o homenzinho e riu.

— Muito certo de si, não é? — perguntou.

— Com toda a razão.

— Muito bem. — Sir Joseph recostou-se em sua cadeira. — Mas o orgulho às vezes leva a humilhações.

Hercule Poirot, sentado em frente a seu aparelho elétrico de calefação (e sentindo uma grande e tranquila satisfação em seu impecável desenho geométrico), estava dando instruções a seu criado de quarto e pau-para-toda-obra.

— Compreendeu, Georges?

— Perfeitamente, meu senhor.

— O mais provável é que seja um apartamento ou uma casa adaptada para apartamentos. E será definitivamente dentro de uma determinada área. Ao sul do parque, a leste da igreja de Kensington, a oeste do quartel de Knightsbridge e ao norte de Fulham Road.

— Compreendo perfeitamente, meu senhor.

Poirot murmurou: — Um casinho muito curioso. Há indícios de um marcante talento para a organização. E há, naturalmente, a surpreendente invisibilidade do astro do espetáculo — o próprio Leão da Nemeia, se assim posso chamá-lo. Sim, um casinho muito interessante. Eu gostaria de sentir-me um pouco mais atraído por meu cliente — porém ele tem uma infeliz semelhança com o fabricante de sabão que envenenou a mulher em Liège, a fim de casar-se com a secretária loura. Um de meus primeiros sucessos.

Georges acenou com a cabeça, dizendo gravemente: — As louras, meu senhor, são responsáveis por um sem-número de fatos inquietantes.

Foi três dias mais tarde que o inestimável Georges declarou:
— Aqui está o endereço, meu senhor.
Hercule Poirot tomou o pedaço de papel que lhe era oferecido. Excelente, meu caro Georges. E qual é o dia da semana?
— Quintas-feiras, meu senhor.
— Quintas-feiras. E hoje, felizmente, é quinta. De modo que não há razão para demoras.

Vinte minutos mais tarde Hercule Poirot estava subindo as escadas de um obscuro edifício de apartamentos enfiado em uma ruela que desembocava em outra, muito elegante. O número 10 de Rosholm Mansions era no terceiro e último andar e não havia elevador. Poirot avançou penosamente até o alto da estreita escada de caracol.

Parou para tomar fôlego no patamar do alto e, por trás da porta do número 10, um novo ruído quebrou o silêncio — o incisivo latido de um cachorro.

Hercule Poirot acenou com a cabeça e deu um leve sorriso. Apertou a campainha do número 10.

Os latidos redobraram — passos aproximaram-se da porta, esta abriu-se e...

A srta. Amy Carnaby recuou violentamente, levando a mão a seu amplo seio.

— Permite-me que entre? — perguntou Hercule Poirot; e entrou sem esperar resposta.

Uma porta, à direita, abria para a sala de estar e ele foi entrando. Atrás dele seguia a srta. Carnaby, como que num sonho.

A sala era pequena e absolutamente entulhada. Perdida em meio a toda aquela quantidade de mobília encontrava-se um ser humano, uma senhora idosa deitada em um sofá junto à lareira a gás. Quando Poirot entrou, um pequinês saltou do sofá e avançou, emitindo uns latidos agudos e desconfiados.

— Ah! O ator principal — disse Poirot. — Minhas saudações, meu pequeno amigo.

Inclinou-se e estendeu a mão. O cão cheirou-a, os olhos inteligentes fixos no rosto do homem.

A srta. Carnaby murmurou fracamente: — Quer dizer que o senhor sabe?

— Sim, eu sei — concordou Poirot. Olhou para a mulher no sofá.

— Creio que esta é sua irmã?

A srta. Carnaby disse, mecanicamente: — É. Emily, este... este é M. Poirot.

Emily Carnaby inspirou violentamente, dizendo: — Oh!

Amy Carnaby disse: — Augustus...

O pequinês olhou para ela — seu rabo agitou-se — e depois continuou a examinar a mão de Poirot. Novamente a cauda agitou-se um pouco.

Com delicadeza Poirot apanhou o cãozinho e sentou-se com Augustus no colo. E então disse:

— Quer dizer que afinal capturei o Leão da Nemeia. Minha tarefa está terminada.

— O senhor realmente sabe de tudo? — perguntou Amy Carnaby, com voz áspera e seca.

Poirot inclinou a cabeça. — Creio que sim. A senhorita organizou este negócio — com a colaboração de Augustus. Levava o cão de sua patroa para seu passeio costumeiro, trazia-o para cá e ia para o parque com Augustus. O guarda via-a, como de hábito, com um pequinês. A suposta ama, se algum dia fosse possível encontrá-la, concordaria que havia um pequinês em sua companhia quando conversaram. E então, durante a conversa, a senhorita cortava a correia e Augustus, treinado pela senhorita, escapava imediatamente e corria direto para casa. Poucos minutos mais tarde, a senhorita dava o alarme do desaparecimento do cão.

Houve uma pausa, após a qual a srta. Carnaby empertigou-se com uma certa dignidade patética. E então disse:

— Sim. É tudo verdade. Eu... eu não tenho nada a dizer.

A inválida no sofá começou a chorar baixinho.

Poirot retrucou: — Nada, Mademoiselle?

— Nada. Eu roubei... e fui apanhada — respondeu a srta. Carnaby.

Poirot murmurou: — E não tem nada a dizer... em sua própria defesa?

Uma mancha vermelha apareceu repentinamente em cada uma das brancas faces de Amy Carnaby. Ela disse:

— Não me arrependo do que fiz. Creio que o senhor é um homem bondoso, M. Poirot, e possivelmente compreenderá. Sabe, tenho andado com tanto medo.

— Medo?

— Isso mesmo; sei que é difícil para um cavalheiro compreender. Porém acontece que não sou de todo uma mulher inteligente, além do que não fui treinada para nada e estou envelhecendo — e fico aterrorizada com o futuro. Não me foi possível economizar nada — como poderia ter sido, com a Emily para cuidar? — e à medida que eu for ficando mais velha e incompetente ninguém mais vai me querer. Vão querer alguém jovem e ativa. Eu... eu já conheci tanta gente como eu... gente que ninguém quer e que vive em um quarto sem lareira, sem qualquer calor e com muito pouco para comer, até que chega o momento em que nem o quarto conseguem mais pagar. É claro que há instituições, porém não é nada fácil conseguir ser aceita quando não se tem amigos influentes que eu não tenho. Há tantas outras como eu — pobres damas de companhia, mulheres sem preparo, inúteis, sem nada pela frente a não ser um medo mortal.

Sua voz tremia. Ela continuou: — E então... algumas de nós... nos juntamos e... e eu tive essa ideia. Na verdade foi o fato de eu ter Augustus que me botou a ideia na cabeça. O senhor sabe, para a maior parte das pessoas um pequinês é exatamente igual a qualquer outro. (É um pouco o que nós dizemos dos chineses, por exemplo.) Mas na verdade isso é ridículo. Ninguém que os conheça pode confundir Augustus com Nanki Poo ou Shan Tung ou qualquer outro pequinês. Ele é muito mais inteligente, para início de conversa, além de ser muito mais bonito. Mas, como eu ia dizendo, para quase todo mundo pequinês é pequinês. Augustus é que botou a ideia na minha cabeça — ele e mais o fato de tantas mulheres ricas terem pequineses.

Poirot comentou, com a vaga sugestão de um sorriso: — Deve ter sido um... golpe... muito lucrativo! Quantas companheiras há nessa... quadrilha? Ou seria melhor que eu perguntasse quantas vezes a operação já foi executada com sucesso?

— Shan Tung foi o décimo sexto — respondeu simplesmente a srta. Carnaby.

As sobrancelhas de Hercule Poirot ergueram-se.

— Meus parabéns. Sua organização deve ter sido realmente excelente.

Emily Carnaby comentou: — Amy sempre foi ótima para organizar coisas. Nosso pai — ele era o vigário de Kellington, em Essex — sempre dizia que Amy era um gênio para organização. Era sempre ela que organizava as festas e bazares e coisas assim.

Poirot concordou, fazendo um pequeno cumprimento: — Estou de acordo. Como criminosa, Mademoiselle, é de primeira categoria.

Amy Carnaby deu um grito. — Criminosa! Ai, meu Deus, acho que sou, na realidade. Mas... mas nunca senti que fosse.

— E sentia-se como?

— É claro que o senhor tem razão. Eu estava infringindo a lei. Mas... sabe... como poderei explicar? Quase todas essas mulheres que nos empregam são muito grosseiras e desagradáveis. Lady Hoggin, por exemplo, pouco se importa com o que me diz. No outro dia queixou-se que seu fortificante estava com gosto desagradável e virtualmente acusou-me de ter posto alguma coisa nele. E mil outras coisas assim. — A srta. Carnaby enrubesceu. — É tão desagradável. E não poder dizer nada, ou responder, porque senão a situação ainda fica pior, se é que me compreende.

— Compreendo — disse Poirot.

— E, depois, ficar vendo dinheiro desaparecer em coisas tão absolutamente inúteis — é muito perturbador. E, às vezes, Sir Joseph gabava-se de algum grande golpe que havia dado em seus negócios — muitas vezes coisas que me pareciam inteiramente desonestas (mas é claro que meu pobre cérebro de mulher não compreende o tal mundo das finanças). Então, M. Poirot, tudo isso foi me perturbando e comecei a sentir que tirar um pouco de dinheiro dessa gente à qual nem sequer iria fazer falta, e que muitas vezes não havia sido ganho muito escrupulosamente... bem, realmente não conseguia sentir que estivesse fazendo nada de muito errado.

— Um Robin Hood moderno! — resmungou Poirot. — Diga-me, srta. Carnaby, alguma vez a senhorita levou avante as ameaças que fez em suas cartas?

— Ameaças?

— Já foi levada, alguma vez, a mutilar os animais conforme especificava?

— Mas eu não poderia nem sequer sonhar em fazer uma coisa dessas! Isso era só... só... um toque artístico.

— Muito artístico. Funcionava.

— Bem, eu sabia que tinha de funcionar. Sabia como eu me sentiria a respeito de Augustus e naturalmente tinha de tomar providências para que aquelas mulheres não contassem nada aos maridos, a não ser depois. O plano sempre funcionou muito bem. Em nove de cada dez casos o envelope era entregue à dama de companhia para ser posto no correio. Geralmente nós abríamos com vapor e púnhamos pedaços de papel dentro. E depois, é claro, a moça em questão tinha de ir ao hotel e tirar a carta do quadro. Mas isso sempre foi muito fácil.

— E o detalhe da criancinha e da ama ou enfermeira? Ela existia?

— Bem, M. Poirot, todo mundo conhece a fama que as solteironas têm de se desmanchar com qualquer criança. De modo que me pareceu muito natural que ela sempre estivesse brincando com um bebê a ponto de não reparar em mais nada.

Hercule Poirot suspirou. Ele disse: — Sua psicologia é excelente, sua capacidade de organização de primeira classe e, além disso, é excelente atriz. Sua atuação no outro dia, quando entrevistei Lady Hoggin, foi impecável. Nunca se subestime, srta. Carnaby. É possível que a senhorita seja o que se chama de uma mulher sem treinamento específico, porém não há nada de errado com seu cérebro ou sua coragem.

A srta. Carnaby deu um tristonho sorriso. — Mas mesmo assim fui descoberta, M. Poirot.

— Só por mim. Mas isso era inevitável! Quando entrevistei a sra. Samuelson, percebi que o rapto de Shan Tung era parte de uma série. Já tinha sabido que certa vez a senhorita tivera um pequinês e que tinha uma irmã inválida. Só precisei pedir a meu inestimável criado de quarto que procurasse um pequeno apartamento dentro de um certo perímetro, ocupado por uma senhora inválida que tivesse um pequinês e uma irmã que a visitasse semanalmente em seu dia de folga. Foi muito simples.

Amy Carnaby empertigou-se.

— O senhor foi muito bondoso. O que me leva a ter a ousadia de lhe pedir um favor. Sei que não posso escapar da pena que devo pagar pelo que fiz. Suponho que seja mandada para a prisão. Mas se o senhor pudesse evitar ao menos uma parcela da publicidade, M. Poirot... Seria tão perturbador para Emily — e para aqueles poucos que nos conheceram em outros tempos. Não seria possível, por exemplo, que eu fosse para a cadeia com outro nome — ou será que isso é uma coisa muito errada?

Hercule Poirot disse: — Creio que posso fazer mais do que isso. Porém primeiro tenho de deixar uma coisa muito clara. Esse golpe tem de parar. Não vamos ter mais desaparecimentos de cachorros. Isso tudo está acabado!

— Claro que sim!

— E o dinheiro que a senhorita extorquiu de Lady Hoggin tem de ser devolvido.

Amy Carnaby cruzou a sala, abriu uma gaveta e voltou com um maço de notas que entregou a Poirot.

— Eu ia entregá-lo hoje à caixa comum.

Poirot pegou as notas e contou-as. Depois levantou-se.

— Creio que seja possível, srta. Carnaby, conseguir persuadir Sir Joseph a não dar queixa.

— Oh, M. Poirot!

Amy Carnaby cruzou as mãos com força. Emily deu um grito de alegria. Augustus latiu e sacudiu o rabo.

— Quanto a você, *mon ami* — disse. Poirot, dirigindo-se a este último —, há uma coisa que gostaria que pudesse dar-me. É do seu manto de invisibilidade que preciso. Em todos esses casos ninguém, por um só momento, desconfiou que havia um *segundo* cão envolvido. Augustus tinha a pele de invisibilidade do leão.

— Mas é claro que, segundo a lenda, M. Poirot, os pequineses outrora foram leões. E continuam a ter corações de leão!

— Augustus, suponho, é o cão que Lady Hartingfield lhe deixou e que supostamente havia morrido? Nunca teve medo que ele fosse atropelado ao voltar sozinho para casa?

— Claro que não, M. Poirot. Augustus é excelente em questões de tráfego. Eu o treinei com o maior cuidado. Ele já chegou até mesmo a apreender o princípio das ruas de mão única.

— E nesse caso — disse Hercule Poirot — ele é superior à maioria dos seres humanos!

Sir Joseph recebeu Hercule Poirot em sua biblioteca, dizendo:
— Então, M. Poirot? Conseguiu sustentar seu orgulho?

— Primeiro deixe que lhe faça uma pergunta — disse Poirot ao sentar-se. — Eu sei quem é o criminoso e creio que posso fornecer provas suficientes para que a pessoa seja condenada. Porém, nesse caso, duvido que o senhor jamais recupere seu dinheiro.

— Não recupere meu dinheiro? — exclamou Sir Joseph, rubro de raiva.

Hercule Poirot continuou: — Porém eu não sou um policial. Neste caso, estou agindo única e exclusivamente no seu interesse. Eu poderia recobrar, intacto, todo o seu dinheiro, desde que não fosse dada queixa.

— O quê? — disse Sir Joseph. — Bem, creio que tenho de pensar um pouco.

— A decisão é inteiramente sua. Estritamente falando, suponho que o senhor deva processar o culpado, no interesse público. Quase todos diriam o mesmo.

— Creio que sim — disse Sir Joseph secamente. — Não seria o dinheiro deles que iria voar pela janela. E eu não gosto de ser enrolado. Ninguém nunca me roubou e saiu impune.

— Bem, então o que decide?

Sir Joseph deu um murro na mesa.

— Prefiro o vil metal! Ninguém vai dizer que conseguiu sair por aí com duzentas libras do meu dinheiro!

Hercule Poirot levantou-se, foi até a escrivaninha, preencheu um cheque de duzentas libras e entregou-o ao outro homem.

Sir Joseph disse, com voz fraca: — Raios me partam! Mas quem é o tal sujeito?

Poirot sacudiu a cabeça. — Se aceitar o dinheiro, não poderá fazer perguntas.

Sir Joseph dobrou o cheque e enfiou-o no bolso.

— É uma pena. Mas o dinheiro é que importa. E quanto é que eu lhe devo, M. Poirot?

— Meus honorários não serão altos. Esta foi, como já lhe disse, uma questão sem nenhuma importância. — Fez uma pausa e, depois, acrescentou: — Hoje em dia praticamente todos os meus casos são de assassinato.

Sir Joseph comentou, um tanto assustado: — Devem ser interessantes.

— Às vezes. Curiosamente, o senhor lembra-me muito um de meus primeiros casos, na Bélgica, há muitos anos — o protagonista principal era muito semelhante ao senhor, em aspecto. Era um rico fabricante de sabão. Envenenou a mulher para poder casar-se com a secretária. E... a semelhança é notável.

Um fraquíssimo som saiu dos lábios de Sir Joseph — que se haviam tornado repentinamente roxos. Toda a cor se havia esvaído de suas faces. Seus olhos, esbugalhados, fixaram-se em Poirot. Ele escorregou um pouco em sua cadeira.

Depois, com mão trêmula, remexeu nos bolsos. Retirou de um deles o cheque, que rasgou em mil pedaços.

— Pronto, esse está liquidado, compreendeu? Considere-o como sendo os seus honorários.

— Ora, Sir Joseph, meus honorários nunca seriam tão altos assim.

— Não faz mal. Pode ficar com tudo.

— Eu enviarei a quantia a alguma meritória obra de caridade.

— Mande-a para o diabo que o carregue.

Poirot inclinou-se para a frente. — Creio que dificilmente será necessário, Sir Joseph, dizer-lhe o quanto, em sua posição, seria bom para o senhor ser cuidadoso.

A voz de Sir Joseph estava quase inaudível. — Não precisa se preocupar. Eu terei o maior cuidado.

Hercule Poirot deixou a casa. E quando ia descendo os degraus da saída disse para consigo mesmo:

Então... eu tinha razão.

Lady Hoggin disse ao marido: — Que engraçado, este fortificante está com um gosto inteiramente diferente. Não estou mais sentindo aquele gosto amargo. Por que será?

Sir Joseph grunhiu. — Farmacêutico. Deve ser um desleixado. Prepara as coisas cada vez de um modo.

Lady Hoggin pareceu ficar em dúvida. — É; deve ser isso.

— Claro que é. O que mais poderia ser?

Os trabalhos de Hércules 41

— E aquele homem descobriu alguma coisa a respeito de Shan Tung?

— Descobriu. Conseguiu meu dinheiro de volta.

— E quem foi?

— Não disse. Esconde muito bem o jogo, aquele tal de Poirot. Mas você não precisa mais se preocupar.

— Ele é um homenzinho muito engraçado, não é?

Sir Joseph teve um pequeno arrepio e levantou os olhos para a presença invisível de Hercule Poirot atrás de seu ombro direito. Teve o pressentimento que a sentiria ali para o resto de seus dias.

— É um diabinho muito esperto, aquele!

E pensou consigo: *Greta que vá para o inferno! Não vou arriscar meu pescoço por nenhuma porcaria de loura platinada!*

— *Oh!*

Amy Carnaby ficou olhando, incrédula, para o cheque de duzentas libras. E gritou: "Emily! *Emily!* Escute isso:

— *Prezada Senhorita Carnaby, Permita-me fazer a contribuição inclusa para seu fundo, antes que sua campanha de arrecadação se encerre definitivamente.*

Muito sinceramente seu,
Hercule Poirot

— Amy — disse Emily Carnaby —, você teve uma sorte incrível. Pense onde poderia estar agora.

— Wormwood Scrubbs — ou será que é Holloway? — murmurou Amy Carnaby. — Mas isso tudo acabou — não é, Augustus? Nada mais de passeios pelo parque com a mamãe ou as amigas da mamãe e um pequeno par de tesouras.

Uma nostalgia distante brilhou em seu olhar. Suspirou.

— Augustus querido! Que pena. Ele é tão esperto. Aprende tudo.

A Hidra de Lerna

HERCULE POIROT LANÇOU UM OLHAR ENCORAJA-DOR ao homem sentado à sua frente.

O dr. Charles Oldfield devia andar por volta dos quarenta anos. Tinha cabelos claros ligeiramente grisalhos nas têmporas e olhos azuis que traziam uma expressão preocupada. Era um pouco curvo e mostrava-se hesitante em sua maneira de ser. Além do mais, parecia achar muito difícil dizer exatamente ao que vinha.

Gaguejando ligeiramente, disse: —Vim procurá-lo, M. Poirot, com um pedido um tanto estranho. E agora que estou aqui tenho a impressão que vou fazer tudo soar ainda pior. Porque, sabe, eu mesmo agora estou percebendo que é o tipo de coisa a respeito da qual ninguém pode fazer nada.

— Quanto a isso, é preciso que me permita julgar por mim mesmo — murmurou Poirot.

Oldfield resmungou: — Nem sei por que cheguei a pensar que talvez...

Estancou.

Hercule Poirot resolveu completar a frase.

— Que talvez eu pudesse ajudá-lo? *Eh bien,* talvez eu possa. Diga-me qual é o seu problema.

Oldfield esticou-se. Poirot tornou a notar como o homem parecia arrasado.

Oldfield começou a falar, porém em sua voz havia uma nota de total desesperança: — O senhor compreende, não adianta nada ir à polícia. Eles não podem fazer nada. E no entanto... todos os dias piora um pouco mais. Eu... eu simplesmente não sei o que fazer.

— O que é que piora?

— A questão dos boatos. É muito simples, M. Poirot. Há pouco mais de um ano, minha mulher morreu. Já havia alguns anos que ela era inválida. E estão dizendo, todos estão dizendo, que eu a matei... que eu a envenenei!

— Ah! — disse Poirot. — E o senhor envenenou-a?

— M. Poirot! — O dr. Oldfield levantou-se de um salto.

— Acalme-se — disse Hercule Poirot. — E sente-se novamente. Vamos então partir da premissa de que o senhor não envenenou sua mulher. E o senhor clinica, creio eu, em alguma zona rural...

— Exato. Market Loughborough — em Berkshire. Sempre soube que era o tipo de lugar no qual se fala muito da vida dos outros, porém nunca poderia imaginar que chegassem ao ponto a que chegaram. — Arrastou sua cadeira um pouco para a frente. — M. Poirot, o senhor não imagina o que eu tenho passado. A princípio não tinha a menor ideia do que estava acontecendo. Reparei que as pessoas estavam menos amistosas e mostravam certa tendência para me evitar — porém atribuí o fato a meu luto recente. Depois tudo passou a ser mais ostensivo. Mesmo em público havia gente que atravessava a rua só para não falar comigo. Minha clínica está diminuindo. Em todo lugar que chego sinto que as vozes ficam mais baixas, que olhos hostis me observam enquanto línguas maliciosas sussurram seu veneno mortífero. Já recebi uma ou duas cartas — absolutamente sórdidas.

Fez uma pausa, depois continuou.

— E... e eu não sei o que fazer. Não sei como lutar contra essa... essa teia vil de mentiras e suspeitas. Como poderei contestar o que nunca me é dito frente a frente? Sinto-me impotente... acuado... estou sendo lenta e implacavelmente destruído.

Poirot acenou pensativamente a cabeça.

E disse: — Sim. O boato é sem dúvida a Hidra de Lerna de nove cabeças, que não pode ser exterminada porque tão logo uma cabeça é cortada outra cresce em seu lugar.

O dr. Oldfield concordou: — É isso mesmo. Não há nada que eu possa fazer... nada! Vim procurá-lo em último recurso — porém nem por um só minuto suponho que haja qualquer coisa que o senhor possa fazer, tampouco.

Hercule Poirot ficou em silêncio por alguns instantes. Depois disse:

— Não estou tão certo disso. Seu problema interessa-me, dr. Oldfield. Gostaria de tentar dar cabo desse monstro de muitas cabeças. Porém antes de mais nada fale-me um pouco mais a respeito das circunstâncias que originaram esse malicioso falatório. Sua esposa, segundo disse, morreu há pouco mais de um ano. Qual foi a causa da morte?

— Úlcera gástrica.

— Foi feita autópsia?

— Não. Ela sofria de problemas gástricos já fazia bastante tempo.

Poirot acenou a cabeça. — E os sintomas de inflamação gástrica e de envenenamento por arsênico são muito semelhantes; coisa que hoje em dia é de conhecimento público. Nos últimos dez anos houve pelo menos quatro assassinatos sensacionais nos quais a vítima foi enterrada sem qualquer suspeita com um atestado de óbito devido a perturbações gástricas. Sua esposa era mais velha ou mais moça do que o senhor?

— Era cinco anos mais velha.

— E quanto tempo estiveram casados?

— Quinze anos.

— Ela deixou propriedades?

— Sim. Era uma mulher relativamente abastada. Deixou, aproximadamente, trinta mil libras.

— Uma soma considerável. Ficou para o senhor?

— Ficou.

— E o senhor e sua esposa davam-se bem?

— Mas é claro.

— Nada de brigas? Nada de cenas?

Os trabalhos de Hércules 45

— Bem... — Charles Oldfield hesitou. — Minha mulher era o que se poderia chamar uma mulher difícil. Era inválida e muito preocupada com a própria saúde, tendo inclinação, por isso mesmo, a preocupar-se e ser difícil de contentar. Havia dias em que eu não conseguia fazer nada certo.

Poirot novamente acenou a cabeça. — Ah, sim; conheço bem o tipo. Possivelmente gostava de queixar-se de ser negligenciada, ou de não ser devidamente apreciada — ou de que seu marido estava cansado dela e ficaria contente com sua morte.

O rosto de Oldfield registrou a veracidade das sugestões de Poirot. Com um sorriso amargo, concordou: — Acertou em cheio!

Poirot continuou: — Ela tinha alguma enfermeira diplomada para cuidá-la? Ou dama de companhia? Ou alguma criada dedicada?

— Uma dama de companhia enfermeira. Mulher muito sensata e competente. Não creio que os comentários partissem dela.

— Até as pessoas sensatas e competentes foram dotadas de línguas por *le bon Dieu;* e nem sempre elas as usam com sabedoria. Não tenho dúvida de que a enfermeira falou, que os empregados falaram e que todo mundo falou! O senhor apresentou-me todos os ingredientes para que se dê início a um delicioso escândalo de aldeia. E agora tenho de fazer-lhe mais uma pergunta. Quem é a dama em questão?

— Não estou compreendendo. — O dr. Oldfield ficou rubro de raiva.

Poirot disse delicadamente: — Creio que compreende. Estou perguntando como é o nome da dama com a qual o seu nome veio a ser ligado.

— Não há nenhuma "dama em questão" — disse ele. — Sinto muito, M. Poirot, ter tomado tanto tempo seu.

Dirigiu-se para a porta.

Poirot falou: — Também eu sinto muito. Seu caso interessa-me. Gostaria de ter podido ajudá-lo. Porém não posso fazer nada sem estar a par de toda a verdade.

— Eu lhe disse a verdade.

— Não.

O dr. Oldfield parou. Voltou-se para Poirot.

— Por que insiste que haja alguma mulher relacionada com isso?

— *Mon cher docteur!* Acredita que eu desconheça a mentalidade das mulheres? Toda conversa de comadre, ainda mais em um lugar pequeno, é sempre baseada em relações entre os sexos. Se um homem envenena a esposa para viajar para o polo Norte ou para gozar as delícias da vida de solteiro, seus concidadãos jamais lhe dariam um momento de atenção! Mas porque estão convencidos de que o assassinato teve lugar para que o homem pudesse casar-se com alguma outra mulher, é que os comentários aparecem e se espalham. Isso é psicologia elementar!

Oldfield retrucou, irritado: — Não sou responsável pelo que um bando de linguarudos intrometidos possam pensar!

— É claro que não. — Poirot continuou: — De modo que o melhor será o senhor voltar aqui, tornar a sentar-se, e fornecer a resposta à pergunta que acabei de fazer.

Vagarosa e quase que relutantemente Oldfield voltou e retomou sua cadeira. Ao falar, corou até a raiz dos cabelos.

— Suponho que seja possível que estejam falando a respeito da srta. Moncrieff. Jean Moncrieff é minha auxiliar na clínica e uma moça excelente.

— Há quanto tempo ela trabalha para o senhor?

— Há três anos.

— Sua esposa gostava dela?

— Hm... bem... não exatamente.

— Tinha ciúmes dela?

— Mas era absurdo!

Poirot sorriu. — Os ciúmes das esposas são proverbiais. Porém vou dizer-lhe uma coisa. Em minha experiência o ciúme, por mais recôndito e extravagante que seja, é quase sempre baseado na realidade. Não existe uma frase que diz que o freguês tem sempre razão? Pois bem, a mesma coisa pode ser dita a respeito do marido ou mulher ciumentos. Por menos provas concretas que possa haver, fundamentalmente eles têm sempre razão.

O dr. Oldfield afirmou energicamente: — Tolice. Eu jamais disse uma única palavra a Jean Moncrieff que minha mulher não pudesse ter ouvido.

— É bem possível. Porém isso não altera a verdade fundamental do que acabo de dizer. — Hercule Poirot inclinou-se para a frente. Sua voz tornou-se intensa, persuasiva. — dr. Oldfield, vou fazer tudo o que me for possível neste caso. Porém preciso receber de sua parte a mais completa franqueza, a despeito de convenções, aparências ou de seus próprios sentimentos. É verdade, não é, que o senhor deixou de amar sua esposa algum tempo antes de sua morte?

Oldfield ficou em silêncio por alguns instantes. Depois disse:

— Essa confusão toda está acabando comigo. Eu preciso ter esperanças. De algum modo eu sinto que o senhor vai poder fazer alguma coisa por mim. Serei honesto com o senhor, M. Poirot. Não tinha um carinho profundo por minha esposa. Fui, creio, um bom marido para ela, porém jamais estive realmente apaixonado por ela.

— E por essa moça, Jean?

Pequenas gotas de transpiração apareceram na testa do médico.

— Eu... eu a teria pedido em casamento antes disto se não fosse por todo esse escândalo, todo esse falatório — disse ele.

Poirot recostou-se na cadeira.

Finalmente falou: — Agora, afinal, estamos chegando aos fatos verdadeiros! *Eh bien,* dr. Oldfield. Vou aceitar o seu caso. Porém lembre-se de uma coisa — o que eu buscarei será a verdade.

Oldfield replicou, amargo: — Não há de ser a verdade que irá magoar-me!

Hesitando, acrescentou: — Sabe, estive pensando na possibilidade de um processo por difamação! Se eu conseguisse que uma única pessoa me fizesse alguma acusação concreta — não acha que nesse caso eu poderia sair com o nome limpo? Ao menos, às vezes parece-me que sim. Mas outras vezes acho que só ia piorar as coisas — dar maior publicidade a todo o caso e acabar com os outros dizendo: "Não ficou provado nada, mas não existe fumaça sem fogo!"

Olhou para Poirot.

— Diga-me com franqueza: há alguma saída para este pesadelo?

— Sempre há uma saída — disse Hercule Poirot.

— Vamos para o campo, Georges — disse Hercule Poirot a seu criado de quarto.

— Verdade, senhor? — disse o imperturbável Georges.

— E o objetivo da viagem é o de destruir um monstro de nove cabeças.

— Realmente, senhor? Algum animal no gênero do monstro de Loch Ness?

— Muito menos tangível do que ele. Não estava falando de qualquer animal de carne e osso, Georges.

— Eu o compreendi mal, senhor.

— Seria mais fácil se o fizesse. Não há nada tão intangível, tão difícil de localizar, quanto a fonte de um boato.

— Sem dúvida, senhor. É por vezes muito árduo descobrir como se inicia uma coisa dessas.

— Exatamente.

Hercule Poirot não ficou hospedado na casa do dr. Oldfield. Em vez disso, instalou-se na hospedaria local. Na manhã seguinte à sua chegada, Jean Moncrieff foi a primeira pessoa que entrevistou.

Era uma moça alta, de cabelos cor de cobre e firmes olhos azuis. Havia nela qualquer coisa que sugeria estar sempre alerta, em guarda.

— Então o dr. Oldfield foi procurá-lo — disse ela. — Eu sabia que andava pensando em fazê-lo.

Notava-se total falta de entusiasmo em sua voz.

Poirot indagou: — A senhorita não aprova a ideia?

Os olhos dela fixaram-se nos dele. Disse com frieza: — E o que poderá o senhor fazer?

— Poderia haver algum modo de solucionar a questão — disse Poirot de modo tranquilo.

— Que modo? — Atirava-lhe as palavras, com desprezo. — Será que o senhor tem intenção de procurar, uma por uma, todas essas velhotas faladeiras e dizer: "Fora de brincadeira, é preciso que parem de falar desse modo. Isso faz mal ao pobre do dr. Oldfield." E elas responderiam: "Mas é claro que jamais acreditei numa só palavra da história!" Isso é que é o pior de tudo — nunca dizem: "Querida, já te ocorreu que a morte da sra. Oldfield não foi bem como dizem?" Não. Ficam dizendo: "É claro, minha querida, que eu não acredito naquela história a respeito do dr. Oldfield e a mulher dele. Tenho a certeza de que ele não faria uma coisa dessas, muito embora seja verdade que ele talvez desse um pouco menos de atenção a ela do que devia e eu não ache, realmente, que ele devesse ter uma moça tão jovem como auxiliar — mas claro que não estou nem sequer sugerindo que tenha havido qualquer coisa de mal entre eles. Não, não, estou convencida que não houve nada de mal..." — Ela parou. Seu rosto estava enrubescido e sua respiração apressada.

Hercule Poirot comentou: — A senhorita parece saber muito bem o que andam dizendo.

Os lábios dela cerraram-se imediatamente. Depois disse com amargura: — Sei muito bem, sim senhor.

— E qual é a solução que oferece?

Jean Moncrieff afirmou: — A melhor coisa que ele poderia fazer seria vender a clínica e começar tudo de novo em algum outro lugar.

— E não crê que os comentários pudessem segui-lo até lá? Ela deu de ombros.

— Isso é um risco que ele terá de correr.

Poirot ficou em silêncio alguns minutos. Depois perguntou: — A senhorita vai casar-se com o dr. Oldfield, srta. Moncrieff? Ela não demonstrou qualquer surpresa ante a pergunta.

— Ele não me pediu em casamento — respondeu secamente.

— E por que não?

Os olhos azuis da moça enfrentaram os de Poirot um momento. Depois ela respondeu: — Porque eu consegui impedi-lo!

— Ah! Que bênção encontrar alguém que sabe ser franca!

— Serei tão franca quanto desejar. Quando compreendi que essa gente estava dizendo que Charles tinha se livrado da mulher para se casar comigo, achei que se nos casássemos estaríamos piorando tudo. Esperava que se não houvesse questão de casamento entre nós esse escândalo ridículo acabaria morrendo.

— Mas não morreu?

— Não; não morreu.

— Mas sem dúvida — disse Hercule Poirot — isso é um pouco esquisito, não?

Jean respondeu com azedume: — Eles não têm muito com o que se divertir, por aqui.

— A senhorita deseja casar-se com Charles Oldfield? — perguntou Poirot.

A moça respondeu com considerável frieza:

— Quero. Comecei a querer quase logo que o conheci.

— Quer dizer que a morte da mulher dele foi muito conveniente para a senhorita?

Jean Moncrieff respondeu: — A sra. Oldfield era uma mulher singularmente desagradável. Para falar francamente, fiquei encantada quando ela morreu.

— Sim — comentou Poirot —, sem dúvida a senhorita é muito franca.

Ela dirigiu-lhe um novo sorriso de desprezo.

Poirot disse: — Tenho uma sugestão a fazer.

— Pois não.

— O caso requer medidas drásticas. Sugiro que alguém — possivelmente a senhorita — escreva ao Ministério do Interior.

— Mas de que diabo o senhor está falando?

— Estou dizendo que a melhor maneira de se dar fim a toda essa história de uma vez por todas é obter a exumação do corpo para que seja realizada uma autópsia.

Ela deu um passo para trás. Os lábios abriram-se e tornaram a fechar-se. Poirot observava-a.

— Então, Mademoiselle? — disse ele finalmente.

Jean Moncrieff disse baixinho: — Não concordo com o senhor.

— Mas por que não? Por certo um veredicto de morte por causas naturais silenciaria todas as línguas.

— Se fosse esse o veredicto, sim.

— Sabe o que acaba de sugerir, Mademoiselle?

Jean Moncrieff teve um gesto de impaciência. — Sei do que está falando. Está pensando em envenenamento por arsênico; seria possível provar que ela não foi envenenada com arsênico. Porém há outros venenos: os alcaloides vegetais. Após um ano, nenhum traço destes seria encontrado, mesmo que tivessem sido usados. E eu sei bem como são esses responsáveis pelas análises oficiais. Poderiam muito bem redigir um veredicto totalmente neutro dizendo que não havia nada que pudesse identificar qual teria sido a causa da morte — e aí o falatório ficaria pior do que nunca!

Hercule Poirot, após alguns instantes em silêncio, disse: — Quem, na sua opinião, é a faladeira mais incurável da cidade?

A moça pensou um pouco.

— Creio realmente que a pior de todas é a tal da srta. Leatheran — disse finalmente.

— Ah! E seria possível apresentar-me à srta. Leatheran; se possível por casualidade?

— Nada mais fácil. Todas aquelas gatas velhas estão zanzando por aí, fazendo compras a esta hora da manhã. Só teremos de passear um pouco na rua principal.

Como Jean havia dito, não houve qualquer dificuldade em atingirem seu objetivo. À porta dos Correios Jean parou para falar com uma mulher de meia-idade, alta, com nariz aquilino e olhos curiosos.

— Bom dia, srta. Leatheran.

— Bom dia, Jean. Que dia lindo, não é?

Os olhos penetrantes passaram, indagadoramente, pelo companheiro de Jean Moncrieff.

— Permita que eu lhe apresente M. Poirot, que está passando uns dias aqui — disse esta.

Mordiscando delicadamente um bolinho e equilibrando uma xícara de chá nos joelhos, Hercule Poirot permitiu-se tomar um tom confidencial com sua anfitriã. A srta. Leatheran tivera a bondade de convidá-lo para o chá e, a partir desse momento, tomou a si a tarefa de descobrir exatamente o que aquele exótico estrangeirinho estava fazendo em seu meio.

Durante algum tempo ele aparou seus ataques com destreza — acicatando assim sua curiosidade. E então, quando julgou estar maduro o momento, inclinou-se ele para a frente.

— Ah, srta. Leatheran — disse ele —, já percebi que a senhorita é esperta demais para mim! Adivinhou o meu segredo. Estou aqui a pedido do Ministério do Interior. Porém, por favor — acrescentou abaixando a voz —, guarde para si tal informação.

— Mas é claro, é claro... — A srta. Leatheran estava trêmula, perturbada até o fundo da alma. — O Ministério do Interior... o senhor não está querendo dizer... não fala da pobre sra. Oldfield?

Poirot acenou várias vezes com a cabeça.

— Bem!!! — A srta. Leatheran havia imprimido àquela única palavra toda uma imensa gama de deleitáveis emoções.

Poirot continuou: — Compreende que é um assunto delicado. Tive ordens de determinar se existe ou não base suficiente para uma exumação.

A srta. Leatheran soltou uma exclamação: — Vão desenterrar a pobre coitada! Que horror!

Se ela tivesse dito "Que maravilha!" em lugar de "Que horror!", as palavras se teriam casado melhor com o tom de sua voz.

— Qual é sua opinião, srta. Leatheran?

— Bem, M. Poirot, é claro que tem havido muitos comentários. Sempre correm por aí tantos boatos nos quais não se pode acreditar.

Não há dúvida de que o dr. Oldfield tem tido comportamento muito estranho desde o acontecido, porém eu mesma já repeti inúmeras vezes que não se deve atribuí-lo a uma consciência pesada. Pode ser apenas dor. Não, é claro, que ele e a esposa vivessem em termos particularmente afetuosos. *Disso* eu tenho certeza — porque minha fonte é de primeira mão. A enfermeira Harrison, que tratou da sra. Oldfield por três ou quatro anos antes de sua morte já o admitiu. E sempre tive a sensação, o senhor sabe, de que a enfermeira Harrison nutria suas suspeitas — não que ela jamais tenha dito o que quer que seja, porém sempre se pode perceber, não pode, pelos modos de uma pessoa?

Poirot retrucou tristemente: — Tem-se tão pouco em que se basear para uma ação clara.

— Sim, eu sei. Porém se o corpo for exumado, M. Poirot, o senhor saberá de tudo.

— Sim — concordou Poirot —, então saberemos de tudo.

— Já houve casos parecidos, anteriormente, como sabe — disse a srta. Leatheran, cujo nariz tremelicava de prazer e excitação. — Armstrong, por exemplo, e aquele outro homem — não consigo lembrar-me do nome — e depois Crippen, é claro. Nunca consegui descobrir se Ethel Le Neve estava metida com ele ou não. Naturalmente, Jean Moncrieff é uma moça excelente — disso não tenho a menor dúvida. Não gostaria de dizer exatamente que ela o encorajava — porém os homens ficam muito tolos quando se trata de mocinhas, não é? E, sem dúvida, em seu trabalho tinham sempre de estar juntos...

Poirot não disse nada. Olhou-a com expressão ingênua capaz de provocar nova torrente de comentários. Por dentro divertia-se contando o número de vezes em que ela dizia "é claro", "naturalmente", etc.

— E, é claro, com a autópsia *post-mortem* e tudo isso, muita coisa teria de vir à tona, não é? Os criados, sabe como é. Os criados sempre sabem de tanta coisa, não sabem? E no fim é impossível evitar-se que façam comentários. A Beatrice dos Oldfields foi despedida quase que imediatamente após o funeral — eu sempre achei isso muito esquisito, já que hoje em dia é tão difícil arranjar empregados. Fica parecendo que o dr. Oldfield tinha medo de que ela soubesse de alguma coisa.

— Realmente parece haver bases para uma investigação — declarou solenemente Poirot.

A srta. Leatheran teve um pequeno arrepio de relutância.

— Não se pode evitar a repulsa contra a ideia — afirmou. — Nossa aldeia tão tranquila arrastada pelos jornais, coberta de publicidade!

— Isso a aterroriza?

— Um pouco. Sou muito antiquada, sabe?

— E, como disse, o provável é que tudo não passe de boatos.

— Bem... eu não sei se gostaria de fazer tal afirmação em sã consciência. O senhor sabe... estou convencida de que o que dizem é verdade: onde há fumaça há fogo!

— Eu pessoalmente penso exatamente do mesmo modo — disse Poirot.

Levantou-se.

— Posso confiar em sua discrição, Mademoiselle?

— Mas é claro! Não direi uma única palavra a ninguém.

Poirot sorriu e despediu-se.

À saída da casa, disse à empregadinha que lhe entregou seu chapéu e casaco:

— Estou aqui para averiguar as circunstâncias que cercaram a morte da sra. Oldfield, porém ficarei muito grato se não disser isso a ninguém.

E Gladys, empregada da srta. Leatheran, quase caiu de costas dentro do grande vaso para guarda-chuvas.

Excitadíssima, perguntou: — Puxa, o senhor acha que o doutor liquidou com ela?

— Já fazia tempo que você achava que sim, não é?

— Bem, senhor; não fui eu. Foi a Beatrice. Ela trabalhava lá quando a sra. Oldfield morreu.

— E achava que tinha havido... — Poirot buscou as palavras que poderiam ter o mais melodramático dos efeitos — circunstâncias definitivamente suspeitas?

Gladys concordou, excitada.

— Achava, sim. E ela disse que a enfermeira que estava trabalhando lá, a srta. Harrison, também achava. A enfermeira gostava muito da pobre da sra. Oldfield, e ficou desesperada quando ela morreu; e Gladys sempre dizia que a enfermeira devia ter sabido de alguma coisa sobre o assunto, porque ela se virou contra o doutor logo depois, o que não faria se não houvesse algo de errado, não acha?

— Onde anda a srta. Harrison agora?

— Está tomando conta da srta. Bristow; lá na outra ponta da aldeia. É fácil de encontrar. Tem uma varanda e umas colunas.

Pouco depois Hercule Poirot encontrava-se sentado em frente à mulher que, com certeza, devia saber mais do que qualquer outra pessoa a respeito das circunstâncias que deram origem aos boatos.

A enfermeira Harrison era uma mulher ainda muito bonita, beirando os quarenta. Tinha as feições calmas e serenas de uma Madona, com grandes olhos escuros e compreensivos. Ouviu-o paciente e atenciosamente. E depois disse, devagar:

— Sim, eu sei que há boatos muito desagradáveis correndo por aí. Fiz o que me foi possível para detê-los, porém não há jeito. O senhor sabe como é, as pessoas gostam de falar de coisas excitantes.

Poirot respondeu: — Porém deve ter havido alguma coisa por trás desses boatos.

Ele notou que a expressão de aflição da moça se atenuava. Porém sua única resposta foi sacudir a cabeça com perplexidade.

— Talvez — sugeriu Poirot — o dr. Oldfield e sua esposa não se dessem muito bem e possivelmente tenha sido isso o que deu origem aos boatos?

A enfermeira sacudiu vigorosamente a cabeça.

— Não, não. O dr. Oldfield foi sempre extraordinariamente bondoso e paciente para com a esposa.

— Ele realmente gostava muito dela?

Ela hesitou.

— Não... não diria exatamente isso. A sra. Oldfield era uma mulher muito difícil, nada fácil de agradar e dada a fazer exigências de solicitude e atenção que nem sempre eram justificadas.

— Está querendo dizer — retrucou Poirot — que ela exagerava a gravidade de seu estado?

A enfermeira concordou com a cabeça.

— Sim... sua má saúde era, em boa parte, fruto de sua própria imaginação.

— E no entanto — declarou Poirot gravemente — ela morreu.

— Ora, eu sei... eu sei.

Ele a observou alguns instantes; sua agitada perplexidade — sua incerteza palpável.

— Eu penso — tenho certeza, aliás — que a senhora sabe o que deu origem a todo esse falatório — disse Poirot.

A enfermeira Harrison enrubesceu.

— Bem... — disse ela — eu poderia, talvez, arriscar uma possibilidade. Estou convencida de que foi a empregada, a Beatrice, que começou com tudo isso, e creio que sei também quem meteu tudo isso na cabeça dela.

— Ah, sim?

A enfermeira prosseguiu, de forma um tanto incoerente:

— Quero que compreenda que foi alguma coisa que ouvi sem querer... um pequeno trecho de uma conversa entre o dr. Oldfield e a srta. Moncrieff — e tenho a certeza de que Beatrice também a ouviu, muito embora eu saiba que ela jamais irá admiti-lo.

— Que conversa foi essa?

A enfermeira parou um momento, como se quisesse ter certeza de que sua memória estava acurada, depois disse:

Os trabalhos de Hércules   57

— Foi cerca de três semanas antes do último ataque que matou a sra. Oldfield. Eles estavam na sala de jantar. Eu ia descendo a escada quando ouvi Jean Moncrieff dizer:

"Quanto tempo mais isso vai durar? Eu não posso aguentar muito mais."

E o doutor respondeu-lhe: "Não muito mais, querida. Eu juro." E ela disse novamente:

"Não suporto esta espera. Você acha que vai dar certo, não acha?" E ele disse: "É claro. Nada pode dar errado. Dentro de um ano estaremos casados."

Ela fez uma pausa.

— Essa foi a primeira vez, M. Poirot, que suspeitei houvesse qualquer coisa entre o doutor e a srta. Moncrieff. Claro que sabia que ele a admirava e que eram muito bons amigos, porém nada mais do que isso. Eu tornei a subir a escada — tinha levado um choque considerável — porém reparei que a porta da cozinha estava aberta e desde então fiquei convencida de que Beatrice devia ter estado escutando. E o senhor percebe, não é, como a conversa poderia ser interpretada de duas maneiras? Poderia significar apenas que o doutor sabia que sua esposa estava muito doente e não poderia viver muito mais; porém para qualquer pessoa como Beatrice soaria de outro modo — poderia parecer que o doutor e Jean Moncrieff estivessem — bem — estivessem definitivamente planejando acabar com a sra. Oldfield.

— Porém *a senhorita,* pessoalmente, não pensa assim?

— Não... não; claro que não.

Poirot mirou-a com olhar profundamente indagador.

— Enfermeira Harrison — disse ele —, há qualquer coisa a mais que saiba? Alguma coisa que não me contou?

Ela enrubesceu violentamente e disse: — Não. Claro que não. O que poderia haver?

— Não sei. Porém julguei que pudesse haver... alguma coisa.

Ela sacudiu a cabeça. O aspecto de perturbação havia voltado.

Hercule Poirot disse: — É possível que o Ministério do Interior ordene a exumação do corpo da sra. Oldfield.

— Ah, não! — A srta. Harrison estava horrorizada. — Que coisa horrível!

— A senhorita acha que seria uma pena?

— Eu acho que seria uma coisa horrível! Pense nos comentários que isso iria provocar! E seria terrível, terrível, para o pobre dr. Oldfield.

— Não crê que pudesse ser bom para ele?

— O que quer dizer?

— Se ele for inocente, sua inocência ficará provada — disse Poirot.

O detetive calou-se. E ficou observando a ideia arraigar-se na mente da enfermeira, viu que ela franzia a testa em perplexidade e, depois, notou que a testa se descontraía novamente.

— Não havia pensado nisso — disse ela com simplicidade. — É claro que é a única coisa a fazer.

Respirou profundamente e olhou para ele.

Houve uma série de batidas no chão do andar superior. A enfermeira levantou-se de um salto.

— É a minha paciente, srta. Bristow. Já acordou de seu repouso. Tenho de ir ajeitá-la melhor para poder tomar seu chá e, depois, tenho de ir dar meu passeio. Sim, M. Poirot. Creio que o senhor tem toda a razão. Uma autópsia resolveria a questão de uma vez por todas. Esclareceria tudo, e todos esses horríveis boatos a respeito do dr. Oldfield acabariam.

Ela despediu-se com um aperto de mão e correu para fora da sala.

Hercule caminhou até o Correio e fez uma chamada telefônica para Londres.

A voz da outra extremidade era petulante.

— Será necessário andar farejando esse tipo de coisa, meu caro Poirot? Tem certeza de que se trata de um caso para nós? Sabe

Os trabalhos de Hércules 59

muito bem em que dão, de modo geral, esses boatos de aldeia: absolutamente nada.

— Este é um caso especial — argumentou Poirot.

— Está bem, se assim o diz. Você tem um hábito tão irritante de ter sempre razão. Mas se for fogo de palha vamos ficar muito zangados com você, não sabe?

Hercule Poirot deu um sorriso.

E murmurou: — Porém eu ficarei muito satisfeito.

— Como disse? Eu não ouvi.

— Nada. Não disse nada.

Desligou.

Entrando na sala do Correio, debruçou-se no balcão e perguntou, em seu tom mais envolvente:

— Será que por algum acaso poderia informar-me onde reside agora a moça que trabalhava antigamente para o dr. Oldfield — creio que se chamava Beatrice?

— Beatrice King? Já esteve em duas casas depois disso. Agora está com a sra. Markey, que mora no andar em cima do Banco.

Poirot agradeceu-lhe, comprou dois cartões-postais, um talão de selos e um exemplar da cerâmica local. Durante suas aquisições conseguiu introduzir a morte da sra. Oldfield na conversa. E imediatamente notou que o rosto da encarregada do Correio adquiriu expressão furtiva. Ela disse:

— Muito repentina, não foi? O senhor já deve ter ouvido dizer que deu muito o que falar.

Um brilho de interesse apareceu em seus olhos quando perguntou:

— Quem sabe se essa é a razão pela qual o senhor está querendo encontrar Beatrice King? Todos nós achamos muito esquisito o jeito como ela saiu de lá, assim de repente. Houve quem achasse que ela sabia de alguma coisa — e vai ver sabia mesmo. Ela tem dado umas boas indiretas.

Beatrice King era uma moça baixa, fanhosa e com ar de sonsa. Apresentava um aspecto de maciça estupidez, porém seus olhos eram mais inteligentes do que seu comportamento levaria a crer. Aparentemente, no entanto, não havia nada que pudesse ser arrancado dela. Ficava repetindo:

— Eu não sei nada de coisa nenhuma... Não me cabe dizer nada do que acontecia lá em cima... Não sei do que é que está falando com essa história de escutar conversa do doutor com a srta. Moncrieff. Não sou dessas que ficam ouvindo atrás das portas e o senhor não tem direito de dizer que sou. Não sei de nada.

— Alguma vez ouviu falar de envenenamento por arsênico? — perguntou Poirot.

Um rebrilhar rápido e furtivo de interesse apareceu no semblante emburrado da moça.

— Então era isso que tinha no vidro de remédio? — perguntou ela.

— Que vidro de remédio?

Beatrice respondeu: — Um dos vidros de remédio que aquela srta. Moncrieff preparou para a patroa. A enfermeira ficou toda aflita — bem que eu vi. Ela provou, eu vi que provou, e cheirou, e depois entornou tudo na pia e encheu o vidro com água da bica. Em todo caso, era um remédio branco, assim igual a água. E uma vez, quando a srta. Moncrieff levou um bule de chá para a patroa, a enfermeira tornou a trazer para baixo e fez um outro, fresquinho — ela falou que a água não estava fervendo direito da primeira vez, mas isso foi só desculpa, que eu vi! Eu pensava que era tudo desses não-me-toques que enfermeira de vez em quando tem — mas não sei — pode ser que fosse mais alguma coisa.

Poirot concordou de cabeça.

— Você gostava da srta. Moncrieff, Beatrice?

— Não me importava, não. Meio convencida. É claro que eu sempre soube que ela estava caidinha pelo doutor. Bastava ver o jeito que ela olhava para ele.

Poirot novamente acenou a cabeça.

Voltou à hospedaria, onde deu certas instruções a Georges.

Dr. Alan Garcia, patologista do Ministério do Interior, esfregou as mãos e, piscando para Poirot, disse:

— Saiu tudo como queria, não é, M. Poirot? O homem que sempre está com a razão.

— Bondade sua — respondeu Poirot.

— O que foi que lhe deu a pista? Boatos?

— Exatamente como diz: Entra o Boato, vestido com mil línguas.

No dia seguinte novamente Poirot tomou o trem para Market Loughborough.

Market Loughborough zunia como uma colmeia de abelhas. Aliás já estava zunindo desde que houvera a ordem para a exumação. Agora que os resultados da autópsia começavam a se espalhar, a excitação estava atingindo a mais febril intensidade.

Fazia cerca de uma hora que Poirot estava na hospedaria e já havia terminado um sólido almoço de torta de carne com rins, regado a cerveja, quando vieram dizer-lhe que havia uma senhora esperando por ele.

Era a enfermeira Harrison. Seu rosto estava branco e encovado. Ela dirigiu-se imediatamente a Poirot.

— É verdade, M. Poirot? É realmente verdade?

Ele conduziu-a delicadamente a uma cadeira.

— Sim. Foi encontrado arsênico mais do que suficiente para causar a morte.

A enfermeira soluçou: — Eu nunca pensei... nunca me passou pela cabeça... — e desatou a chorar copiosamente.

Poirot disse, com delicadeza: — A verdade tinha de ser revelada, não acha?

—Vão enforcá-lo? — soluçou ela.

—Ainda há muito a ser provado — respondeu Poirot. — Oportunidade, acesso ao veneno... o meio pelo qual este foi ministrado.

— Mas suponhamos, M. Poirot, que ele não tenha tido nada com isso... absolutamente nada.

— Nesse caso — respondeu Poirot dando de ombros — ele será absolvido.

A enfermeira começou a falar lentamente: — Há uma coisa ... uma coisa que, creio, eu já lhe deveria ter contado há mais tempo... mas não contei porque julgava que não havia nada de sério. Era só esquisito.

— Eu sabia que havia alguma coisa — respondeu Poirot. — Agora creio que será melhor contar-me, seja lá o que for.

— Não é muita coisa. É só que um dia, em que eu fui ao ambulatório buscar alguma coisa, Jean Moncrieff estava fazendo algo um tanto... estranho.

— Sim?

— Parece bobagem. É só que ela estava enchendo sua caixinha de pó... uma de esmalte rosado...

— Sim?

— Porém ela não estava enchendo com pó de arroz; quero dizer que não era pó comum, de maquilagem, branco. Ela estava derramando dentro da caixinha alguma coisa de um dos vidros do armário de venenos. Ao me ver ela se assustou e fechou a caixinha e enfiou-a rapidamente em sua bolsa — e recolocou imediatamente o vidro no armário, para que eu não pudesse ver o que era. É claro que pode ser que isso não tenha o menor significado; porém agora que sei que a sra. Oldfield foi realmente envenenada... — Interrompeu-se.

Poirot disse: — Dá-me licença por um momento?

Saiu e foi telefonar para o sargento-detetive Grey da polícia de Berkshire.

Hercule Poirot voltou e ele e a enfermeira permaneceram sentados, em silêncio.

O detetive estava vendo o rosto de uma moça de cabelos ruivos dizendo, com voz clara e ríspida: "Eu não concordo." Jean Moncrieff não tinha querido uma autópsia. Sua desculpa tinha sido bastante plausível, mas isso não alterava o fato básico. Apaixonada por um homem amarrado a uma inválida queixosa que, segundo a enfermeira Harrison, ainda podia continuar viva por muitos anos, já que não tinha realmente nenhuma doença grave.

Hercule Poirot suspirou.

— Em que é que está pensando? — perguntou a enfermeira.

— Em um mundo digno de piedade — retrucou Poirot.

— Não creio por um só instante que ele soubesse o que quer que seja a respeito — afirmou a enfermeira.

— Pode ter certeza que não — respondeu Poirot.

A porta abriu-se e o sargento-detetive Grey entrou. Trazia alguma coisa embrulhada em um lenço de seda na mão. Desembrulhou-a e pousou-a cuidadosamente sobre a mesa. Era uma caixinha de pó de esmalte rosa.

A enfermeira Harrison disse: — Foi essa que eu vi.

— Foi encontrada bem no fundo da gaveta da escrivaninha da srta. Moncrieff — disse Grey. — Dentro de um saquinho perfumado contendo lenços. Aparentemente não tem nenhuma impressão digital, porém terei o maior cuidado.

Com o lenço protegendo sua mão, apertou a mola. A caixinha abriu-se.

— Isso aí não é pó facial — disse Grey.

Comprimiu um dedo contra o pó depois levou-o à língua para provar.

— Não tem gosto de coisa nenhuma.

— Arsênico branco não tem gosto — respondeu Poirot.

Grey declarou: — Será analisado imediatamente. — Voltou-se para a enfermeira Harrison: — Pode jurar que esta é a mesma caixinha?

— Sim. Tenho certeza. É a caixinha que vi com a srta. Moncrieff, no ambulatório, cerca de uma semana antes da morte da sra. Oldfield.

O sargento Grey suspirou. Olhou para Poirot e acenou. Este último tocou a campainha.

— Mandem vir aqui meu criado de quarto, por favor.

Georges, o criado de quarto perfeito, discreto, quase impressentível, entrou na sala e olhou para seu patrão.

Hercule Poirot disse: — Identificou esta caixinha de pó, srta. Harrison, como a que viu em poder da srta. Moncrieff há mais de um ano. *Será que ficaria surpresa em saber que esta caixinha em particular foi vendida há apenas poucas semanas pelas lojas Woolworth e que, além do mais, este desenho e cor só entraram em fabricação nos últimos três meses?*

A enfermeira Harrison perdeu a respiração. Olhou para Poirot com olhos arregalados e sombrios.

Poirot continuou: — Já viu esta caixinha anteriormente, Georges?

Georges adiantou-se.

— Sim, meu senhor. Observei essa pessoa, a enfermeira Harrison, adquiri-la nas lojas Woolworth na sexta-feira, dia 18. Seguindo as suas instruções, segui essa senhorita todas as vezes que saiu de casa. Ela tomou o ônibus para Darnington na data mencionada e comprou essa caixa de pó. Levou-a consigo para casa. Mais tarde, no mesmo dia, foi à casa em que se hospeda a srta. Moncrieff. Segundo suas instruções, eu já me encontrava dentro da casa. Observei-a enquanto entrou no quarto da srta. Moncrieff e escondeu esse objeto no fundo da gaveta da escrivaninha. Por uma fresta da porta eu podia ver tudo muito claramente. Depois disso, ela deixou a casa, acreditando não estar sendo observada. Devo dizer que ninguém por aqui tranca suas portas e que já escurecia.

Poirot dirigiu-se à enfermeira Harrison, com voz dura e implacável:

— Será que é capaz de explicar tais fatos, enfermeira Harrison? Não havia arsênico nessa caixinha quando ela deixou o estabelecimento Woolworth, porém havia quando foi retirada da casa da srta. Bristow. — Acrescentou suavemente: — Não foi inteligente de sua parte guardar consigo mais doses de arsênico.

A enfermeira enterrou o rosto nas mãos.

Falou com voz baixa e sem expressão: — É verdade... é tudo verdade. Eu a matei. E tudo para nada... nada. Eu devia estar louca.

Jean Moncrieff disse: — Devo pedir que me desculpe, M. Poirot. Eu estava com tanta raiva do senhor... tanta! Eu tinha a impressão de que o senhor estava tornando as coisas ainda muito piores.

Sorrindo, Poirot respondeu: — E estava mesmo, a princípio. É como na velha lenda da Hidra de Lerna. Cada vez que se cortava uma cabeça, duas apareciam em seu lugar. De modo que, a princípio, os boatos cresceram e se multiplicaram. Porém a minha tarefa, como a de meu homônimo Hércules, era descobrir a primeira cabeça, a essencial. Quem iniciou esses boatos? Não me levou muito tempo para descobrir que a iniciadora de tudo o que se dizia tinha sido a enfermeira. Fui vê-la. Tinha a aparência de uma mulher bondosa — inteligente e compreensiva. Porém quase que imediatamente ela cometeu um engano — repetiu para mim uma conversa que ela teria ouvido entre a senhorita e o doutor, mas é preciso que compreenda que a conversa estava toda errada. Psicologicamente era muito improvável. Se a senhorita e o doutor tivessem planejado juntos o assassinato da sra. Oldfield, sei que são ambos inteligentes e equilibrados demais para terem uma conversa daquele tipo em uma sala com a porta aberta, que poderia ser facilmente ouvida tanto por alguém no alto da escada quanto por alguém na cozinha. Além do mais, as palavras atribuídas a ambos não se coadunavam com suas características mentais. Eram as palavras de uma mulher muito mais velha e de tipo radicalmente diverso. Eram as palavras que alguém como a enfermeira Harrison poderia imaginar que fossem usadas naquelas circunstâncias.

Até aquele momento eu havia considerado o caso todo como bastante simples. A enfermeira Harrison, compreendi, era uma mulher relativamente jovem e ainda bonita; já fazia três anos que as circunstâncias a haviam colocado em contato próximo e frequente com o dr. Oldfield. O doutor gostava muito dela e era-lhe muito grato pelo tato e compreensão que sempre demonstrava. Ela formou a impressão de que se a sra. Oldfield morresse seria provável que o doutor a pedisse em casamento. Ao invés, depois da morte da sra. Oldfield ela descobre que o dr. Oldfield está apaixonado pela senhorita. Imediatamente, instigada pelo ódio e pelo ciúme, ela começa a espalhar o boato que o dr. Oldfield havia envenenado a esposa.

Era assim, como estou dizendo, que eu visualizava a posição a princípio. Era o caso de uma mulher ciumenta e um rumor falso. Porém aquela surrada frase "Não há fumaça sem fogo" reaparecia a cada momento. Comecei a imaginar se a enfermeira não havia feito algo mais do que iniciar um boato. Certas coisas que dizia soavam mal. Disse-me que a doença da sra. Oldfield era em grande parte imaginária — que ela não sentia muita dor. Porém o próprio doutor não havia tido dúvidas a respeito da realidade do sofrimento de sua mulher. Sua morte, para ele, não fora uma surpresa. Ele havia chamado outro médico pouco antes de sua morte e esse outro médico havia constatado a gravidade da condição da paciente. Apenas tentativamente, acenei com a possibilidade de uma exumação. A princípio a enfermeira ficou em pânico, quase fora de si, com a ideia. Depois, quase que imediatamente, seu ciúme e seu ódio a dominaram. Que eles achem o arsênico! — nenhuma suspeita poderia recair sobre ela. Só o doutor e Jean Moncrieff é que sofreriam.

Só havia uma esperança. Fazer a enfermeira ir longe demais. Se houvesse uma possibilidade de Jean Moncrieff escapar, imaginei que a srta. Harrison não pouparia nenhum esforço para envolvê-la no crime. Dei instruções a meu fiel Georges — o mais discreto dos homens e, além do mais, alguém que ela não conhecia nem de vista. Era seu dever segui-la de perto. E assim... tudo acabou bem.

— O senhor foi maravilhoso — disse Jean Moncrieff.

O dr. Oldfield entrou e disse: — Mais que maravilhoso. Nunca poderei agradecer-lhe o bastante. Que idiota mais cego que eu fui!

— A senhorita estava igualmente cega a respeito, srta. Moncrieff? — perguntou Poirot, com curiosidade.

Jean Moncrieff falou, vagarosamente: — Eu estava quase morrendo de preocupação. Quando dei por falta de arsênico no ambulatório...

Oldfield explodiu: — Jean... você não pensou...?

— Não... você, não. O que pensei realmente foi que a sra. Oldfield tivesse conseguido pegá-lo, de um modo ou outro — e que o estivesse tomando a fim de ficar mais doente e conseguir as atenções que queria. E que acabara tomando uma dose excessiva.

Porém estava com medo que, se houvesse uma autópsia e fosse encontrado arsênico, ninguém pensaria em tal teoria e, ao contrário, todos estariam prontos a se atirar para a conclusão de que era você que tinha dado a ela. Foi por isso que nunca disse nada a respeito do arsênico que estava faltando. Cheguei até a alterar o livro dos venenos! Porém a última pessoa de quem jamais suspeitaria seria a enfermeira Harrison.

Oldfield concordou: — Eu também. Era uma criatura tão gentil, tão feminina. Parecia uma Madona.

Poirot disse tristemente: — Sim, é muito provável que tivesse sido excelente esposa e mãe. Porém suas emoções eram um pouquinho fortes demais para ela. — Ele suspirou e repetiu mais uma vez: — Digna de pena.

Depois sorriu para aquele homem de meia-idade de aspecto feliz e para a moça de rosto otimista e sonhador que estava à frente dele. Para si mesmo, Hercule Poirot disse:

Esses dois saíram da sombra da suspeita e puderam vir para a luz... E eu... Eu já executei o segundo Trabalho de Hércules.

A Corça de Arcádia

HERCULE POIROT BATIA OS PÉS, tentando esquentá-los. E soprava as mãos. Flocos de neve derretiam-se e pingavam das pontas de seu bigode.

Houve um ruído na porta e uma empregada apareceu. Era uma camponesa troncuda, de respiração lenta, que ficou olhando para Hercule Poirot com enorme curiosidade. É possível que jamais houvesse visto qualquer coisa semelhante a ele anteriormente.

— O senhor chamou? — perguntou ela.

— Chamei. Será que poderia fazer-me o favor de acender o fogo?

Ela saiu e voltou imediatamente com papel e gravetos. Ajoelhou-se em frente à grande lareira vitoriana e começou a acender o fogo.

Hercule Poirot continuou a bater os pés, sacudir os braços e soprar as mãos.

Estava aborrecido. Seu carro — um caríssimo Messarro Gratz — não se havia portado com a perfeição mecânica que ele esperava de um carro. Seu motorista, um jovem que recebia um principesco salário, não conseguira remediar a situação. O carro havia cismado em dar seu último suspiro em uma estrada secundária, a mais de dois quilômetros de qualquer lugar, justamente quando a neve começara a cair. Hercule Poirot, usando seus costumeiros e elegantes sapatos de verniz preto, fora obrigado a caminhar os mais de dois quilômetros mencionados para chegar à aldeia ribeirinha de Hartly Dene — aldeia essa que, embora abundasse em sinais de animação durante o verão, permanecia moribunda durante todo o inverno. A hospedaria do Cisne Negro revelou sinais de desânimo diante da chegada de um hóspede. O proprietário havia demonstrado grande eloquência ao lembrar-lhe que a garagem local poderia perfeitamente fornecer um carro para que o cavalheiro pudesse continuar sua viagem.

Hercule Poirot repudiou a sugestão. Sua parcimônia latina ofendeu-se. Alugar um carro? Ele já possuía um carro — um carro enorme — e caro. Nesse carro, e em nenhum outro, estava ele resolvido a continuar sua viagem de volta à cidade. E, de qualquer modo, mesmo que os reparos necessários pudessem ser feitos imediatamente, não prosseguiria na neve a não ser pela manhã. Suspirando, o proprietário mostrou-lhe um quarto, mandou a empregada providenciar o fogo e, depois, retirou-se para discutir com a mulher o problema da refeição.

Uma hora mais tarde, com os pés esticados na direção das reconfortantes chamas, Hercule Poirot refletia condescendentemente sobre a refeição que acabara de comer. É verdade que o bife estava duro e coalhado de nervos, os repolhinhos de Bruxelas grandes e aguados — sim, positivamente aguados — e as batatas pareciam ser de pedra. E nem havia nada que se pudesse elogiar no pedaço de maçã assada com creme de ovo que se seguira. O queijo estava duro e os biscoitos moles. Mas no entanto, pensava Poirot, olhando amavelmente para as chamas e delicadamente bebericando a xícara de lama líquida eufemisticamente chamada café, era melhor estar cheio do que vazio e, depois da longa caminhada com sapatos de verniz pelos caminhos nevados, ficar sentado em frente a um bom fogo era o Paraíso!

Houve nova batida na porta e a empregada apareceu.

— Por favor, meu senhor, o homem da garagem está aí e gostaria de vê-lo.

Hercule Poirot retrucou amavelmente: — Ele que suba.

A moça deu um risinho e retirou-se. Poirot refletiu amavelmente que a descrição que ela faria de sua pessoa aos amigos iria fornecer divertimento para muitos dias do inverno que chegava.

Houve nova batida — diferente das outras — e Poirot disse:

— Entre.

Olhou com bons olhos para o rapaz que entrou e ficou ali plantado, bastante contrafeito e torcendo o boné nas mãos.

Ali estava, pensou Poirot, um dos mais belos espécimes da raça humana que jamais vira, um jovem simplório com a aparência de um deus grego.

O jovem disse, com voz grave e rouquenha: — É sobre o carro, meu senhor; nós já trouxemos. E já descobrimos o que é. Vai dar mais ou menos uma hora de trabalho.

—- Qual foi o problema? — indagou Poirot.

O rapaz mergulhou entusiasticamente num mar de detalhes técnicos. Poirot acenava gentilmente com a cabeça, porém não estava escutando. A perfeição física era algo que admirava grandemente. Sempre achara excessivo o número de ratos com óculos espalhados pela terra. De si para si murmurou: *Sim, um deus grego — um jovem pastor da Arcádia.*

O rapaz parou repentinamente. E foi então que as sobrancelhas de Poirot franziram-se por um momento. Sua primeira reação havia sido estética, a segunda era mental. Seus olhos apertaram-se curiosamente ao olhar para cima.

— Compreendo — disse ele —, compreendo muito bem. — Após uma pausa, continuou: — Meu motorista já me havia dito o que o senhor acaba de dizer.

Ele viu a onda de rubor que subiu às faces do rapaz, notou que os dedos apertavam o boné nervosamente.

O rapaz gaguejou: — Sim, senhor... eu... eu sei ... sim, senhor.

Poirot auxiliou com gentileza: — Porém o senhor achou que era melhor vir também para me contar pessoalmente?

— Er... é. Sim, senhor; achei melhor.

— O que mostra que o senhor é muito consciencioso. Muito obrigado.

Havia uma tênue porém inconfundível nota de despedida em suas últimas palavras, mas não esperava que o outro se fosse. E estava certo: o rapaz não se mexeu.

Movendo os dedos convulsivamente, amassando violentamente o boné, ele finalmente falou, com voz mais baixa e constrangida:

— Er... perdão, meu senhor... mas é verdade, não é, que o senhor é o cavalheiro detetive — o M. Hércules Pwarrit? — Essa versão do nome ele pronunciou muito cuidadosamente.

Poirot concordou: — Exatamente.

O rosto do rapaz tornou-se ainda mais vermelho.

— Eu li uma coisa a respeito do senhor no jornal — disse ele.

— Sim?

O rapaz, a essa altura, estava inteiramente escarlate. Nos olhos tinha preocupação — preocupação e apelo. Hercule Poirot ajudou-o:

— Sim? O que é que está querendo pedir-me? — disse, delicadamente.

As palavras começaram a sair como uma torrente.

— Tenho medo que o senhor ache que estou sendo muito abusado, meu senhor. Mas assim, com o senhor chegando aqui do jeito que foi... bem, eu não posso perder uma oportunidade dessas. Pois eu li a respeito do senhor e de todas as coisas inteligentíssimas que faz. De qualquer modo, achei que afinal o melhor era vir pedir para o senhor. Só pedir não faz mal, não é?

Poirot sacudiu a cabeça e perguntou: — Está desejando que eu o auxilie de alguma forma?

O outro fez que sim com a cabeça. Com a voz muito rouquenha e encabulada, disse: — É... é sobre uma moça. Pra... pra ver se o senhor encontra ela pra mim.

— Encontrá-la? Então ela desapareceu?

— Isso mesmo, meu senhor.

Hercule Poirot sentou-se na cadeira.

Incisivo, respondeu: — É possível que eu possa ajudá-lo, é claro. Porém o mais correto é você procurar a polícia. Isso é parte do trabalho deles e eles têm muito mais recursos do que eu.

O rapaz trocou algumas vezes de pé e disse, muito sem jeito:

— Mas eu não podia fazer uma coisa dessas, não, senhor. Não é um caso desses. É tudo meio... meio esquisito, sabe como é?

Hercule Poirot fixou-o com os olhos, depois indicou-lhe uma cadeira.

Eh bien, então, sente-se; como é o seu nome?

Williamson, senhor. Ted Williamson.

Sente-se, Ted. E conte-me tudo.

— Muito obrigado, meu senhor. — Ele chegou a cadeira um pouco para a frente e sentou-se cuidadosamente bem na beirada. Em seus olhos ainda perdurava aquele olhar de cachorrinho desamparado.

Com muita delicadeza Poirot disse-lhe: — Pode contar.

Ted Williamson tomou um profundo fôlego.

— Bem, sabe como é, foi assim. Eu só vi a moça uma vez. E não sei o nome dela nem nada. Mas é tudo muito esquisito, com a minha carta sendo devolvida e tudo o mais.

— Comece pelo princípio — disse Hercule Poirot. — Não se apresse. É só contar tudo o que aconteceu.

— Bem, meu senhor; talvez o senhor conheça Grasslawn, aquele casarão ali para baixo, no rio, para além da ponte?

— Não conheço nada.

— Pertence a Sir George Sanderfield, que eu sei. Ele costuma vir aí no verão, trazer gente para o fim de semana ou para festas — até que é um bando bem alegre que costuma vir aqui. Atrizes e coisas no gênero. Bem... foi em junho do ano passado — e o rádio pifou e eles me chamaram para dar uma olhada.

Poirot acenou a cabeça.

— Então eu fui lá. O dono da casa estava no rio com seus hóspedes e a cozinheira tinha saído e o mordomo tinha ido levar umas bebidas lá para o rio para a turma que estava na lancha. Na casa só estava essa tal moça... era criada de quarto de uma das convidadas. Ela me fez entrar e me mostrou onde estava o rádio. E nós começamos a conversar, sabe como é. Ela me disse que se chamava Nita e que era criada de quarto de uma dançarina russa que estava hospedada lá.

Os trabalhos de Hércules

— E a moça, de que nacionalidade era? Inglesa?

— Não, senhor. Era francesa, eu acho. Tinha um sotaque meio esquisito. Mas falava inglês direitinho. Ela... ela foi muito simpática e depois eu perguntei se naquela noite ela podia ir ao cinema, mas ela respondeu que a patroa ia precisar dela. Mas aí ela falou que podia dar um jeito de sair logo no começo da tarde porque o pessoal só ia voltar do rio bem tarde. E, para encurtar a conversa, o que aconteceu é que eu tirei a tarde de folga sem pedir licença (e quase que fui despedido) e nós demos um bom passeio ao longo do rio.

Fez uma pausa. Um vago sorriso pairava em seus lábios. Os olhos assumiram uma expressão sonhadora.

Com muita delicadeza, Poirot disse: — E ela era bonita, não era?

— Era simplesmente a coisa mais linda que já apareceu neste mundo. Os cabelos pareciam de ouro — e estavam penteados para cima dos dois lados, de modo que pareciam duas asas; e ela tinha um jeitinho todo especial para caminhar. Eu... bem... fiquei caído por ela assim, na hora... E não vou negar isso para ninguém, não, senhor.

Poirot concordou, e o rapaz continuou:

— Ela falou que a patroa dela ia voltar daí a quinze dias e nós combinamos que íamos nos encontrar de novo. — Fez uma pausa.

— Mas ela nunca mais voltou. Esperei no lugar que ela falou, mas nem sinal dela. Finalmente, resolvi tomar coragem e fui até a casa e perguntei por ela. A tal senhora russa estava mesmo hospedada lá e, segundo eles disseram, com a criada. Mandaram chamar a moça, mas quando ela chegou não era a Nita coisa nenhuma! Era uma moreninha sonsa — dava para ver de saída que era muito assanhada. Chamada Marie. "Quer falar comigo?", perguntou ela, toda cheia de dengos. Deve ter percebido que eu levei um susto, eu perguntei se ela era a criada particular da senhora russa e disse que não era a que eu tinha visto antes, e então ela riu e disse que a última empregada tinha sido despedida muito de repente. "Despedida?", perguntei. "Por quê?" Ela deu de ombros e abanou as mãos. "E como é que eu haveria de saber?", disse. "Eu não sei nada."

Pois é, meu senhor, eu fiquei sem saber o que fazer. Não conseguia lembrar de nada para dizer. Porém mais tarde eu tomei coragem e fui falar com a tal da Marie para pedir que ela conseguisse o endereço de Nita para mim. Eu nem deixei ela perceber que eu não sabia o sobrenome de Nita. Eu prometi que dava um presente a ela se ela conseguisse o que eu queria — ela é do tipo que não faz nada de graça para ninguém. Pois muito bem, ela me conseguiu o endereço, em North London, era sim, e eu escrevi para Nita lá — mas devolveram a carta — o correio trouxe de volta, carimbada *mudou de endereço*.

Ted Williamson parou. Seus olhos azuis, profundos e firmes, voltaram-se para Poirot, e ele tornou a falar:

— Agora percebeu, meu senhor? Não é caso de polícia. Mas eu queria encontrá-la. E não sei o que fazer. Se... se o senhor pudesse encontrá-la para mim. — Ficou muito vermelho. — Eu... eu tenho umas economias. Podia pagar cinco libras — talvez até dez.

Com grande tato, Poirot respondeu: — Por enquanto não há necessidade de nos preocuparmos com o aspecto financeiro. Primeiro é preciso que reflita sobre o seguinte ponto: essa moça, Nita, sabia seu nome e onde você trabalha?

— Sabia, sim, senhor.

— Ela poderia ter-se comunicado com você, se quisesse?

— Podia, sim, senhor — respondeu Ted, lentamente.

— E nesse caso você não julga que... talvez...

Ted Williamson interrompeu-o.

— O que o senhor está querendo dizer é que eu fiquei caído por ela mas que ela não ficou caída por mim? É possível que de certo modo seja verdade. Mas eu sei que ela gostou de mim — gostou sim, não foi só uma coisa assim de bobagem, para ela. E eu fico pensando, sabe, que há uma razão qualquer para tudo o que aconteceu. Aquele pessoal com quem ela estava metida era meio esquisito, meu senhor. Ela pode estar tendo algum tipo de problema, sabe como é?

— Está querendo dizer que ela podia estar esperando uma criança? Um filho seu?

— Meu é que não, meu senhor — disse ele enrubescendo. — Não houve nada disso entre nós.

Poirot olhou-o pensativo.

— E se o que você está sugerindo for verdade... mesmo assim ainda quer encontrá-la? — perguntou ele num murmúrio.

O rosto de Ted foi invadido por uma onda vermelha.

— Sim, senhor, tenho certeza que quero! Quero casar com ela, se ela me aceitar. E não me importa em que tipo de encrenca ela tenha se metido! Será que o senhor podia encontrá-la para mim, meu senhor?

Hercule Poirot sorriu. De si para si, murmurou: *"Cabelos como asas de ouro". Sim, creio que este será o terceiro trabalho de Hércules. Se bem me lembro, teve lugar na Arcádia.*

Hercule Poirot olhou pensativamente para a folha de papel na qual Ted Williamson havia laboriosamente escrito um nome e um endereço.

Srta. *Valetta, 17 Upper Renfrew Lane, N. 15.*

Perguntou-se se descobriria alguma coisa naquele endereço. Achava pouco provável. Porém fora a única ajuda que Ted lhe pudera dar.

A rua era mal conservada porém respeitável. Uma volumosa senhora com olhos injetados abriu a porta quando Poirot bateu.

— srta. Valetta?

— Já foi embora daqui há um bom tempo.

Poirot avançou um passo para dentro do portal exatamente no momento em que a porta ia sendo fechada.

— Será que a senhora poderia dar-me seu endereço atual?

— Posso não. Ela não deixou endereço nenhum.

— Quando é que ela foi embora?

— No verão passado.

— Será que poderia dizer-me exatamente o dia?

Um som metálico saiu da mão direita de Poirot quando duas moedas de meia coroa bateram simpaticamente uma contra a outra.

A mulher de olhos injetados amansou quase que por milagre. Passou a ser a própria imagem da amabilidade.

— Bem, eu gostaria muito de poder ajudá-lo, meu senhor. Deixe-me ver. Agosto, não, antes disso — julho — é, deve ter sido em julho. Mais ou menos na terceira semana de julho. Foi muito de repente. Acho que voltou para a Itália.

— Quer dizer que era italiana, então?

— Isso mesmo.

— E em certa época ela foi criada particular de uma dançarina russa, não foi?

— Isso mesmo. Madame Semoulina, ou coisa parecida. Ela dançava esse tal de *balete* que todo mundo gosta tanto, no Teatro Thespian. Era uma das estrelas.

— A senhora sabe por que razão a srta. Valetta deixou sua colocação? — perguntou Poirot.

— Bem, a minha impressão é que houve alguma espécie de briga! Mas fique sabendo que a srta. Valetta não disse muita coisa sobre o caso. Não era de andar contando tudo por aí. Mas parecia furiosa. Tinha um temperamento de fera — bem italiana — com os olhos pretos chispando e parecendo pronta para meter uma faca em alguém. Eu é que não ia me meter com ela quando ela estivesse num desses acessos!

— E a senhora tem mesmo certeza de que não tem o endereço atual da srta. Valetta?

Novamente as moedas tintilaram convidativamente.

A resposta soou bastante verdadeira: — Bem que eu queria saber, meu senhor. Ia dá-lo com prazer. Mas, sabe... ela foi muito de repente; sumiu e pronto!

Pensativamente Poirot disse consigo: *É; sumiu e pronto!*

Os trabalhos de Hércules

Ambrose Vandel, após ser desviado do entusiástico relatório que estava fazendo sobre a cenografia que preparava para um novo balé, forneceu informações sem qualquer dificuldade.

— Sanderfield? George Sanderfield? Aquilo não é flor que se cheire. Podre de rico, mas todos dizem que é um bandido. Muito suspeito! Caso com uma dançarina? Mas é claro, meu caro — teve um caso com Katrina. Katrina Samoushenka. Nunca a viu? Ai, meu Deus — como ela é deliciosa. Uma técnica incrível. O *Cisne de Tuotela;* é impossível que não tenha visto ao menos *esse!* O meu cenário! E aquela outra coisa de Debussy — ou será que é Mannine — *La Biche au Bois?* Ela dançou com Michael Novgin. Ele é divino, não é?

— E ela era amiga de Sir George Sanderfield?

— Era, e costumava passar os fins de semana na casa dele no campo; aquela que fica perto de um rio. Ele dá festas incríveis!

— Será possível, *mon cher,* dar-me uma apresentação para Mademoiselle Samoushenka?

— Mas, meu caro, ela não está mais aqui. De repente foi embora para Paris, ou não sei onde. Não sei se sabe que andaram dizendo que ela era espiã bolchevique, ou algo no gênero — não que eu acredite nisso — mas sabe como as pessoas adoram dizer coisas assim. Katrina sempre fingiu ser russa branca — dizia que o pai era príncipe, ou grão-duque, ou coisa assim — sabe como é, fica tão mais elegante. — Vandel fez uma pausa e voltou a falar do único assunto que realmente o fascinava: ele mesmo. — Eu sempre disse que quem quiser captar o espírito de Betsabá tem de mergulhar inteiro na tradição semita. E eu a estou expressando...

E continuou a falar alegremente.

A entrevista que Hercule Poirot conseguiu obter com Sir George Sanderfield não começou muito auspiciosamente.

O tipo "muito suspeito", como o descrevera Ambrose Vandel, estava um tanto ou quanto pouco à vontade. Sir George era um homem baixo e quadrado, de cabelos escuros e grossos e o pescoço envolvido por um vasto rolo de gordura.

— Bem, M. Poirot, o que posso fazer pelo senhor? Nós... nós nunca nos encontramos antes, creio? — disse ele.

— Não, nunca nos encontramos.

— Bem, do que se trata? Confesso que estou bastante curioso.

— Ora essa, é uma coisa muito simples — apenas uma questão de uma informação.

O outro deu um risinho desconfiado.

— Está querendo uns palpites bem informados, não é? Eu não sabia que o senhor se interessava por finanças.

— Não é questão de *les affaires*. Trata-se de uma certa senhora.

— Ah, uma mulher. — Sir George Sanderfield recostou-se em sua cadeira. Pareceu relaxar. Sua voz saiu em tom mais tranquilo.

— O senhor conheceu, creio eu, Mademoiselle Katrina Samoushenka? — começou Poirot.

Sanderfield riu. — Claro. Uma criatura encantadora. É uma pena que tenha deixado Londres.

— E por que razão deixou Londres?

— Ora, meu caro, eu não sei. Acho que houve uma briga com o empresário. Era muito temperamental, sabe como é — era coberta de emocionalismo russo. Sinto não poder ajudá-lo, porém não tenho a menor ideia de onde ela está agora. Nunca mais tive notícias suas.

Havia um tom de fim de conversa em sua voz e ele levantou-se.

Poirot disse: — Mas não é Mademoiselle Samoushenka que eu estou procurando localizar.

— Não?

— Não; trata-se de sua criada particular.

— Da criada dela?

Sanderfield fixou os olhos em Poirot.

— Será que o senhor... se lembra da criada dela? — perguntou Poirot.

Todo o constrangimento inicial de Sanderfield reaparecera.

Muito sem jeito, ele afirmou: — Deus do Céu, como é que eu haveria de me lembrar? Claro que sei que ela existia. Pelo que ouvi dizer, não era lá muito boa coisa. Uma mocinha meio sonsa, sempre escutando conversas alheias. Eu, se fosse o senhor, não acreditava em uma só palavra do que ela diz. É o tipo da mentirosa nata.

Poirot murmurou: — Quer dizer que se lembra de muita coisa a seu respeito?

Sanderfield acrescentou, precipitadamente: — Apenas uma impressão. Nem sequer me lembro do seu nome. Deixe-me ver. Marie não sei das quantas... não, desculpe-me, mas não me lembro.

— Já obtive o nome e o endereço de Marie Hellin no Teatro Thespian — disse Poirot com delicadeza. — Porém estou falando, Sir George, da criada que trabalhava para Mademoiselle Samoushenka antes de Marie Hellin. Estou falando de Nita Valetta.

Sanderfield olhou espantado para ele.

— Dessa eu não me lembro absolutamente. A única de quem me lembro é Marie. Uma moreninha baixinha de olhos maldosos.

Poirot insistiu: — A moça de que estou falando esteve hospedada em sua casa, Grasslawn, em julho último.

Emburrado, Sanderfield respondeu: — Bem, só posso dizer que não me lembro dela. Mas tenho a impressão de que não havia nenhuma empregada com ela. Creio que o senhor está cometendo um engano.

Hercule Poirot sacudiu a cabeça. Não julgava que estivesse cometendo engano algum.

Marie Hellin lançou um rápido olhar a Poirot com seus olhinhos inteligentes, depois desviou-os novamente, com rapidez. Disse em tons tranquilos e bem dosados:

— Mas eu me lembro perfeitamente, Monsieur. Fui contratada por Madame Samoushenka na última semana de julho. Sua antiga empregada havia ido embora um tanto repentinamente.

— Alguma vez soube a razão pela qual a outra empregada foi embora?

— Ela foi... repentinamente; é só o que sei. Pode ter sido doença, ou coisa no gênero. Madame não me disse nada.

— A senhorita achou muito difícil trabalhar para a sua patroa? — perguntou Poirot.

— Ela tinha lá os seus repentes. Às vezes chorava, logo depois estava rindo. Às vezes ficava tão deprimida que não falava nem comia. Às vezes parecia doida de alegria. Todas essas dançarinas são assim. É uma questão de temperamento.

— E Sir George?

A moça ficou alerta. Um brilho desagradável apareceu em seus olhos.

— Ah, Sir George Sanderfield? Gostaria de saber a respeito dele? Talvez seja isso, na verdade, o que queira saber. O resto era desculpa, hem? Ah, Sir George, eu posso contar umas coisas bem curiosas a respeito dele; podia contar que...

— Não é necessário — cortou Poirot.

Ela encarou-o, de boca aberta. Os olhos, agora, revelavam um desapontamento irado.

— Eu sempre digo que você sabe de tudo, Alexis Pavlovitch.

Hercule Poirot sussurrou tais palavras com um máximo de bajulação no tom da voz.

Para si mesmo, refletia que esse terceiro Trabalho de Hércules exigira mais viagens e entrevistas do que poderia ter imaginado. Aquele pequeno caso da empregadinha desaparecida estava se revelando um dos mais prolongados e difíceis problemas que jamais enfrentara. Toda pista, quando examinada, não levava a lugar algum.

O caso o levara, nessa noite, ao Restaurante Samovar, em Paris, cujo proprietário, o conde Alexis Pavlovitch, orgulhava-se de saber de tudo o que acontecia no mundo artístico.

Este último acenou a cabeça complacentemente.

— Sim, meu amigo, *eu sei;* eu sempre sei. Você me pergunta para onde ela foi, a pequena Samoushenka, aquela deliciosa bai-

Os trabalhos de Hércules 81

larina? Ah! Aquela, sim, era bailarina de verdade! — Apertou as pontas dos dedos de uma mão contra a outra. — Que fogo... que entrega! Poderia ter ido longe — teria sido a Prima Ballerina de seu tempo — quando, de repente, tudo se acabou... ela vai se esconder... vai para o fim do mundo... e em pouco tempo, pronto!, todos já se esqueceram dela.

— Mas, então, onde está ela? — perguntou Poirot.

— Na Suíça. Em Vagray les Alpes. É para lá que vão os que pegam aquela tossezinha seca e ficam cada vez mais magros. Ela vai morrer; sim, vai morrer. Tem natureza muito fatalista. Vai morrer, sem dúvida.

Poirot tossiu, para quebrar o clima trágico. Queria mais informações.

— Você não se lembra, por acaso, de uma empregada que ela tinha? Chamada Nita Valetta?

— Valetta? Valetta? Lembro-me de ver uma criadinha uma vez — na estação, quando fui levar Katrina, que ia para Londres. Era uma italiana, de Pisa, não é? Sim, tenho a certeza de que era uma italiana de Pisa.

Hercule Poirot gemeu.

— Nesse caso — disse ele —, tenho de ir a Pisa.

Hercule Poirot ficou parado no Campo Santo de Pisa, olhando para um túmulo.

Então era ali que sua busca tinha atingido seu fim — ali naquele pequeno montinho de terra. Embaixo dele jazia a alegre criatura que havia acendido o coração e a imaginação de um ingênuo mecânico inglês.

Seria este, talvez, o melhor final para aquele romance tão repentino e estranho? Agora a moça viveria para sempre na memória do rapaz como fora durante aquelas poucas horas de encantamento de uma tarde de julho. Os choques das nacionalidades diferentes, modos de vida diferentes, as dores da desilusão, tudo isso estava para sempre eliminado.

Hercule Poirot sacudiu tristemente a cabeça. Sua mente retornou à sua conversa com a família Valetta. A mãe, com seu largo rosto de camponesa; o pai, altivo e arrasado de dor; a irmã, de lábios austeros e duros.

— Foi repentino, Signore, muito repentino. Embora já fizesse muitos anos que ela tinha dores, etc. O doutor disse que não havia escolha — ela tinha de ser operada imediatamente por causa da apendicite. Ele a levou para o hospital na mesma hora. *Si, si,* foi sob a anestesia que ela morreu. Não recobrou a consciência.

A mãe fungou, murmurando: — Bianca sempre foi uma moça tão esperta. É horrível que tenha morrido tão cedo.

Hercule Poirot repetiu para si mesmo: *Morreu jovem.*

Tal a mensagem que teria de levar de volta ao rapaz que lhe pedira auxílio com tamanha confiança.

Ela não será sua, meu amigo. Morreu jovem.

Sua busca estava terminada — aqui, onde a Torre Inclinada estava delineada de encontro ao céu e as primeiras flores da primavera apareciam, pálidas e cremosas, como promessa de vida e alegrias por vir.

Seriam essas primeiras sugestões de primavera que o faziam sentir-se tão revoltado contra esse veredicto final? Ou alguma coisa a mais? Alguma coisa que ficava revolvendo no fundo de sua mente — palavras — uma frase — um nome? Será que aquilo tudo não estava um pouco bem arrumado demais... será que tudo não se engatava um pouco obviamente demais?

Hercule Poirot suspirou. Tinha de fazer mais uma viagem a fim de não deixar a menor sombra de dúvida. Tinha de ir a Vagray les Alpes.

Este, pensou ele, era realmente o fim do mundo. Este patamar de neve... essas choupanas espalhadas e esses abrigos em cada um dos quais jazia um ser humano imóvel lutando contra a morte insidiosa.

E assim finalmente ele chegou até Katrina Samoushenka. Quando a viu, deitada ali, com as encovadas faces em cada uma das quais havia uma vívida mancha rubra, e as magras e macilentas mãos pousadas sobre a coberta, vibrou nele uma lembrança. Não se havia recordado de seu nome, porém a havia visto dançar — havia sido arrebatado e fascinado pela arte suprema que faz com que a arte seja esquecida.

Lembrou-se de Michael Novgin, o Caçador, saltando e girando naquela floresta alucinante e fantástica que Ambrose Vandel havia concebido. E lembrou-se da encantadora Corça que voava, eternamente perseguida e eternamente desejável — uma bela criatura dourada com chifres na cabeça e rebrilhantes pés de bronze. Lembrou-se de seu colapso final, ferida por um tiro, e Michael Novgin de pé, perplexo, com o corpo da Corça morta em seus braços.

Katrina Samoushenka estava olhando para ele com alguma curiosidade.

— Eu nunca o vi antes, vi? O que deseja de mim? — perguntou ela.

Hercule Poirot curvou-se em um pequeno cumprimento.

— Em primeiro lugar, desejo agradecer-lhe — por sua arte que certa vez criou para mim uma noite de beleza.

Ela deu um sorriso fraco.

— Porém também estou aqui a negócios. Tenho andado buscando, há já bastante tempo, uma empregada sua — seu nome era Nita.

— Nita?

Ela olhou-o fixamente. Seus olhos estavam imensos e assustados. E o que sabe o senhor a respeito de... Nita?

— Eu lhe contarei.

Ele relatou-lhe a história da noite em que seu carro havia parado e falou-lhe do modo por que Ted Williamson havia ficado de pé, torcendo o boné e gaguejando o seu amor e seu sofrimento. E ela ouviu com a maior atenção.

Quando ele terminou, ela comentou: — É comovente... sim, é comovente.

84 Agatha Christie

Hercule Poirot concordou.

— Sim — disse ele —, é um conto da Arcádia, não é? E o que poderá a senhora, Madame, contar-me a respeito dessa moça?

Katrina Samoushenka suspirou.

— Eu tinha uma empregada... Juanita. Ela era encantadora, sim... alegre e de coração leve. A ela aconteceu o que tantas vezes acontece àqueles que os deuses favorecem. Morreu jovem.

Essas tinham sido as próprias palavras de Poirot — as palavras finais... irrevogáveis. Agora ouvia-as novamente — porém mesmo assim continuava a insistir.

— Ela está morta? — perguntou.

— Sim; está morta.

Hercule Poirot ficou silencioso um momento, depois disse:

— Há qualquer coisa, no entanto, que não compreendo bem. Fiz algumas perguntas a Sir George Sanderfield a respeito dessa sua empregada e ele deu-me a impressão de ter medo. Por que haveria de ter?

Houve uma ligeira expressão de repulsa no rosto da dançarina.

— O senhor deve ter dito apenas uma empregada minha. Provavelmente ele pensou que estivesse falando de Marie — a moça que tomei depois que Juanita partiu. Ela tentou chantageá-lo, creio eu, por causa de alguma coisa que descobriu a seu respeito. Era detestável — metediça, sempre a abrir cartas e gavetas.

Poirot murmurou: — Bem; isso fica explicado.

Fez uma pequena pausa e depois insistiu ainda:

— O segundo nome de Juanita era Valetta e ela morreu de uma operação de apêndice em Pisa. Estou correto?

Ele notou a hesitação da dançarina, pouco perceptível porém real, antes que ela respondesse, inclinando a cabeça.

— Sim; está correto.

Em tom meditativo Poirot disse: — E no entanto... ainda há um pequeno detalhe: a família dela não a chama de Juanita, mas sim de *Bianca*.

Katrina deu de ombros.

Os trabalhos de Hércules   85

— Bianca — Juanita, o que importa? — disse ela. — Suponho que o nome verdadeiro dela fosse Bianca mas que tenha julgado o nome Juanita mais romântico e por isso se fizesse chamar assim.

— Ah, pensa que é isso, então? — Após uma pausa, a voz dele continuou, em outro tom. — Para mim, existe uma outra explicação.

— Qual é?

Poirot inclinou-se para a frente.

— A moça que Ted Williamson viu tinha cabelos que ele descreveu como asas de ouro — disse ele.

Inclinando-se um pouco mais para a frente, ele fez com que seus dedos mal e mal tocassem as ondas dos cabelos de Katrina.

— Asas de ouro, chifres de ouro? Depende de quem olha o ver-se uma pessoa como anjo ou demônio! A senhorita poderia ser um ou outro. Ou será que estes são apenas os chifres da corça ferida?

— *A corça ferida...* — murmurou Katrina com uma voz que não tinha esperanças.

Poirot continuou: — Durante todo este tempo a descrição de Ted Williamson me vem perturbando — trazendo-me algo à mente — e esse algo era a sua figura, dançando com rebrilhantes pés de bronze, através da floresta. Quer que eu lhe diga o que penso, Mademoiselle? Penso que houve uma semana durante a qual esteve sem criada de quarto, exatamente quando foi a Grasslawn, pois Bianca Valetta tinha voltado para a Itália e ainda não havia contratado uma nova empregada. Já começava a sentir a doença que posteriormente veio a dominá-la e, certo dia, ficou em casa quando os outros saíram para um passeio de um dia inteiro no rio. Tocaram a campainha, a senhorita abriu a porta e viu — devo dizer-lhe o que viu? Viu um rapaz com uma mente de simplicidade infantil que era belo como um deus! E para ele a senhorita inventou uma moça — não Juanita mas Incógnita — e, durante algumas horas, passeou com ele pela Arcádia.

Houve uma longa pausa. Depois Katrina disse, com voz rouca:

— Em uma coisa, ao menos, eu lhe disse a verdade. Dei-lhe o final correto da história. Nita morrerá jovem.

— *Ah, non!* — Hercule Poirot estava transformado. Bateu com a mão na mesa. Repentinamente ele era prosaico, objetivo, prático.

— Isso é totalmente desnecessário! A senhorita não precisa morrer! Pode lutar por sua vida, não pode? Tão bem quanto qualquer outra pessoa!

Ela abanou a cabeça — com tristeza, sem esperança.

— Que vida existe para mim?

— Não a vida do palco, *bien entendu!* Mas pense em uma outra vida. Vamos, Mademoiselle, seja honesta: seu pai era realmente um príncipe ou grão-duque, ou ao menos um general?

Ela riu, repentinamente.

— Ele guiava um caminhão em Leningrado!

— Ótimo! E então por que a senhorita não haveria de ser a mulher de um mecânico de uma garagem de aldeia? E ter filhos belos como deuses e até mesmo, quem sabe, com pés que poderão dançar como a senhorita dançou outrora.

Katrina prendeu a respiração.

— Mas essa ideia é totalmente fantástica!

— No entanto — disse Hercule Poirot muito satisfeito consigo mesmo — tenho a impressão de que ela vai se tornar realidade.

O Javali de Erimanto

JÁ QUE A REALIZAÇÃO DO TERCEIRO TRABALHO DE HÉRCULES levara Hercule Poirot até a Suíça, resolveu ele aproveitar-se do fato para visitar algumas localidades que ainda não conhecia.

Passou um par de dias agradáveis em Chamonix, demorou-se um dia ou dois em Montreux e, depois, continuou até Aldermatt, uma localidade que vários amigos lhe haviam grandemente elogiado.

Aldermatt, no entanto, causou-lhe má impressão. Ficava bem na extremidade de um vale sufocado entre avassaladores picos cobertos de neve. Sentia, de modo totalmente irracional, que tinha dificuldade em respirar.

Impossível permanecer aqui, cismou Hercule Poirot. E foi justamente nesse momento que vislumbrou uma ferrovia de plano inclinado. *Decididamente tenho de subir.*

O plano inclinado, descobriu ele, subia primeiro até Les Avines, depois até Caurouchet e, finalmente, até Rochers Neiges, a mais de 3.000 metros acima do mar.

Poirot não estava disposto a ir tão alto. Les Avines, pensava ele, seria suficientemente satisfatório para ele.

Porém, aqui deixou de levar em conta a parcela de acaso, que desempenha tamanho papel na vida. O plano inclinado já tinha partido quando o condutor aproximou-se de Poirot e pediu-lhe seu bilhete. Após inspecioná-lo e perfurá-lo com um instrumento assustador, ele o devolveu com um pequeno cumprimento. E nesse momento Poirot sentiu que um pedacinho de papel dobrado havia sido posto em sua mão junto com o bilhete.

As sobrancelhas do detetive ergueram-se um pouco na testa. Daí a instantes, disfarçadamente, sem pressa, esticou o papel dobrado. Tratava-se de um bilhete apressadamente escrito a lápis.

Impossível (dizia o bilhete) *confundir esses bigodes! Saúdo-o, caro colega. Se quiser, poderá ser-me de muita ajuda. Sem dúvida já leu a respeito do caso Salley? O assassino — Marrascaud — parece ter marcado um encontro com alguns membros de sua quadrilha em Rochers Neiges — o mais incrível lugar no mundo! É possível que a coisa toda seja um alarme falso — porém nossa informação é fidedigna. Sempre há alguém que abre o bico, não é? De modo que peço-lhe para ficar com os olhos abertos, meu amigo. Entre em contato com o inspetor Drouet, que está no local. É um homem competente — porém não pode sonhar com o brilho de um Hercule Poirot. É importante, meu amigo, que Marrascaud seja apanhado — e apanhado vivo. Não é um homem — é um javali — um dos assassinos mais perigosos de nosso tempo. Não me arrisquei a falar com você em Aldermatt porque poderia ter sido observado e você ficará mais livre para agir se acreditarem que está aqui apenas como turista. Boa caçada! O seu velho amigo — Lementeuil.*

Pensativo, Poirot acariciou seus bigodes. Sim, na verdade era impossível confundir os bigodes de Hercule Poirot. Mas, afinal, o que era tudo isso? Havia lido nos jornais os detalhes de *l'affaire Salley* — o frio assassinato de um *bookmaker* parisiense muito conhecido. A identidade do assassino era conhecida. Marrascaud era membro de conhecida quadrilha que atuava nas corridas de cavalos. Tinha sido suspeito de muitos outros assassinatos — porém desta vez sua culpa estava inteiramente comprovada. Ele havia escapulido, deixado a França — segundo se pensava — e a polícia de toda a Europa estava à sua procura.

Então dizia-se que Marrascaud tinha uma reunião marcada em Rochers Neiges...

Hercule Poirot sacudiu lentamente a cabeça. Estava perplexo. Pois Rochers Neiges estava acima da linha da neve. Havia lá um hotel, porém este só se comunicava com o mundo pelo plano inclinado, dada a sua situação, à beira de um penhasco que dominava o

Os trabalhos de Hércules

89

vale. O hotel abria em junho, porém muito raramente havia alguém por lá antes de julho ou agosto. Era mal dotado de entradas e saídas: se um homem fosse seguido até lá, caía numa armadilha. Parecia um lugar inadequado para o encontro de uma quadrilha de criminosos.

Entretanto, se Lementeuil dizia que sua informação era digna de confiança, o provável era que Lementeuil tivesse razão. Hercule Poirot respeitava o comissário de polícia suíço. Sabia que era um homem criterioso e de confiança.

Alguma razão desconhecida ia levar Marrascaud até aquele ponto de encontro situado tão acima da civilização.

Hercule Poirot suspirou. Perseguir um assassino implacável não era bem sua ideia de umas férias agradáveis. Seu estilo era mais o de ficar sentado em um boa poltrona exercitando o cérebro, pensou ele. E jamais prender um javali selvagem em uma armadilha de montanha.

Um *javali selvagem* — tal o termo usado por Lementeuil. Certamente era uma estranha coincidência...

Disse consigo: *O quarto Trabalho de Hércules. O Javali de Erimanto?*

Tranquila e discretamente, catalogou e analisou os demais passageiros.

No banco à sua frente sentava-se um turista americano. O corte de suas roupas, de seu sobretudo, a sacola que carregava, seu ar de esperançosa expectativa, até mesmo o guia que carregava na mão proclamavam-no um americano de cidade pequena visitando a Europa pela primeira vez. Em muito pouco tempo, calculou Poirot, ele começaria a puxar conversa. Sua ansiosa expressão de cachorrinho abandonado não deixava dúvidas.

No outro lado do carro estava um homem alto, de aparência bastante distinta, com cabelos grisalhos e um grande nariz aquilino, lendo um livro em alemão. Tinha os dedos fortes e ágeis de um músico ou cirurgião.

Um pouco além havia três homens, todos do mesmo tipo. Homens de pernas arqueadas e algo indefinivelmente sugestivo de cavalos. Jogavam cartas. Daí a pouco, possivelmente, iriam sugerir que um dos estranhos participasse de seu jogo. De início o estranho ganharia. Mais tarde, a sorte passaria para o outro lado.

Não havia nada de incomum a respeito desses três homens. A única coisa invulgar era o local em que se encontravam.

Seria possível encontrá-los em qualquer trem a caminho de um prado de corridas — ou em algum grande transatlântico. Porém num plano inclinado praticamente vazio — jamais!

Havia ainda mais um ocupante do carro — uma mulher. Era alta e morena. Tinha um belo rosto — um rosto capaz de expressar toda uma vasta gama de emoções — que, no entanto, ao invés disso, estava assim como que congelado em total inexpressividade. Não olhava para ninguém, tinha os olhos fixos no vale embaixo.

Daí a alguns instantes, Poirot previra, o americano puxou conversa. Seu nome, disse ele, era Schwartz. Era a primeira vez que visitava a Europa. O cenário, afirmava, era sensacional. Tinha ficado muito impressionado com o Castelo de Chillon. Não achava Paris lá essas coisas como cidade — muito superestimada — tinha ido ao Folies Bergères e ao Louvre e à Notre Dame e reparado que nenhum dos restaurantes ou cafés tinha um jazz bem tocado. O Champs Elysées, comentou, não era nada mau, e ele tinha gostado muito das fontes, principalmente quando iluminadas.

Ninguém saltou em Les Avines ou em Caurouchet. Era óbvio que todos iam subir até Rochers Neiges.

O sr. Schwartz ofereceu suas próprias razões para tal: Sempre tinha querido, disse ele, subir ao alto de montanhas nevadas. Mais de 3.000 metros já era uma boa altura — ouvira dizer que não se conseguia fazer ovos cozidos direito numa altitude tão grande.

Na ingênua espontaneidade de seu coração, o sr. Schwartz tentou puxar conversa com o homem grisalho do outro lado do carro, porém este último fixou-o com olhos gélidos por cima de seu *pince-nez* e imediatamente retomou a leitura de seu livro.

O sr. Schwartz, a seguir, ofereceu uma troca de lugares com a senhora morena — ela teria uma vista melhor, explicou.

Era duvidoso que ela falasse inglês. De qualquer modo, não fez mais que sacudir a cabeça e aconchegar-se ainda mais profundamente na gola de peles de seu casaco.

O sr. Schwartz murmurou para Poirot: — Não parece direito ver uma mulher viajar assim, sozinha, sem ter ninguém para cuidar das coisas dela. Mulher precisa muito de quem tome conta de tudo, quando viaja.

Lembrando-se de algumas americanas que havia conhecido na Europa, Poirot concordou.

O sr. Schwartz suspirou. O mundo não lhe parecia muito amigo. *E, no entanto,* diziam expressivamente seus olhos castanhos, *não vejo nada de mal em um pouco de amizade unindo o mundo todo.*

Ser recebido por um gerente de hotel corretamente trajado de fraque e usando sapatos de verniz parecia um tanto ridículo naquele longínquo (ou, melhor dizendo, altíssimo) recanto.

O gerente era um homem grande e bonito, com maneiras solenes. Desmanchava-se em desculpas.

Ainda estavam tão no início da temporada... a água quente estava com problemas... as coisas estavam ainda longe de estar funcionando bem... É claro que ele faria todo o possível para que... Não estava sequer com sua equipe completa... Estava embaraçadíssimo com um número tão grande de visitantes inesperados.

Tudo isso saiu em uma torrente de fluxo impecavelmente profissional, porém a Hercule Poirot pareceu que por trás daquela perfeita urbanidade era possível vislumbrar alguma ansiedade pungente. Mostrava-se muito preocupado com alguma coisa.

O almoço foi servido numa sala comprida que dominava o vale, lá embaixo. O solitário garçom, chamado Gustave, era hábil e eficiente. Corria de cá para lá, fazendo sugestões segundo o cardápio, apresentando a lista de vinhos. Os três homens equinos sentaram-se juntos numa mesa. Riam-se e conversavam em francês, levantando suas vozes.

— O velho Joseph! — E o que me diz da pequena Denise, *mon vieux?* — Não se lembra daquele *sacré* porco daquele cavalo que nos deixou todos na mão em Auteuil?

Era tudo muito descontraído, tudo muito coerente — e incongruentemente deslocado!

A mulher com o belo rosto sentou-se só em uma mesa de canto.

Mais tarde, quando Poirot estava sentado na sala de estar, o gerente dirigiu-se a ele em tom confidencial.

Monsieur não devia julgar o hotel com muita severidade. Não era realmente a temporada. Ninguém se hospedava lá antes do final de julho. Possivelmente Monsieur havia notado aquela dama? Ela vinha todos os anos, nesta mesma época. O marido havia morrido fazendo alpinismo havia três anos. Muito triste. Eram muito devotados um ao outro. Ela sempre vinha antes da temporada começar — para ficar mais quieta. Era uma espécie de peregrinação sagrada. O senhor grisalho era um médico famoso, dr. Karl Lutz, de Viena. Estava ali, segundo dissera, para encontrar tranquilidade e repouso.

— É muito tranquilo aqui — concordou Poirot. — E *ces Messieurs* lá? — disse ele indicando o trio com ar de cavalo. — Crê que também eles estejam em busca de repouso?

O gerente deu de ombros. Novamente um traço de preocupação apareceu em seus olhos. Disse vagamente:

— Ah, os turistas; sempre à procura de novas experiências. A altitude pode ser uma sensação nova.

Porém não, pensava Poirot, uma sensação muito agradável. Ele mesmo estava muito cônscio da rapidez das batidas de seu coração. Os versos de uma música infantil idiota vieram-lhe à mente. *Lá no alto do mundo, bem ao léu. / Como uma bandeja de chá no céu.*

Schwartz entrou na sala. Seus olhos brilharam quando viu Poirot. Caminhou rapidamente em direção a ele.

— Andei conversando com o tal doutor. Até que consegue falar um pouco de inglês. Foi posto para fora da Áustria pelos nazistas. Puxa! Acho que aquela turma é louca, mesmo! Esse dr. Lutz era muito importante, pelo que soube — especialista de nervos — psicanálise — esse tipo de coisa.

Seus olhos correram até a mulher alta que estava olhando, pela janela, as montanhas implacáveis. Ele abaixou a voz.

— Consegui o nome dela com o garçom. É Madame Grandier. O marido morreu fazendo alpinismo. É por isso que ela vem aqui. Eu tenho a impressão, e na certa o senhor também tem, que se devia tentar fazer alguma coisa — tentar fazer com que ela saia um pouco desse isolamento.

— Se eu fosse o senhor não faria nenhuma tentativa nesse sentido — disse Poirot.

Porém o ânimo amistoso do sr. Schwartz era incontrolável.

Poirot observou-o enquanto atacava e viu a maneira implacável pela qual foi bloqueado. Os dois ficaram por um instante desenhados em silhueta de encontro a luz. A mulher era mais alta do que Schwartz. A cabeça dela estava bem erguida e sua expressão era gélida e proibitiva. Não lhe foi possível ouvir o que ela disse, porém Schwartz voltou de crista caída.

— Nada feito — disse ele. E acrescentou, sonhador: — A mim parece que somos todos seres humanos no mesmo barco e que não há nenhuma razão para que não sejamos amigos uns dos outros. Não concorda, sr... Sabe que eu ainda não sei o seu nome?

— Meu nome — disse Poirot — é Poirier. E acrescentou: — Sou negociante em Lyon.

— Eu gostaria de lhe dar o meu cartão, sr. Poirier, e se alguma vez o senhor aparecer lá em Fountain Springs será muito bem--vindo!

Poirot aceitou o cartão, bateu com a mão em seu próprio bolso, e disse:

— Infelizmente não tenho nenhum cartão comigo no momento...

Naquela noite, quando ia deitar-se, Poirot releu a carta de Lementeuil com cuidado antes de tornar a guardá-la, bem dobrada, em sua carteira. Ao se meter debaixo das cobertas, disse baixinho:

É curioso — Será que...

Gustave, o garçom, levou o desjejum para Poirot; era composto de café e pãezinhos. Desmanchou-se em desculpas pelo café.

— Monsieur compreende que a esta altitude é impossível ter o café realmente quente, não é? Sempre ferve antes do que devia.

Poirot murmurou: — Temos de enfrentar com coragem esses pequenos caprichos da natureza...

Gustave murmurou: — Monsieur é um filósofo.

O garçom foi até a porta, porém ao invés de sair espiou para fora, depois tornou a fechar a porta e voltou para perto da mesa.

— M. Hercule Poirot? — perguntou ele. — Sou Drouet, inspetor da polícia.

— Ah — respondeu Poirot. — Bem que eu já estava suspeitando.

Drouet baixou a voz.

— M. Poirot, aconteceu algo de muito grave. Houve um acidente com o plano inclinado!

— Um acidente? — perguntou Poirot, retesando o corpo. — Que espécie de acidente?

— Não houve vítimas. Foi durante a noite. É possível que tenha sido provocado por causas naturais — uma pequena avalanche, que tenha derrubado pedras de vários tamanhos. Porém também é possível que tenha sido causado por agentes humanos. Não se sabe. De qualquer modo, o fato é que serão necessários vários dias para o reparo e que, enquanto isso, ficaremos ilhados aqui no alto. Assim, logo no início da temporada, quando a neve ainda é pesada, é impossível conseguirmos comunicação com o vale, lá embaixo.

Hercule sentou-se na cama, dizendo suavemente:

— Isso é muito interessante.

O inspetor concordou.

— Sim — continuou, gravemente —, mostra que a informação de nosso *commissaire* estava correta. Marrascaud tem um encontro aqui e tomou todas as providências para que seu encontro não seja interrompido.

Os trabalhos de Hércules   95

— Mas é absurdo! — exclamou Poirot com impaciência.

— Concordo — disse o inspetor Drouet, levantando as mãos. Não faz o menor sentido, porém aí está. O tal de Marrascaud, como deve saber, é uma criatura extravagante! Pessoalmente — disse ele acenando a cabeça — acho que é louco.

— Louco e assassino! — disse Poirot.

Secamente, Drouet comentou: — Concordo que não é muito agradável.

Poirot começou a falar, sem pressa: — Porém, se ele tem um encontro marcado aqui, neste patamar de neve no topo do mundo, daí segue-se também que o próprio Marrascaud já está aqui, visto que as comunicações estão cortadas.

— Eu sei — disse Drouet, em voz baixa.

Após alguns minutos em que os dois ficaram calados, Poirot indagou:

— O dr. Lutz? Será que ele poderia ser Marrascaud?

Drouet sacudiu a cabeça.

— Creio que não. Existe um dr. Lutz de verdade — já tenho visto sua fotografia nos jornais — um homem distinto e muito conhecido. Esse homem se parece muito com as fotografias.

— Se Marrascaud for um artista em disfarces, seria possível que desempenhasse o papel satisfatoriamente — murmurou Poirot.

— É verdade; mas será que é? Nunca ouvi falar dele como especialista em disfarces. Não tem a astúcia e duplicidade da serpente. É um javali selvagem, feroz e terrível, que ataca com fúria cega.

Poirot respondeu: — Mas, mesmo assim...

Drouet concordou prontamente.

— É verdade que é um fugitivo da justiça. Portanto, forçado a dissimular. De modo que pode... na verdade que é obrigado a... estar um tanto disfarçado.

— Tem a descrição dele?

O outro deu de ombros.

— Muito vaga. A fotografia e as medidas Bertillon oficiais deveriam ser-me enviadas hoje. Só sei que é um homem de trinta

96 Agatha Christie

e poucos anos, um pouco acima da estatura média, de compleição morena. Nenhum sinal característico.

Foi a vez de Poirot dar de ombros.

— Descrição que se aplica a qualquer um. Que tal o americano, Schwartz?

— Era o que eu ia perguntar-lhe. Esteve conversando com ele e, creio, já passou muitos anos vivendo entre ingleses e americanos. À primeira vista ele parece ser um viajante americano comum. Seu passaporte está em ordem. É um pouco estranho que tenha resolvido vir aqui — porém os americanos que viajam são imprevisíveis. Qual a sua opinião?

Hercule Poirot sacudiu a cabeça, em grande perplexidade, e disse:

— À primeira vista, pelo menos, ele parece ser um homem inofensivo, embora um pouco excessivamente sociável. Tem boas possibilidades de ser muito cacete, porém parece difícil vê-lo como perigoso. — Depois, continuou: — Porém há mais três visitantes aqui.

O inspetor concordou, com semblante repentinamente entusiasmado.

— Eu sei; e *são* do tipo que estamos procurando. Dou minha palavra. M. Poirot, que aqueles três homens, pelo menos, são membros da quadrilha de Marrascaud. Nunca vi meliantes de corridas de cavalo tão escarrados! E um dos três pode ser o próprio Marrascaud.

Poirot refletiu e relembrou aquelas três fisionomias.

Um tinha rosto largo, de cenho pesado e queixada gorda — um rosto bestial, suíno. Outro era magro, esguio, com um rosto estreito e olhos frios. O terceiro era um sujeito de rosto meio pastoso e um vago ar de almofadinha.

Sim, um dos três poderia bem ser Marrascaud; porém, se fosse, a questão apresentava-se insistentemente: Por quê? Por que razão haveriam Marrascaud e mais dois homens de sua quadrilha de viajar juntos e subir para uma ratoeira no alto de uma montanha?

Um encontro poderia ser realizado em ambiente mais seguro e menos fantástico... algum café... uma estação de estrada de ferro... um cinema cheio... um bar... algum lugar onde houvesse grande número de saídas... não aqui, no topo do mundo, no meio de um deserto de neve.

Tentou transmitir ao inspetor Drouet um pouco de tudo isso que pensara; o inspetor concordou imediatamente.

— Sim, eu sei que é absurdo. Não faz sentido.

— E, se se trata de um encontro, por que razão haveriam de viajar juntos? Não, por certo que não faz sentido.

Drouet disse, com semblante preocupado: — Nesse caso, temos de examinar uma outra possibilidade. Esses três homens são da quadrilha e vieram até aqui para encontrarem-se com o próprio Marrascaud. E, nesse caso, quem seria Marrascaud?

— Que tal o pessoal do hotel? — perguntou Poirot.

Drouet deu de ombros.

— Não há praticamente ninguém. Há uma velha que cozinha — seu marido Jacques — tenho a impressão de que já estão aqui há cinquenta anos. Há o garçom cujo lugar estou ocupando, e é só.

Poirot perguntou: — O gerente, naturalmente, sabe quem o senhor é?

— Naturalmente. Precisávamos de sua cooperação.

— Já reparou — comentou Poirot — que ele parece preocupado?

O outro respondeu pensativamente: — É verdade.

— Pode ser apenas a aflição de se ver envolvido em um caso policial.

— Porém o senhor acha que pode ser mais do que isso? Pensa que talvez ele possa... saber de alguma coisa?

Poirot sacudiu a cabeça, em dúvida.

— Talvez seja melhor — respondeu — que não deixemos que ele perceba nossas suspeitas. É só ficar de olho nele.

Drouet aquiesceu. Depois dirigiu-se para a porta.

— Não tem nenhuma sugestão, M. Poirot? Eu... eu conheço a sua reputação. Já ouvimos falar do senhor, aqui no nosso país.

Poirot, perplexo, respondeu: — De momento não há nada que possa sugerir. É a razão que me escapa... a razão para um encontro neste local. Para dizer a verdade, a razão para qualquer tipo de encontro.

— Dinheiro — disse simplesmente Drouet.

— Quer dizer que além de morto foi também roubado, esse pobre Salley?

— Sim; levava consigo uma grande soma em dinheiro, que desapareceu.

— E acredita que o encontro tem como objetivo a partilha do dinheiro?

— É a ideia mais óbvia.

Poirot sacudiu a cabeça, insatisfeito.

— Sim; mas por que *aqui?* — Continuou, lentamente: — É o pior lugar possível para um encontro de criminosos. Porém é, sem dúvida, o tipo de lugar onde alguém viria encontrar-se com uma mulher.

Drouet avançou um passo, interessadíssimo.

— O senhor acha... — perguntou ele, excitado.

— Eu acho — disse Poirot — que Madame Grandier é uma mulher muito bonita. Acho que qualquer um escalaria mais de três mil metros para encontrar-se com ela... isto é, desde que ela fizesse tal sugestão.

— Sabe de uma coisa — disse Drouet — isso é muito interessante. Nem me ocorreu pensar nela como tendo ligações com o caso. Afinal, há vários anos que ela vem para cá.

— Exato — disse Poirot delicadamente. — E por isso mesmo sua presença não provocaria qualquer tipo de comentário. Essa seria uma razão — não seria? — para que Rochers Neiges fosse o local escolhido?

Excitado, Drouet respondeu: — Boa ideia a sua, M. Poirot. Vou investigar esse aspecto.

O dia passou-se sem maiores incidentes. Felizmente o hotel tinha fartas provisões. O gerente explicou que não havia razão para preocupação. Os suprimentos estavam garantidos.

Hercule Poirot tentou entabular uma conversa com o dr. Karl Lutz, porém não foi bem-vindo. O doutor deixou bem claro que a psicologia era sua ocupação profissional e que não estava disposto a discuti-la com amadores. Ficava sentado a um canto, lendo um imenso livro alemão sobre o subconsciente e fazendo copiosas notas e anotações.

Hercule Poirot saiu e foi andando um pouco a esmo até atingir a área da cozinha. E lá começou a conversar com o velho Jacques, que era mal-humorado e desconfiado. Sua mulher, a cozinheira, era mais aberta. Felizmente, explicou ela a Poirot, havia uma grande reserva de comida enlatada — muito embora ela, pessoalmente, não gostasse nada de comida metida em latas. Não só era muito cara como na certa não tinha o menor valor nutritivo. O bom Deus jamais criara os seres humanos para que eles se alimentassem com coisas em latas.

A conversa finalmente chegou à questão do pessoal do hotel. No início de julho chegavam as camareiras e os garçons extras. Porém nas próximas três semanas não haveria ninguém, ou praticamente ninguém. Geralmente quem aparecia por lá era o pessoal que subia a montanha, almoçava, depois ia embora. Ela, Jacques e um garçom podiam dar conta de tudo muito facilmente.

— Já havia um outro garçom antes de Gustave chegar, não havia? — perguntou Poirot.

— Mas é claro, um garçom bem ruinzinho. Não sabia servir, não tinha experiência. Não tinha classe para aquele lugar.

— Quanto tempo havia ele ficado no hotel antes que Gustave chegasse?

— Só uns poucos dias... menos de uma semana. Naturalmente tinha sido despedido. Não ficamos nada surpreendidos. Era inevitável.

Poirot murmurou: — E ele não reclamou muito?

— Que nada; foi embora bem quietinho. Afinal, o que poderia ele esperar? Este é um hotel de certa classe. O serviço precisa ser bem feito.

Poirot concordou.

— Para onde ele foi? — perguntou ele.

— Quem, aquele Robert? — Ela deu de ombros. — Provavelmente voltou para o café barato de onde apareceu.

— Ele desceu pelo plano inclinado? .

Ela olhou para ele com curiosidade.

— Mas naturalmente, Monsieur. De que outro modo se poderá descer?

— Alguém o viu partir? — perguntou Poirot.

Os dois olharam para ele desconfiados.

— Ah! E o senhor acha que alguém se dá ao trabalho de ir ver a partida de um animal daqueles... que ia haver uma cerimônia de despedida? Todos por aqui têm mais o que fazer.

— Exatamente — disse Hercule Poirot.

Afastou-se caminhando lentamente e, ao fazê-lo, levantou os olhos para o edifício que se erguia acima dele. Um hotel grande — com apenas uma ala aberta, no momento. Nas outras alas havia muitos quartos, fechados e trancados, onde era pouco provável que alguém entrasse.

Virando a esquina formada pela extremidade do hotel ele quase colidiu com um dos três jogadores de cartas. Era o de rosto pastoso e olhos pálidos. E os olhos olharam Poirot sem qualquer expressão. Apenas os lábios retraíram-se um pouco, como se um cavalo de má índole mostrasse os dentes.

Poirot passou por ele e continuou seu caminho. Havia uma figura à sua frente — a figura graciosa e alta de Madame Grandier.

Ele apressou um pouco o passo e alcançou-a.

— Este acidente com o plano inclinado foi muito desagradável. Espero, Madame, que não lhe tenha trazido maiores inconveniências.

Os trabalhos de Hércules 101

— O fato me é inteiramente indiferente — respondeu ela.

A voz dela era bastante grave — um perfeito contralto. Nem sequer olhou para Poirot. Desviou-se dele e entrou no hotel por uma pequena porta lateral.

Hercule Poirot se deitou cedo. Foi despertado pouco depois da meia-noite.

Alguém estava mexendo desajeitadamente na fechadura de sua porta.

Sentou-se, acendendo a luz. No mesmo momento a fechadura cedeu às manipulações e a porta escancarou-se. E ali estavam três homens. Os três jogadores de cartas. Todos, pensou Poirot, um tanto bêbados. Seus rostos eram ao mesmo tempo abobalhados e malévolos. Ele viu o brilho de uma navalha.

O homem grande e troncudo avançou. Falou com voz rouquenha:

— Porco sagrado de detetive! Bah!

Explodiu em uma torrente de pragas. Os três avançaram, decididos, na direção do indefeso homem sentado na cama.

— Vamos cortá-lo em pedacinhos, rapazes. Como é, cavalinhos? Vamos cortar em tirinhas a cara desse detetive. Não será o primeiro, hoje.

Eles continuavam a avançar, resolutos — com suas navalhas rebrilhando.

E então, surpreendente na secura do sotaque americano, uma voz disse:

— Mãos ao alto.

Os três giraram. Schwartz, vestido com um pijama de listas particularmente berrantes, estava parado junto à porta. Em sua mão havia uma automática.

— Mãos para cima, caras. Eu atiro muito bem.

Ele apertou o gatilho — e uma bala passou zunindo junto à orelha do homem maior e foi enterrar-se na madeira da janela.

Três pares de mãos elevaram-se rapidamente.

— Será que poderia incomodá-lo, M. Poirier... — disse Schwartz.

Poirot saltou da cama como um raio. Recolheu as rebrilhantes armas e com as mãos revistou os três homens para ter a certeza de que não estavam mais armados.

Schwartz disse: — Agora, para a frente! Há um grande armário logo ali no corredor. Sem janelas. Feito sob medida.

Obrigou-os a marchar para dentro do armário e trancou-os à chave. Depois voltou-se para Poirot, com a voz vibrando de prazer.

— Viu só como são as coisas? Sabe de uma coisa, M. Poirier, tem uns caras lá na minha terra que se riram de mim quando eu disse que ia trazer arma de fogo na viagem. "Onde é que você está pensando que vai?", foi o que eles perguntaram. "Acha que vai para a selva?" É; mas quem ri por último ri melhor. Algum dia o senhor viu três bandidos mais feios do que esses?

Poirot disse: — Meu caro sr. Schwartz, o senhor apareceu bem na hora. Pareceu até cena de teatro. Sou-lhe profundamente devedor.

— Ora, não foi nada. E agora, o que é que se faz? Nós devíamos entregar esses rapazes à polícia, mas acontece que isso é a única coisa que não podemos fazer! É um probleminha complicado. Talvez fosse melhor nós consultarmos o gerente.

Hercule Poirot respondeu: — Ah, sim, o gerente. Porém creio que antes devemos consultar o garçom — Gustave — ou seja, o inspetor Drouet. É, sim — o garçom Gustave na realidade é um detetive.

Schwartz ficou olhando incrédulo para ele.

— Então foi por isso!

— Foi por isso o quê?

— Esse bando de facínoras tinha posto o senhor em segundo lugar na lista. Eles já retalharam o Gustave.

— O quê?

— Venha comigo. O médico está cuidando dele.

O quarto de Drouet era pequeno e no último andar. O dr. Lutz, de robe de chambre, estava ocupado em cobrir de bandagens o rosto do homem ferido.

Ele se voltou quando os dois homens entraram.

— Ah, é o senhor, sr. Schwartz? Negócio feio, este aqui. Que açougueiros! Que monstros desumanos! Drouet, deitado, permanecia quieto, gemendo fracamente.

Schwartz perguntou: — Ele está em perigo?

— Não vai morrer, se é isso que está perguntando. Porém ele não pode falar — não pode excitar-se de forma alguma. Cuidei dos ferimentos — não correrá risco de septicemia.

Os três homens deixaram juntos o quarto.

Schwartz dirigiu-se a Poirot: — O senhor disse que Gustave era um oficial de polícia?

Hercule Poirot concordou.

— Mas o que estava ele fazendo em Rochers Neiges?

— Estava procurando capturar um criminoso de alta periculosidade.

Em poucas palavras Poirot explicou a situação.

O dr. Lutz disse: — Marrascaud? Li a respeito do caso nos jornais. Gostaria muito de conhecer tal homem. Há nele algum tipo de profunda anomalia! Gostaria de conhecer detalhes a respeito de sua infância.

— Quanto a mim — retrucou Poirot — gostaria de saber onde ele se encontra neste minuto.

Schwartz indagou: — Será que ele não é um daqueles três que trancamos no armário?

Poirot, com voz insatisfeita, comentou: — É possível... sim, porém não tenho certeza... Eu tenho uma ideia...

Interrompeu-se, olhando o tapete fixamente. Era de cor bege clara e nele havia marcas de um marrom-ferrugem escuro.

— Pegadas! — exclamou Poirot —, pegadas que, creio eu, pisaram em sangue e que nos levam à parte do hotel que não está em uso. Vamos... temos de ir depressa!

Os outros seguiram-no através de uma porta de vaivém e ao longo de um corredor escuro e empoeirado. Dobraram um canto, ainda seguindo as marcas do tapete, até que elas os levaram a uma porta entreaberta.

Poirot empurrou a porta e entrou.

Deixou escapar uma exclamação aguda e horrorizada.

O cômodo era um quarto de dormir. A cama havia sido ocupada e havia uma bandeja de comida sobre a mesa.

No meio do chão jazia o corpo de um homem. Era de altura apenas acima da mediana e havia sido atacado com selvagem e incrível ferocidade. Havia uma dúzia de ferimentos em seus braços e peito, enquanto que o crânio e a face haviam sido reduzidos virtualmente a uma polpa.

Schwartz soltou uma exclamação estrangulada e virou o rosto, parecendo que ia começar a vomitar.

O dr. Lutz lançou uma horrorizada exclamação em alemão.

Schwartz disse, francamente: — Quem é esse sujeito? Alguém sabe?

— Imagino — disse Poirot — que era conhecido por aqui como Robert, um garçom muito pouco competente.

Lutz se havia aproximado, curvando-se sobre o cadáver. Apontou com um dedo.

Havia um papel preso ao peito do morto com um alfinete, no qual havia algumas palavras rabiscadas com tinta:

Marrascaud não matará mais — nem roubará seus amigos!

Schwartz explodiu: — Marrascaud? Então esse é Marrascaud! Mas o que o terá trazido a este lugar tão fora de mão? E por que diz que seu nome era Robert?

— Ele estava aqui fingindo que era garçom — disse Poirot. — E, segundo fui informado, era péssimo garçom. Era tão ruim que ninguém ficou surpreso quando foi despedido. Ele foi embora — supostamente voltou para Aldermatt; porém ninguém o viu partir.

Lutz comentou, com sua voz lenta e sonora: — *So* — e o que acha que tenha acontecido?

— Creio que encontramos aqui — disse Poirot — a explicação para um certo ar de apreensão no semblante do gerente.

Marrascaud deve ter-lhe oferecido um suborno alto para que lhe fosse permitido permanecer escondido na parte do hotel que não está sendo usada.Porém o gerente não ficou muito contente com o acordo — aliás, não ficou nada contente.

— E Marrascaud continuou a viver na parte não usada do hotel sem que ninguém a não ser o gerente soubesse?

— É o que parece. Seria perfeitamente possível, aliás.

— E por que o mataram? — perguntou Lutz. — E quem o matou?

— Isso é fácil — exclamou Schwartz.— Ele deveria ter compartilhado o dinheiro com sua quadrilha. Não o fez. Passou todos para trás. E veio aqui, para este lugar longínquo, para esconder-se por uns tempos. Achou que seria o último lugar do mundo em que o iriam procurar. Enganou-se. De uma maneira ou outra eles descobriram e seguiram-no até aqui. — Com a ponta do pé, tocou no corpo. — E aqui eles acertaram as contas com ele... assim.

Hercule Poirot murmurou.— Sim, não era o tipo de encontro que nós tínhamos em mente.

Irritado, o dr. Lutz disse:— Todas essas explicações podem ser muito interessantes, porém o que me preocupa é nossa posição atual.Aqui temos um homem morto. Estou com um homem ferido em minhas mãos e tenho poucos medicamentos. E estamos isolados do mundo! Por quanto tempo?

— Além do que — acrescentou Schwartz — temos três assassinos trancados em um armário! É realmente o que eu chamo de uma situação interessante!

— O que faremos? — disse o dr. Lutz.

— Primeiro — disse Poirot — vamos pegar o gerente. Ele não é um criminoso; é apenas um homem que sonha com dinheiro. E covarde, também. Fará tudo o que nós mandarmos. É possível que meu amigo Jacques, ou sua mulher, nos arranjem uns pedaços de corda. Os nossos três marginais precisam ser postos em algum lugar onde possamos guardá-los em segurança até o dia em que chegar o auxílio. Creio que a automática do sr. Schwartz será muito eficaz para a execução de quaisquer planos que tenhamos em mente.

— E eu? — perguntou o dr. Lutz —, que faço eu?

— O senhor, doutor — respondeu gravemente Poirot —, fará tudo o que puder por seu paciente. E nós todos manteremos incansável vigilância — e esperaremos. Não há nada mais que possamos fazer.

Foi três dias mais tarde que um pequeno grupo de homens apareceu em frente ao hotel às primeiras horas da manhã.

Hercule Poirot foi quem abriu a porta da frente com grande cerimônia.

— Bem-vindo, *mon vieux*.

Monsieur Lementeuil, comissário de polícia, agarrou Poirot pelas duas mãos.

— Ah, meu amigo, com que emoção eu o saúdo! Que acontecimentos espetaculares... que emoções todos aqui passaram! E nós, lá embaixo, com nossa ansiedade, nosso temor... sem saber de nada... temendo tudo. Sem rádio... sem meios de comunicação. Foi uma ideia de gênio, a sua, de usar o heliógrafo.

— Nada disso — Poirot fez um esforço para parecer modesto. — Afinal, quando falham as invenções do homem, temos de buscar novamente a natureza. E sempre há um sol no céu.

O pequeno grupo seguiu para o hotel.

Lementeuil disse: — Não somos esperados? — Seu sorriso era um tanto duro.

Poirot também sorriu, dizendo: — Claro que não! Todos pensam que o plano inclinado está longe de estar consertado.

Lementeuil disse, com emoção: — Ah, este é um grande dia! Não há dúvida, então? É mesmo Marrascaud?

Não há dúvida de que é Marrascaud. Venha comigo.

Subiram as escadas. Abriu-se uma porta e Schwartz saiu, usando seu robe de chambre. Ficou surpreso ao ver os homens.

— Ouvi vozes — explicou ele. — O que é que há?

Hercule Poirot declarou, pomposamente: — Já chegou o auxílio! Acompanhe-nos, senhor. É um grande momento!

Poirot começou a subir mais um lance da escada.

— Vão ver Drouet? — perguntou Schwartz. — Como está passando ele?

— O dr. Lutz disse que ontem à noite ele estava passando muito bem. Chegaram até a porta do quarto de Drouet. Poirot escancarou-a e anunciou:

— Aí está o seu javali selvagem, senhores. Capturem-no vivo e tomem providências para que ele não escape da guilhotina.

O homem que estava deitado na cama, com o rosto ainda todo bandado, ergueu-se de súbito. Porém os policiais agarraram-no pelos braços antes que pudesse levantar-se.

Schwartz, perplexo, exclamou: — Mas esse é Gustave, o garçom — é o inspetor Drouet.

— É Gustave, sem dúvida... porém não é Drouet. Drouet era o primeiro garçom, o garçom Robert que ficou prisioneiro na ala não usada do hotel e a quem Marrascaud notou na mesma noite em que houve o ataque contra mim.

De manhã, à mesa do café, Poirot explicou tudo, amavelmente, ao perplexo americano.

— Deve compreender que há determinadas coisas que se sabe — que se sabe com absoluta certeza, com o exercício da profissão. Sabe-se, por exemplo, a diferença entre um detetive e um assassino! Gustave não era garçom — disso desconfiei quase que imediatamente — porém também não era um policial. Tenho lidado com policiais a minha vida inteira e sei. Ele poderia fazer-se passar por detetive diante de um leigo — porém não diante de um homem que já foi policial.

De modo que senti suspeitas imediatamente. Naquela noite não bebi meu café. Joguei-o fora. E fiz muito bem. Um homem entrou no meu quarto, entrou com a confiança de quem sabe que o homem cujo quarto ele está examinando está drogado.

Examinou tudo o que era meu e encontrou a carta na minha carteira — exatamente onde eu a havia deixado para que ele a encontrasse! Na manhã seguinte Gustave vem trazer meu café em meu quarto. Chama-me pelo meu nome e desempenha seu papel com total segurança. Porém ele está preocupado — terrivelmente preocupado — porque de algum modo a polícia conseguiu pegar e seguir a sua pista! Já sabem onde ele está, o que para ele se apresenta como um terrível desastre. Todos os seus planos ficam transtornados. E ele está preso aqui em cima como um rato em uma ratoeira.

— Mas a grande besteira dele foi vir para cá — comentou Schwartz. — Por que motivo é que ele veio?

Com toda a gravidade, Hercule Poirot respondeu: — Não foi uma besteira tão grande quanto pensa. Ele tinha necessidade, necessidade urgente, de um local afastado, longe do mundo, onde poderia encontrar-se com determinada pessoa e onde determinado acontecimento poderia ter lugar.

— Que pessoa?

— O dr. Lutz.

— O dr. Lutz? Ele também é bandido?

— O dr. Lutz é realmente o dr. Lutz — porém ele não é nem especialista em doenças nervosas, nem psicanalista. É cirurgião, meu amigo; um cirurgião especializado em cirurgia da face. E por isso é que ele veio encontrar-se aqui com Marrascaud. Ele está pobre, expulso de seu país. E recebeu uma proposta altíssima para encontrar um homem aqui e, graças à sua habilidade cirúrgica, alterar-lhe o rosto. É possível que tenha adivinhado que tal homem seria um criminoso, porém, se assim foi, resolveu fechar os olhos. É preciso que compreenda que eles não ousavam correr o risco de um hospital ou clínica, nem mesmo no estrangeiro. Não; aqui, aonde ninguém vem no início da temporada a não ser por uma visita rápida, aonde o gerente é um homem que precisa de dinheiro e é facilmente subornável, aqui era o local ideal.

Mas, como já disse, as coisas não correram como estava previsto. Os seus três guarda-costas, que deveriam estar aqui para protegê-lo, ainda não haviam chegado, porém Marrascaud age imediatamente.

O policial que estava fazendo de garçom foi sequestrado e Marrascaud tomou seu lugar. A quadrilha providencia o acidente com o plano inclinado. É uma questão de tempo. Na noite seguinte Drouet é morto e um papel é deixado preso a seu corpo. Esperam eles que, quando as comunicações fossem finalmente restabelecidas, o corpo de Drouet já tenha sido enterrado, como se fosse Marrascaud. O dr. Lutz realiza a operação imediatamente. Porém há um homem que é necessário silenciar: Hercule Poirot. E por isso a quadrilha é mandada para atacar-me. Porém graças à sua interferência, meu amigo...

Hercule Poirot curvou-se elegantemente na direção de Schwartz, que disse:

Então o senhor é mesmo Hercule Poirot?

— Precisamente.

— E nem por um momento o senhor foi enganado por aquele cadáver? Sabia desde o início que não era Marrascaud?

— Por certo.

— E por que não disse logo?

O rosto de Hercule Poirot mostrou-se repentinamente grave.

— Porque eu queria ter a certeza absoluta de poder entregar o verdadeiro Marrascaud à polícia.

Muito baixinho, para consigo mesmo, Hercule Poirot disse: *Poder capturar vivo o javali selvagem de Erimanto.*

As Cavalariças de Áugias

A SITUAÇÃO É EXTREMAMENTE DELICADA, M. Poirot.

Um ligeiro sorriso passou pelos lábios de Hercule Poirot. Quase que chegou a responder *Sempre é!*

Em vez disso, manteve o rosto bem composto e adotou o comportamento que poderia ser descrito como o do médico discreto que, à cabeceira do leito, serve de confidente para quem sofre.

Sir George Conway prosseguiu ponderadamente. As frases saíam com fluência de seus lábios — a extrema delicadeza da posição do governo... os interesses públicos... a solidariedade do partido... a necessidade da unidade partidária ostensiva... o poder da imprensa... o bem-estar do país...

Tudo soava muito bem — e não queria dizer nada. Hercule Poirot começou a sentir a conhecida dor no maxilar inferior que aparece quando se quer bocejar mas a boa educação não o permite. Muitas vezes a tinha sentido lendo debates parlamentares. Só que então não era preciso controlar os bocejos.

Preparou-se para suportar tudo pacientemente. E, ao mesmo tempo, sentia uma certa compreensão para com Sir George. Era óbvio que o homem desejava contar-lhe alguma coisa — e igualmente óbvio que desde há muito ele havia esquecido a arte da narrativa simples. As palavras, para ele, se haviam transformado em meio de obscurecer os fatos — e não de revelá-los. Era extremamente hábil na arte do uso da frase útil — isto é, da frase que atinge suavemente o ouvido e é totalmente destituída de significado.

As palavras continuavam a rolar — e o pobre Sir George tinha enrubescido violentamente. Finalmente lançou um olhar

Os trabalhos de Hércules 111

desesperado ao outro homem, que estava sentado à cabeceira da mesa, e este reagiu prontamente.

Edward Ferrier disse: — Está bem, George; eu conto.

Hercule Poirot transferiu o olhar do ministro do Interior para o primeiro-ministro. Sentia um profundo interesse a respeito de Edward Ferrier — interesse provocado por uma frase casual dita por um velho de 82 anos. O professor Fergus MacLeod, após liquidar com uma dificuldade química na condenação de um assassino, tocara por um momento na questão da política. Ao retirar-se da vida pública o famoso e querido John Hammett (agora lorde Dittisham), seu genro, Edward Ferrier, havia sido convidado a formar um novo Gabinete. Para um político, ele ainda era jovem — menos de cinquenta anos. O professor MacLeod havia dito: "Em certa época Ferrier foi meu aluno. É um homem sério."

Isso fora tudo; porém para Hercule Poirot representava muitíssimo. Se MacLeod dizia que um homem era sério, isso era um atestado de caráter comparado ao qual nem todo o entusiasmo da imprensa tinha a menor significação.

É bem verdade que a opinião coincidia com a avaliação popular. Edward Ferrier era considerado sério — exatamente isso, não brilhante, não grande, não particularmente bom na oratória, nem um homem de conhecimentos muito profundos. Era um homem sério — um homem educado dentro da tradição —, um homem que se havia casado com a filha de John Hammett — que havia sido o braço direito de John Hammett e em quem se podia confiar para que levasse avante o governo do país nas tradições de John Hammett.

Pois John Hammett era particularmente querido pelo povo e pela imprensa ingleses. Representava todas as qualidades que são caras aos ingleses. Dizia-se de Hammett: "Nós sentimos que Hammett é honesto." Muitas anedotas eram contadas a respeito de sua vida familiar simples, de seu imenso prazer na jardinagem. Correspondendo ao cachimbo de Baldwin ou ao guarda-chuva de Chamberlain, lá estava a capa de chuva de Hammett. Sempre a carregava consigo, obviamente muito usada. E constituía-se em um símbolo — do clima inglês, da prudente atitude precavida da raça inglesa, de seu amor por suas coisas velhas. Além do mais, com seu modo inglês franco de falar, John Hammett era um orador. Seus discursos, feitos de forma tranquila e sincera, continham todas as frases feitas sentimentais mais profundamente arraigadas nos corações ingleses. Os estrangeiros por vezes as criticam como sendo hipócritas e insuportavelmente nobres. John Hammett não se importava de todo por ser nobre — de forma modesta, esportiva, como ensinam os grandes colégios da Inglaterra.

Além do mais, era um homem de bela presença, alto, desempenado, alourado e de olhos azuis. Sua mãe fora dinamarquesa e, como ele havia sido por muitos anos Primeiro Lorde do Almirantado, disso nascera seu apelido de "O Viking". Quando, finalmente, motivos de saúde o forçaram a entregar as rédeas do governo, houve um profundo mal-estar. Quem o sucederia? O brilhante lorde Charles Delafield? (Brilhante demais — a Inglaterra não precisava de brilho.) Evan Whittler? (Inteligente — porém talvez um pouco inescrupuloso.) John Potter? (O tipo de homem que poderia vir a imaginar-se como ditador — e não queríamos ditadores neste país, muito obrigado.) De modo que um grande suspiro de alívio foi solto quando Edward Ferrier assumiu o posto. Ferrier era ótimo. Fora treinado pelo Velho, tinha casado com a filha do Velho. Para usar a tradicional expressão inglesa, Ferrier iria "levar adiante" o que recebia.

Hercule Poirot estudou o homem tranquilo e trigueiro de voz grave e agradável. Magro, moreno e cansado.

Edward Ferrier estava dizendo: — É possível, M. Poirot, que tenha conhecimento de um semanário intitulado *Notícias Raio-X?*

— Já passei os olhos nele — confessou Poirot, enrubescendo.

O primeiro-ministro disse: — Então já sabe, mais ou menos, no que consiste ele. Matérias semicaluniosas. Pequenos parágrafos que sugerem sensacionais histórias secretas. Alguns verdadeiros,

Os trabalhos de Hércules 113

alguns inofensivos — porém todos servidos da mesma forma picante. Ocasionalmente...

Fez uma pausa e, depois, continuou, com a voz um tanto alterada:

— Ocasionalmente, um pouco mais do que isso.

Hercule Poirot permaneceu em silêncio.

— Há duas semanas — continuou Ferrier — tem havido indícios da revelação iminente de um escândalo de grandes proporções "nos mais altos círculos políticos". "Revelações surpreendentes de corrupção e apadrinhamentos".

Dando de ombros, Hercule Poirot retrucou: — Um truque comum. Quando as revelações propriamente ditas aparecem, de modo geral desapontam os que vivem correndo atrás de sensacionalismos.

— Estas não os desapontarão — respondeu secamente Ferrier.

— Quer dizer que sabe, então, quais serão tais revelações? — perguntou Poirot.

— Com razoável precisão.

Edward Ferrier fez uma pausa, depois começou a falar. Cuidadosa e metodicamente, ele delineou a história.

E não era nada edificante. Acusações de desavergonhados cambalachos, manipulações de ações, vergonhosa malversação de fundos do partido. As acusações eram dirigidas contra o antigo primeiro-ministro, John Hammett. Revelavam ser ele um patife desonesto, um monumental vigarista que usara sua posição para amealhar imensa fortuna particular.

Finalmente a voz do primeiro-ministro silenciou.

O ministro do Interior gemeu. Desabafou: — É monstruoso... monstruoso! Esse tal de Perry, editor desse pasquim, devia ser fuzilado!

— Essas supostas revelações — disse Hercule Poirot — estão para aparecer nas *Notícias Raio-X*?

— Exato.

— E que medidas os senhores se propõem tomar a respeito?

Vagarosamente Ferrier respondeu: — Elas constituem um ataque contra a pessoa particular de John Hammett. Ele poderá processar o jornal por calúnia.

— E ele pretende fazê-lo?

— Não.

— Por quê?

— Provavelmente não haveria nada que desse tanta satisfação às *Notícias Raio-X* — disse Ferrier. — A publicidade que receberiam seria enorme. Sua defesa seria matéria legitimamente publicável e nela apareceriam afirmações de que os acontecimentos contra os quais se protestava eram verdadeiros. Toda a questão seria exposta como se ficasse à luz dos refletores.

— Mesmo assim, quando perdessem o caso, a quantia em danos seria extraordinariamente pesada.

Lentamente Ferrier disse: — É possível que não perdessem.

— Por quê?

Abespinhado, Sir George disse: — Eu realmente creio que... Porém Edward Ferrier já estava falando...

— Porque o que eles pretendem publicar... é verdade.

Um gemido escapou de Sir George Conway, ofendidíssimo com aquela franqueza tão pouco parlamentar. Exclamou:

— Edward, meu velho; por certo que não vamos admitir...

Vestígios de um sorriso passaram pelo rosto cansado de Edward Ferrier.

Respondeu: — Infelizmente, George, há momentos em que a verdade, nua e crua, tem de ser dita. Este é um deles.

— O senhor compreende, M. Poirot — exclamou Sir George —, que tudo isto lhe é dito na mais absoluta confiança. Nem uma palavra...

Ferrier interrompeu-o, dizendo: — M. Poirot compreende. — E continuou, mais lentamente: — O que ele pode não compreender é o seguinte: todo o futuro do Partido do Povo está em jogo. John Hammett, M. Poirot, *era* o Partido do Povo. Ele simbolizava o que o partido representa hoje para o povo inglês — a decência e a honestidade. Ninguém jamais nos considerou brilhantes. Atrapalhamo-nos e erramos. Porém representamos a tradição de se fazer o melhor possível — e temos representado, igualmente, uma honestidade fundamental. Nossa catástrofe é essa — que o homem que era nossa figura de proa, o Honesto Homem do Povo por excelência, de repente revela-se um dos maiores crápulas de sua geração.

Sir George soltou outro gemido.

— E o senhor não sabia nada a respeito? — perguntou Poirot.

Novamente o vago sorriso cruzou o rosto cansado, e Ferrier disse:

— É possível que não me acredite, M. Poirot, porém, exatamente como todo o mundo mais, eu fui completamente enganado. Jamais compreendi a curiosa reserva de minha mulher para com seu pai. Agora a compreendo. Ela conhecia seu verdadeiro caráter.

Após uma pausa, ele continuou: — Quando a verdade começou a transparecer eu fiquei horrorizado, incrédulo. Insistimos na demissão de meu sogro, por motivos de saúde, e começamos a trabalhar — digamos, para limpar a sujeira.

Sir George gemeu: — As Cavalariças de Áugias!

Poirot levou um susto.

Ferrier continuou: — Sim, temo que, para nós, venha a ser uma tarefa verdadeiramente hercúlea. Uma vez que os fatos sejam conhecidos, haverá uma onda de reação por todo o país. O governo cairá. Haverá Eleições Gerais e, com toda a probabilidade, o partido de Everhard sairá vencedor. E o senhor conhece a política de Everhard.

Sir George explodiu: — Um agitador... um verdadeiro agitador.

— Everhard é hábil — disse Ferrier gravemente — porém é irresponsável, beligerante e totalmente destituído de tato. Seus seguidores são ineptos e tímidos — nós teríamos uma virtual ditadura.

Hercule Poirot concordou.

Com um vagido, Sir George disse: — Se ao menos a coisa toda pudesse ser abafada...

Lentamente o primeiro-ministro sacudiu a cabeça. Era um momento de derrota.

— O senhor não acredita que tudo possa ser abafado? — perguntou Poirot.

— Eu o chamei, M. Poirot — disse Ferrier —, como uma última esperança. Em minha opinião a questão é grande demais e muita gente já está informada para que ela possa ser ocultada com sucesso. Os dois únicos métodos que se nos oferecem — e que são, para falar claro, a força bruta e o suborno — não podem realmente ser bem sucedidos. O ministro do Interior comparou nossos problemas com a limpeza das Cavalariças de Áugias. Eles precisariam, M. Poirot, da violência de um rio torrencial, da perturbação da ordem natural das coisas — na verdade, nada menos que um milagre.

— De fato, eles necessitariam de um Hércules — disse Poirot, acenando a cabeça com expressão de agrado.

E acrescentou: — Meu nome, lembrem-se, é Hercule.

— O senhor é capaz de fazer milagres, M. Poirot? — perguntou Ferrier.

— É por isso que me chamou, não é? Porque julgava que talvez fosse?

— É verdade. Compreendi que, se é que possa haver alguma salvação, ela teria de nascer de alguma sugestão completamente fantástica e absolutamente nada ortodoxa.

Depois de parar por um instante, continuou: — Porém talvez o senhor, M. Poirot, encare a questão de um ponto de vista ético? John Hammett é um escroque, a lenda de John Hammett precisa ser destruída. Será possível construir-se uma casa honesta sobre fundações desonestas? Eu não sei. Porém sei que gostaria de tentar. — Seu sorriso, repentinamente, tornou-se amargo. — O político deseja permanecer em seu posto — como de hábito, pelos mais nobres motivos.

Hercule Poirot levantou-se.

— Monsieur — disse ele —, minha experiência da força policial não me tem permitido, talvez, ter opinião muito elevada dos políticos. Se John Hammett estivesse ocupando seu cargo — eu não levantaria um dedo — não, nem o menor dedo. Porém sei alguma coisa a seu próprio respeito. Foi-me dito, por um homem realmente grande, um dos maiores cientistas e das maiores inteligências de hoje, que o senhor é — um homem sério. Farei o que puder.

Fez uma pequena curvatura e deixou a sala.

Sir George explodiu: — Ora essa, de todas as maiores presunções...

Porém Edward Ferrier, ainda sorrindo, disse: — Foi um elogio.

Quando descia as escadas, Hercule Poirot foi interceptado por uma mulher de cabelos claros.

— Por favor, entre um instante em minha saleta de estar, M. Poirot.

Ele fez um cumprimento e seguiu-a.

Ela fechou a porta, indicou uma cadeira a Poirot e ofereceu-lhe um cigarro. Depois sentou-se em frente a ele. Com voz controlada, disse:

— O senhor acaba de ver meu marido — e ele lhe falou... sobre meu pai.

Poirot olhou-a com atenção. Era uma mulher alta e ainda bonita, com um rosto que revelava caráter e inteligência. A sra. Ferrier era uma figura popular. Como mulher do primeiro-ministro, naturalmente recebia boa parte das luzes dos refletores. Como filha de seu pai, sua popularidade ainda era maior. Dagmar Ferrier representava o ideal popular da mulher inglesa.

Era uma esposa dedicada, mãe extremada e compartilhava do amor que seu marido tinha pela vida do campo. Interessava-se exatamente por aqueles aspectos da vida pública que de modo geral são julgados como sendo a seara apropriada das atividades da mulher. Vestia-se bem, porém nunca com ostentação ou no rigor da moda. Dedicava muito de seu tempo a grandes organizações de caridade e havia iniciado um plano especial para o auxílio às mulheres de homens desempregados. Era respeitada por toda a nação e tinha grande valor para o partido.

Hercule Poirot disse: — A senhora deve estar terrivelmente preocupada, Madame.

— Estou, sim; não imagina quanto. Há anos que eu vinha temendo... alguma coisa.

— A senhora não tinha ideia do que realmente estava se passando? — indagou Poirot.

Ela sacudiu a cabeça. — Não; nem de longe. Eu só sabia que meu pai não era... não era o que todos pensavam que fosse. Compreendi, desde a infância, que ele era uma... uma contrafação.

Sua voz era grave e amarga. Ela continuou: — E é por ter se casado comigo que Edward... que Edward vai perder tudo.

Com voz tranquila, Poirot perguntou: — A senhora tem inimigos, Madame?

Ela levantou os olhos para ele, surpreendida.

— Inimigos? Creio que não.

Poirot comentou, pensativamente: — Eu creio que tem... A senhora tem coragem, Madame? Há uma grande campanha em andamento... contra o seu marido... e contra a senhora. É preciso preparar-se para a defesa.

Ela exclamou: — Mas por mim nada importa. É só por Edward!

— Um inclui o outro — disse Poirot. — Lembre-se, Madame, que a senhora é a mulher de César.

Ele viu a cor desaparecer do rosto dela. Ela inclinou-se para a frente.

— O que é que o senhor está tentando me dizer? — perguntou.

Percy Perry, editor das *Notícias Raio-X,* fumava, sentado atrás de sua mesa de trabalho.

Era um homem pequeno, com cara de doninha.

Estava dizendo, com voz suave e oleosa: — Vamos dar toda a sujeira que eles querem; se vamos! Que beleza! Que maravilha!

Seu assistente imediato, um rapaz magro e de óculos, disse, meio sem jeito: — Você não está nervoso?

— Está com medo de pancada? Deles, nunca. Eles não têm coragem. E nem ia adiantar nada. Não do jeito que nós armamos todo o caso: tanto aqui quanto no continente europeu e na América.

— Eles devem estar num aperto dos diabos — respondeu o outro.

— Será que não pretendem fazer nada?

— Vão mandar alguém para dizer umas coisas bonitas...

O interfone soou. Percy Perry atendeu.

— Quem foi que você disse? Ótimo; mande-o subir logo — disse ele.

Desligou o interfone e sorriu...

— Puseram aquele detetive belga metido a besta no caso. Está subindo agora, para dar o seu recado. Vai querer saber se nós queremos entrar em acordo.

Hercule Poirot entrou. Estava imaculadamente vestido e usava uma camélia na lapela.

Percy Perry disse: — Prazer em conhecê-lo, M. Poirot. Está a caminho do camarote real nas corridas de Ascot? Não? Engano meu.

— Estou desvanecido — disse Poirot. — Sempre se espera apresentar uma boa aparência. E isso ainda é mais importante — seus olhos passearam inocentemente pelo rosto e roupa desleixada do editor — quando se tem poucos dotes naturais.

Perry disse, seco: — A respeito de que estava querendo me ver?

Poirot inclinou-se para a frente, deu um tapinha no joelho do editor e disse, com um sorriso encantador: — Chantagem.

— Que raios o senhor quer dizer com essa história de chantagem?

— Ouvi dizer — foi um passarinho que me contou — que em algumas ocasiões o senhor tem estado a ponto de publicar certas afirmações extremamente danosas em seu jornal tão *spirituel;* e que, então, tem havido aumentos muito agradáveis na sua conta bancária e que, afinal, as tais afirmações acabam não sendo publicadas.

Poirot recostou-se na cadeira e acenou a cabeça, muito satisfeito.

— O senhor compreende que o que acaba de sugerir chega a ser difamação?

Poirot sorriu com ar confidencial.

— Tenho a certeza de que não irá se ofender.

— Claro que me ofendo! E, quanto à chantagem, não existe o menor indício de que eu jamais tenha chantageado quem quer que seja.

— Mas é claro que não. Disso eu não tenho a menor dúvida. O senhor não me compreendeu. Eu não estava fazendo ameaças. Estava apenas preparando o caminho para uma pergunta muito simples: *Quanto?*

— Não sei do que é que está falando — disse Percy Perry.

— De uma questão de importância nacional, M. Perry.

Os dois trocaram um olhar significativo.

— Sou um reformador, M. Poirot — disse Percy Perry. — Quero ver nossa política limpa. Oponho-me à corrupção. O senhor sabe em que estado está a política nacional? Parece as Cavalariças de Áugias, nem mais, nem menos.

— *Tiens!* — disse Hercule Poirot. — O senhor também usa essa frase.

— E o que é necessário — continuou o editor — para limpar essas cavalariças é a grande torrente purificadora da opinião pública.

Hercule Poirot levantou-se, dizendo: — Aplaudo os seus sentimentos.

E acrescentou: — É uma pena que não esteja necessitado de dinheiro.

Os trabalhos de Hércules   121

Percy Perry disse, precipitadamente: — Ora, espere aí; não foi isso exatamente que eu disse...

Porém Hercule Poirot já tinha saído porta afora.

Sua desculpa para os acontecimentos que se sucederam mais tarde foi a de que ele não gosta de chantagistas.

Everitt Dashwood, o alegre rapaz da equipe de *The Branch,* bateu afetuosamente nas costas de Hercule Poirot.

— Há sujeiras e sujeiras, meu velho — disse ele. — Só o que acontece é que a minha sujeira é limpa.

— Jamais sugeri que fosse do mesmo nível de Percy Perry.

— O desgraçado daquele sanguessuga. É a vergonha da nossa profissão. Todos nós acabaríamos com ele, se pudéssemos.

— Acontece — disse Hercule Poirot — que no momento estou empenhado numa pequena questão de esclarecer um escândalo político.

— Limpando as Cavalariças de Áugias, hem? — disse Dashwood.

— É demais para você, meu velho. A única esperança seria desviar o Tâmisa, para que lavasse o Parlamento.

— Você é cínico — retrucou Hercule Poirot, sacudindo a cabeça.

— Conheço o mundo; é tudo.

Poirot respondeu: — Você é, creio, exatamente o homem de que preciso. É corajoso, tem esportividade, gosta de coisas um pouco fora da rotina.

— E daí?

— Eu tenho um pequeno plano para pôr em ação. Se minhas ideias estiverem certas, haverá uma conspiração sensacional a ser desmascarada. E esse, meu amigo, será um grande furo para o seu jornal.

— Estou nessa — disse Dashwood, satisfeito.

— Tudo vai girar em torno de uma calúnia obscena contra uma mulher.

122   Agatha Christie

— Está cada vez melhor. Sexo sempre fatura.

— Pois então, escute aqui.

As pessoas estavam começando a falar.

No *Ganso Emplumado,* em Little Winplington, dizia-se:

— Ora, eu não acredito numa coisa dessas. John Hammett sempre foi honesto. Não era como esses tais políticos.

— É o que sempre se diz de todo vigarista até se saber o que fez.

— Dizem que ele ganhou milhões naquela jogada da Petróleo Palestino. Tramoia da boa.

— É tudo farinha do mesmo saco. Tudo um bando de safados.

— Aposto que o Everhard não fazia uma coisa dessas. É da velha escola.

— É. Mas eu não acredito que John Hammett fosse ladrão. A gente não pode ficar acreditando no que o jornal diz.

— A mulher do Ferrier é filha dele. Já viu o que estão dizendo dela?

E ficaram todos esmiuçando uma cópia surrada das *Notícias Raio-X.*

A mulher de César? Ouvimos dizer que uma certa dama da alta política foi vista no outro dia em ambiente muito esquisito. E de gigolô em punho. Ó Dagmar, Dagmar, como pode ser assim tão indiscreta?

Uma voz rústica disse, lentamente: — A sra. Ferrier não é desse tipo. Gigolô? Isso é daqueles gringos safados.

Uma outra voz disse: — Com mulher nunca se sabe. Se quiser minha opinião, é tudo um bando de sem-vergonhas.

As pessoas estavam falando.

— Mas, querida, eu sei que é absolutamente verdadeiro. Naomi soube por Paul, que soube por Andy. Ela é absolutamente depravada.

— Mas está sempre vestida tão discretamente, e passa o tempo todo inaugurando bazares e se comportando tão bem.

Os trabalhos de Hércules   123

— Pura camuflagem, querida. Ouvi dizer que é ninfomaníaca. Quero dizer, está tudo nas *Notícias Raio-X*. Bem, não diz assim abertamente, mas pode-se ler tudo nas entrelinhas. Não sei como é que eles conseguem todas essas informações.

— E o que é que você me diz do toque de escândalo político? Dizem que o pai dela roubou fundos do Partido.

As pessoas estavam falando.

— Sabe de uma coisa, sra. Rogers, eu realmente não sei o que pensar. Quero dizer, eu sempre pensei que a sra. Ferrier fosse realmente uma mulher direita.

— E a senhora quer me dizer que acredita que todas essas coisas horríveis sejam verdade?

— É como estou dizendo, não sei o que pensar dela. Ainda em junho ela inaugurou o bazar em Pelchester. Eu estava pertinho dela assim como estou agora daquele sofá. E ela estava sorrindo da maneira mais encantadora.

— É; mas sempre dizem que onde há fumaça há fogo.

— Bem, isso lá é verdade. Ai, meu Deus, parece que a gente não pode mesmo acreditar em ninguém!

Edward Ferrier, com o rosto lívido e tenso, disse a Poirot: — Esses ataques contra minha mulher! São sórdidos — absolutamente sórdidos! Eu vou processar aquele poço de veneno!

Hercule Poirot respondeu: — Não o aconselho a fazê-lo.

— Porém essas mentiras monstruosas têm de ser impedidas.

— O senhor tem certeza de que são mentiras?

— Ora, vá para o inferno! Claro que são mentiras!

Inclinando sua cabeça um pouquinho para um lado, Poirot perguntou:

— O que diz a sua esposa?

— Ela diz que o melhor é não prestar atenção... Mas eu não consigo. Está todo mundo falando.

Hercule Poirot comentou: — Sim, todos estão falando.

E pouco depois veio o comunicado pequeno e simples, publicado em todos os jornais: *A sra. Ferrier teve um pequeno colapso nervoso. Foi para a Escócia para se recuperar.*

Conjecturas, boatos — informações positivas de que a sra. Ferrier não estava na Escócia, jamais havia ido para a Escócia.

Histórias das mais escandalosas a respeito de onde a sra. Ferrier realmente estaria.

E novamente as pessoas estavam falando.

— Pois eu estou te dizendo que o Andy a viu! Naquele lugar horrível! Estava bêbada e drogada e acompanhada por aquele horrível gigolô argentino — o Ramon. Você *sabe,* não sabe?

E continuavam falando.

A sra. Ferrier havia fugido com um dançarino argentino. Havia sido vista em Paris, drogada. Havia anos que tomava drogas. Bebia dia e noite sem parar.

Lentamente a indignação moral tomou conta das mentes daqueles que, a princípio, não acreditavam, e formou fileiras contra ela. "Parece que deve haver alguma coisa por trás de tudo isso!" "Esse não é o tipo de mulher admissível para um primeiro-ministro." "Uma Jezebel. Isso é o que ela é — nada mais que uma Jezebel!"

E então apareceu a documentação fotográfica.

A sra. Ferrier fotografada em Paris — recostada, em uma boate, com o braço familiarmente passado em torno do pescoço de um rapaz moreno, reluzente de brilhantina, e de aspecto de viciado.

Outros instantâneos — seminua na praia — com a cabeça deitada no ombro de seu amante pago.

Na legenda, *A sra. Ferrier se diverte.*

Dois dias mais tarde foi iniciado um processo por difamação contra as *Notícias Raio-X.*

Por parte da acusação, o caso foi aberto por Sir Mortimer Inglewood, K.C. Sua dignidade era comparável à sua imensa

Os trabalhos de Hércules

125

indignação. A sra. Ferrier havia sido vítima de uma trama sórdida — uma trama só igualada pelo famoso caso do Colar da Rainha, conhecido dos leitores de Alexandre Dumas. Tal trama havia sido engendrada para rebaixar Maria Antonieta aos olhos do populacho. E a presente trama, igualmente, havia sido engendrada para desacreditar uma dama nobre e virtuosa que ocupava, neste país, a posição da mulher de César. Sir Mortimer falou com amargura e desprezo de fascistas e comunistas, ambos os quais procuravam solapar a democracia por todos os mais sórdidos meios conhecidos. E passou a chamar suas testemunhas.

A primeira foi o Bispo de Northumbria.

O dr. Henderson, Bispo de Northumbria, era uma das mais conhecidas figuras da Igreja inglesa, homem de grande santidade e integridade, de ideias largas, tolerante, excepcional pregador. Amado e reverenciado por quantos o conheciam.

Subiu à tribuna das testemunhas e jurou que no período que cobria as datas mencionadas a sra. Edward Ferrier havia estado hospedada no Palácio com ele e sua mulher. Exausta por suas atividades em obras meritórias, havia-lhe sido recomendado um repouso completo. Sua visita havia sido mantida em segredo para evitar quaisquer investidas da imprensa.

Um médico de grande reputação seguia-se ao Bispo e declarou, sob juramento, que havia ordenado à sra. Ferrier que entrasse em repouso absoluto e afastamento de quaisquer preocupações.

Um conhecido clínico da cidade testemunhou ter atendido a sra. Ferrier durante sua permanência no Palácio.

A testemunha seguinte chamava-se Thelma Andersen.

Um *frisson* percorreu o tribunal quando ela entrou na tribuna das testemunhas. Todos perceberam imediatamente a imensa semelhança existente entre ela e a sra. Edward Ferrier.

— Seu nome é Thelma Andersen?

— É.

— É súdita dinamarquesa?

— Sim. Resido em Copenhague.

126 Agatha Christie

— E anteriormente trabalhava em um café naquela cidade?

— Sim, senhor.

— Por favor relate-nos, em suas próprias palavras, o que lhe aconteceu no último 18 de março.

— Houve um cavalheiro que veio até a minha mesa, lá no café — um cavalheiro inglês. Disse-me que trabalhava para um jornal inglês, *Notícias Raio-X*.

— Tem certeza de que ele mencionou esse nome, *Notícias Raio-X*?

— Sim, tenho a certeza porque — veja se compreende — a princípio eu julguei tratar-se de uma publicação médica. Porém parece que não era. E então ele me disse que havia uma atriz inglesa procurando uma *stand-in* e que meu tipo era certinho. Eu não costumo ir muito ao cinema e não reconheço o nome que ele me diz, mas ele insiste que ela é muito famosa, e que não anda passando muito bem, de modo que está precisando de alguém que apareça em público em seu lugar — e que por isso ela pagaria muito bem.

— Quanto o cavalheiro inglês lhe ofereceu?

— Quinhentas libras em moeda inglesa. A princípio eu não acreditei — pensei que era algum truque, porém ele me pagou metade do dinheiro na mesma hora. E então eu dei meu aviso prévio no emprego.

O relato continuou. Havia sido levada a Paris, recebido roupas elegantes e lhe haviam dado, também, um "acompanhante". "Um cavalheiro argentino muito simpático — muito respeitável e bem educado."

Tornou-se claro que a mulher se havia divertido muito. Tinha sido levada de avião para Londres e, lá, levada a certas boates por seu acompanhante moreno. Tinha sido fotografada em Paris com ele. Alguns dos lugares aos quais tinha sido levada não eram, devia admiti-lo, dos mais finos. Para falar a verdade, não eram sequer respeitáveis! E algumas das fotografias que haviam sido tiradas, infelizmente, também não tinham sido muito distintas.

Porém tais coisas, haviam-lhe explicado, eram necessárias para "publicidade" — e o Señor Ramon, pessoalmente, sempre tinha sido muito respeitador.

Respondendo ao interrogatório declarou que o nome da sra. Ferrier jamais havia sido mencionado e que ela não tinha a menor ideia de que seria essa a senhora que ela deveria estar representando. Não tinha tido más intenções. E identificou certas fotografias como tendo sido tiradas dela mesma, em Paris ou na Riviera.

Thelma Andersen trazia em si a marca da honestidade. Era claro que tratava-se de uma mulher agradável porém um tanto estúpida. Sua perturbação em relação a todo o caso, agora que o compreendia, era patente para todos que a viam.

A defesa não foi convincente. Uma negação frenética de ter tido quaisquer tratativas com aquela mulher Andersen. As fotos em questão haviam sido compradas no escritório em Londres, na convicção de que fossem autênticas. A peroração final de Sir Mortimer provocou grande entusiasmo. Descreveu toda a trama como uma sórdida conspiração política, que tinha por objetivo desacreditar o primeiro-ministro e sua esposa. A solidariedade de toda a nação seria dada à infeliz sra. Ferrier.

O veredicto, como já se podia imaginar, foi pronunciado a meio de cenas indescritíveis. A soma arbitrada como reparação foi estarrecedora. E quando a sra. Ferrier, seu marido e seu pai deixaram o tribunal, foram saudados por apaixonados gritos da multidão comovida.

Edward Ferrier sacudiu calorosamente a mão de Poirot.

— Muito obrigado, M. Poirot — dizia ele. — Mil vezes obrigado. Bem, isso liquida com as *Notícias Raio-X*. Pasquim sórdido. Estão completamente liquidados. E bem feito, para não inventarem uma história tão nojenta. E contra Dagmar, logo, a melhor mulher deste mundo. Graças a Deus o senhor conseguiu provar que tudo não passava de uma maquinação abominável... O que o levou a pensar que estivessem usando uma *doublé*?

— A ideia não era nova — lembrou Poirot. — Foi utilizada com sucesso no caso de Jeanne de la Motte quando ela tomou o lugar de Maria Antonieta.

— Eu sei. Preciso reler *O Colar da Rainha*. Porém como é que o senhor conseguiu realmente *achar* a mulher que estavam usando?

— Procurei-a na Dinamarca, e na Dinamarca encontrei-a.

— Mas por que a Dinamarca?

— Porque a avó da sra. Ferrier era dinamarquesa e ela, pessoalmente, tinha um tipo marcadamente dinamarquês. E haviam outras razões, também.

— A semelhança é realmente impressionante. Que ideia diabólica! Eu me pergunto como aquele canalha conseguiu obtê-la.

Poirot sorriu: — Mas ele jamais a obteve.

Batendo modestamente no próprio peito, confessou:

— Fui eu!

Edward Ferrier ficou estarrecido. — Não compreendo. O que quer dizer?

Poirot disse: — Temos de voltar bem mais além da trama de *O Colar da Rainha*; para a limpeza das Cavalariças de Áugias. O que Hércules usou foi um rio — quero dizer, uma das grandes forças da natureza. Ponha isso em termos modernos! Qual é uma das grandes forças da natureza? O sexo, não é? É o sexo que vende, que é notícia. Dê ao povo um escândalo ligado a sexo e ele terá mil vezes mais atrativos do que qualquer mera sujeira ou bandalheira política.

Eh bien, essa era a minha tarefa! Primeiro, enfiar minhas próprias mãos na lama, como Hércules, para construir uma represa capaz de alterar o curso do rio. Um jornalista amigo meu ajudou-me. Revirou a Dinamarca até encontrar uma pessoa adequada para que se tentasse a imitação, Aproximou-se dela, mencionou casualmente as *Notícias Raio-X*, na esperança de que ela se lembrasse do nome. E ela se lembrou.

E então, o que aconteceu? Lama — um mar de lama! E a mulher de César ficou salpicada com ela. Muito mais interessante para

Os trabalhos de Hércules

todo mundo do que qualquer escândalo político. E o resultado? — o *dénoument?* Ora essa... A reação! A virtude triunfando na justiça! A mulher pura inocentada! Uma imensa onda de romantismo e sentimentalismo jorrando através das Cavalariças de Áugias.

Se todos os jornais do país, agora, publicarem as notícias dos desfalques de John Hammett, ninguém acreditará neles. Tudo será atribuído a uma nova trama para desacreditar o governo.

Edward Ferrier inspirou profundamente. Por um momento Hercule Poirot esteve mais perto de ser fisicamente agredido do que em qualquer outro instante de sua carreira.

— Minha mulher! O senhor ousou usá-la...

Felizmente, talvez, a própria sra. Ferrier entrou na sala nesse instante.

— Bem — disse ela — tudo correu muito bem.

— Dagmar, você... você sabia, esse tempo todo?

— Mas é claro, querido — disse Dagmar Ferrier.

E ela deu um daqueles suaves sorrisos maternais da esposa devotada.

— E não me disse uma palavra!

— Mas, Edward, você jamais permitiria que M. Poirot o fizesse.

— Naturalmente que não!

Dagmar sorriu: — Foi exatamente o que nós pensamos!

— Nós?

— Eu e M. Poirot.

Ela sorriu para Hercule Poirot e para seu marido.

E acrescentou: — Eu descansei tanto na casa do querido Bispo — estou transbordando de energia. Querem que batize o novo navio de guerra no mês que vem em Liverpool — eu acho que será um gesto muito popular.

As Aves do Lago Estínfale

HAROLD WARING NOTOU-AS PELA PRIMEIRA VEZ subindo o caminho que vinha do lago. Estava do lado de fora do hotel, sentado no terraço. O dia era lindo, o lago azul, o sol brilhando. Harold fumava seu cachimbo e sentia que o mundo era um lugar bastante agradável.

Sua carreira política estava se encaminhando bem. Um subsecretariado aos trinta anos era algo que podia deixar qualquer um justificadamente orgulhoso. Dizia-se que o primeiro-ministro comentara com alguém que "o jovem Waring irá longe". Harold, muito naturalmente, ficou transbordante. A vida se lhe apresentava em tons róseos. Era jovem, suficientemente bonito, estava em perfeita forma e não tinha compromissos românticos.

Havia decidido passar umas férias na Herzoslováquia a fim de evitar os locais rotineiros e descansar realmente de tudo e de todos. O hotel no Lago Stempka, embora pequeno, era confortável e não estava excessivamente cheio. A maioria dos hóspedes era estrangeira. Até agora as únicas outras pessoas inglesas eram uma senhora de idade, a sra. Rice, e sua filha casada, a sra. Clayton. Harold gostou de ambas. Elsie Clayton era bonitinha, de forma um tanto antiquada. Usava pouca ou nenhuma pintura e era tão delicada quanto tímida. A sra. Rice era o que se chama uma mulher de caráter forte. Alta, de voz grave e modos dominadores, tinha porém um bom senso de humor e era boa companhia. Sua vida girava, muito claramente, em torno de sua filha.

Os trabalhos de Hércules 131

Harold passou algumas horas agradáveis em companhia da mãe e da filha, mas elas não tentaram monopolizá-lo e as relações entre eles permaneceram amigáveis, porém pouco exigentes.

As outras pessoas do hotel não haviam despertado a atenção de Harold. Geralmente eram excursionistas, que vinham a pé, ou turistas que chegavam de ônibus. Pousavam por uma noite ou duas e continuavam seu caminho. Quase que não havia notado ninguém — até aquela tarde.

Elas subiam muito lentamente o caminho que vinha do lago e aconteceu que, bem no momento em que atraíram a atenção de Harold, uma nuvem encobriu o sol. Ele teve um ligeiro arrepio.

Depois, olhou-as com mais atenção. Havia, certamente, qualquer coisa de estranho a respeito daquelas duas mulheres? Tinham narizes longos e curvos, como aves, e seus rostos, curiosamente semelhantes, eram perfeitamente imóveis. Sobre os ombros usavam grandes capas soltas que batiam ao vento como as asas de duas grandes aves.

Harold pensou consigo mesmos: *São como aves.* E acrescentou, quase sem querer: *aves de mau agouro.*

As mulheres subiram diretamente até o terraço e passaram bem perto dele. Não eram jovens — estavam mais perto dos cinquenta do que dos quarenta — e a semelhança entre as duas era tão grande que obviamente eram irmãs. A expressão delas era assustadora. Quando passaram por Harold os olhos de ambas pousaram nele por um minuto. Era um olhar curiosamente avaliador — quase desumano.

A impressão de mal-estar que Harold sentira aumentou. Notou a mão de uma das duas irmãs, mão longa, parecendo uma garra... E, embora o sol tivesse aparecido novamente, ele tornou a ter um arrepio.

Que criaturas horríveis, pensou. *Como aves de rapina.*

Foi afastado de tais divagações pelo aparecimento da sra. Rice, que vinha de dentro do hotel. Ele saltou e ofereceu-lhe uma cadeira. Com uma palavra de agradecimento ela sentou-se e, como de hábito, começou a tricotar vigorosamente.

Harold perguntou:—Viu aquelas duas mulheres que acabaram de entrar no hotel?

— As de capa? Sim, passei por elas.

— Não as achou umas criaturas extraordinárias?

— Bem... pode ser que sejam um pouco esquisitas, sr. Waring. Chegaram ontem, creio. São muito semelhantes — devem ser gêmeas.

Harold disse: — Posso estar imaginando coisas, porém sinto nitidamente que havia nelas algo de malévolo.

— Que coisa curiosa. Preciso olhá-las mais de perto para ver se concordo com o senhor.

E acrescentou:—Vamos perguntar à *concierge* quem são. Não são inglesas, suponho?

— Oh, não.

A sra. Rice olhou para seu relógio e disse:

— E hora do chá. Será que o senhor poderia entrar e tocar a campainha, sr. Waring.

— Pois não, sra. Rice.

Ele foi e ao voltar a seu lugar perguntou:

— Onde está sua filha esta tarde?

— Elsie? Nós demos um passeio juntas. Rodeamos parte do lago, depois voltamos por meio do pinheiral. Foi uma beleza.

Um garçom veio tomar os pedidos para o chá. A sra. Rice continuou, com suas agulhas voando, como de costume:

— Elsie recebeu uma carta do marido. É possível que não desça para o chá.

—Do marido? — Harold estava surpreendido.— Sabe, sempre julguei que ela fosse viúva.

A sra. Rice lançou-lhe um olhar cortante, dizendo secamente:

— Oh, não. Elsie não é viúva. — E acrescentou, enfaticamente:— Infelizmente.

Harold ficou estarrecido.

Os trabalhos de Hércules   133

A sra. Rice, sacudindo tragicamente a cabeça, disse: — A bebida é responsável por muita infelicidade, sr. Waring.

— Ele bebe?

— Sim. Entre muitas outras coisas. É insanamente ciumento e tem um humor demoníaco. — Suspirou. — É um mundo difícil, sr. Waring. Sou devotada a Elsie — é minha única filha — e não é fácil suportar vê-la infeliz.

Realmente emocionado, Harold disse: — Ela é tão delicada.

— Talvez um pouco demais.

— Quer dizer...

— Quem é feliz é mais arrogante. A delicadeza de Elsie nasce, creio eu, de se sentir derrotada. A vida tem sido demais para ela.

Com alguma hesitação, Harold perguntou: — Como... como é que ela chegou a casar-se com tal marido?

— Philip Clayton era uma pessoa muito atraente — respondeu a sra. Rice. — Ele tinha, e ainda tem, muito encanto, um certo dinheiro... e não havia ninguém que nos revelasse seu verdadeiro caráter. Há já muitos anos que sou viúva. Duas mulheres, vivendo sozinhas, não são os melhores juízes do caráter de um homem.

— Não; lá isso é verdade — concordou Harold.

Sentiu-se invadido por uma onda de indignação e piedade. Elsie Clayton não podia ter mais de vinte e cinco anos, se tanto. Lembrou-se da transparente simpatia de seus olhos azuis, do corte suave de sua boca. E compreendeu, repentinamente, que seu interesse por ela ia um pouco além da amizade.

E estava amarrada a um grosseirão.

Naquela noite Harold reuniu-se à mãe e à filha após o jantar. Elsie Clayton trajava um vestido de um róseo suave e fosco. Suas pálpebras, notou ele, estavam avermelhadas. Ela estivera chorando.

A sra. Rice disse, bruscamente: — Descobri quem são as duas harpias, sr. Waring. São damas polonesas — de ótima família — segundo a *concierge.*

134 Agatha Christie

Harold olhou para o outro lado do salão, onde as damas polonesas estavam sentadas.

Elsie disse, interessada: — Aquelas duas, lá? Com os cabelos pintados? Têm qualquer coisa de horrível — não sei bem por quê.

Triunfante, Harold retrucou: — Foi exatamente o que pensei.

Rindo, disse a sra. Rice: — Acho que os dois estão sendo absurdos. É absolutamente impossível saber o que são as pessoas apenas por seu aspecto.

Elsie riu-se, dizendo:

— Creio que é, mesmo. Mas, mesmo assim, *eu* acho que elas parecem uns abutres!

— Que comem olhos dos mortos! — acrescentou Harold.

— Pare com isso — exclamou Elsie.

— Desculpe — disse Harold imediatamente.

A sra. Rice comentou, com um sorriso: — Seja como for, não é provável que cruzem *nosso* caminho.

— *Nós* não temos nenhum segredo horrendo — observou Elsie.

— Mas pode ser que o sr. Waring tenha — disse a sra. Rice, brincando.

Harold riu-se, atirando a cabeça para trás.

— Nem um único segredo — disse. — Minha vida é um livro aberto.

E um pensamento cortou seu cérebro como um raio: *Que tolos são os que abandonam o caminho certo. Uma consciência limpa — é tudo o que se precisa na vida. Com ela pode-se enfrentar o mundo e mandar qualquer um que queira interferir para o diabo!*

Repentinamente ele sentiu-se muito vivo — muito forte — muito senhor de seu destino!

Harold Waring, como muitos outros ingleses, era ruim para línguas. Seu francês era hesitante e tinha entonação claramente inglesa. De alemão ou italiano não sabia nada.

Até então, tais deficiências linguísticas não o haviam preocupado. Porém aqui, neste local longínquo, cuja língua natal era uma forma de eslovaco e onde até mesmo a *concierge* só falava alemão, era por vezes um tanto irritante para Harold ter de usar os serviços de intérprete de uma ou outra de suas companheiras. A sra. Rice, que era boa para línguas, até falava um pouco de eslovaco.

Harold decidiu que iria começar a estudar alemão. Resolveu comprar alguns livros e passava duas horas de cada manhã tentando dominar o idioma.

A manhã estava bonita e, depois de escrever algumas cartas, Harold olhou o relógio e verificou que ainda podia dar um passeio de uma hora antes do almoço. Desceu em direção ao lago e depois dobrou na direção do pinheiral. Havia caminhado talvez uns cinco minutos quando ouviu um som inconfundível. Em algum lugar, não muito longe dali, uma mulher soltava soluços de cortar o coração.

Harold parou um instante, depois seguiu na direção do som. A mulher era Elsie Clayton e ela estava sentada num tronco caído, com o rosto enterrado entre as mãos, enquanto os ombros sacudiam com a intensidade de sua dor.

Harold hesitou um momento, depois foi até ela.

Delicadamente disse: — Mrs. Clayton... Elsie?

Ela levou um susto e levantou os olhos para ele. Harold sentou-se a seu lado.

— Há alguma coisa que eu possa fazer? — perguntou ele realmente sentido. — Qualquer coisa?

Ela sacudiu a cabeça.

— Não... não... não. É muito bondoso. Porém não há nada que ninguém possa fazer por mim.

Muito timidamente, Harold indagou: — É alguma... alguma coisa ligada ao seu marido?

Ela assentiu. Depois limpou os olhos e pegou sua caixa de pó, lutando para controlar-se.

Com voz trêmula, disse: — Não queria que minha mãe se incomodasse. Fica tão aflita quando me vê infeliz. De modo que vim

até aqui para chorar. É bobagem, eu sei. Chorar não adianta. Mas...
às vezes... a gente tem a impressão de que não vai aguentar mais.

— Eu sinto muito — disse Harold.

Ela lançou-lhe um olhar agradecido. Depois falou, precipitadamente:

— É claro que a culpa é minha, mesmo. Casei com Philip
por livre e espontânea vontade. Não... não deu certo, e não posso
culpar a ninguém senão a mim mesma.

Harold retrucou: — Você é muito corajosa, colocando as
coisas assim.

Elsie sacudiu a cabeça. — Não; não sou nada corajosa. Nem
de longe. Sou até muito covarde. E isso é parte do problema com
Philip. Eu fico apavorada — simplesmente apavorada — quando
ele tem um daqueles acessos de fúria nele.

Emocionado, Harold disse: — Você deveria deixá-lo.

— Não ouso. Ele... ele não me deixaria ir embora.

— Que bobagem! Por que não se divorcia?

Ela sacudiu lentamente a cabeça. — Não tenho motivos legais. — Ela endireitou os ombros. — Não; tenho de continuar a
passar boa parte de meu tempo com mamãe. Com isso o Philip
não se importa. Particularmente quando vamos para lugares que
não sejam muito frequentados, como este.

Enrubescendo, ela acrescentou: — Sabe, uma parte de todo o
problema é que ele é loucamente ciumento. Basta... basta que eu
fale com outro homem para ele fazer as cenas mais escandalosas
que se possa imaginar.

A indignação de Harold aumentou. Já tinha ouvido muitas
mulheres falarem dos ciúmes de seus maridos, porém, embora
ostensivamente demonstrando solidariedade, secretamente sempre
achara que os maridos tinham toda a razão. Porém Elsie Clayton
não era desse tipo de mulher. Ela jamais dirigira a ele sequer um
único olhar que pudesse ser tomado como flerte.

Elsie afastou-se dele com um ligeiro arrepio e olhou para
o céu.

— O sol desapareceu. Estou com bastante frio. É melhor voltarmos para o hotel. Deve ser quase hora do almoço.

Levantaram-se e tomaram a direção do hotel. Fazia mais ou menos um minuto que estavam caminhando quando alcançaram uma figura indo na mesma direção. Reconheceram-na por sua capa esvoaçante. Era uma das irmãs polonesas.

Passaram por ela e Harold fez um ligeiro cumprimento. Ela não correspondeu; porém, por um momento seus olhos pousaram sobre os dois com aquele jeito avaliador que fez Harold repentinamente sentir-se afogueado. Ficou imaginando se a mulher o havia visto sentado ao lado de Elsie no tronco caído. Se assim fosse, provavelmente pensaria...

Bem, ela parecia que estava pensando... E uma onda de indignação invadiu-o! Como eram sórdidas as mentes femininas!

Era estranho que o sol tivesse desaparecido e que ambos houvessem tido arrepios — possivelmente no momento exato em que a mulher os observava...

Por alguma razão, Harold sentia-se pouco à vontade.

Naquela noite Harold foi para seu quarto pouco depois das dez. O correio da Inglaterra havia chegado e ele havia recebido algumas cartas que necessitavam de resposta imediata.

Vestiu o pijama e um robe de chambre e sentou-se à escrivaninha para tratar de sua correspondência. Havia escrito três cartas e estava começando uma quarta quando a porta foi repentinamente aberta e Elsie entrou tropeçando para dentro do quarto.

Harold levantou-se de um salto, surpreendido. Elsie havia fechado a porta atrás de si e estava de pé, agarrada à cômoda. Sua respiração vinha entrecortada, seu rosto estava lívido. Parecia morta de susto.

— É meu marido! — conseguiu soluçar. — Chegou inesperadamente. Eu... eu acho que ele vai me matar! Está louco... completamente louco. Vim procurar por você. Não deixe que ele me ache.

138   Agatha Christie

Ela deu um ou dois passos à frente, cambaleando tanto que quase caiu. Harold estendeu um braço para sustentá-la.

Nesse instante a porta escancarou-se e um homem apareceu, de pé no limiar. Era de estatura mediana, com sobrancelhas grossas e uma cabeça escura e estreita. Em sua mão carregava uma imensa chave inglesa. Sua voz tonitruava e tremia de ódio. Ele quase que urrava as palavras:

— Então a polonesa tinha razão! Você está às voltas com esse homem!

Elsie gritou: — Não, não, Philip. Não é verdade. Você está enganado.

Harold empurrou rapidamente a moça para trás de si, enquanto Philip Clayton avançava na direção dos dois. E vinha gritando:

— Enganado, é? Mas venho encontrá-la no quarto dele! Sua diaba, vou matá-la por isso.

Com um rápido movimento lateral ele evitou o braço de Harold. Elsie, com um grito, correu para o outro lado de Harold, que girou para amparar o novo ataque.

Porém Philip Clayton só tinha uma ideia em mente, a de atingir sua mulher. Tornou a desviar-se. Elsie, aterrorizada, correu para fora do quarto. Philip Clayton precipitou-se atrás dela e Harold, depois de um momento de hesitação, seguiu-o.

Elsie havia corrido de volta para seu próprio quarto, no fim do corredor. Harold ouviu o ruído da chave girando na fechadura, porém ela não girou a tempo. Antes que ficasse trancada, Philip Clayton conseguiu escancarar a porta. Ele desapareceu para dentro do quarto e Harold ouviu o grito angustiado de Elsie. Num instante Harold se havia atirado atrás dos dois.

Elsie estava de pé, acuada, de encontro às cortinas da janela. Quando Harold entrou, Philip Clayton precipitou-se para ela, brandindo a chave inglesa. Ela soltou um grito de terror e depois, agarrando um pesado peso de papel da escrivaninha a seu lado, atirou-o sobre o marido.

Clayton caiu como um chumbo. Elsie gritou. Harold parou, petrificado, na porta. A moça ficou de joelhos ao lado do marido, que permanecia absolutamente imóvel, no lugar onde caíra.

Fora, no corredor, ouviu-se o ruído de uma fechadura se abrindo. Elsie deu um salto e correu para Harold.

— Por favor... por favor... — Sua voz, sem fôlego, era baixa. —Volte para o seu quarto. Virá gente aí... e vão encontrá-lo aqui.

Harold assentiu. Compreendeu a situação em um segundo. No momento, Philip Clayton estava *hors de combat*. Porém o grito de Elsie devia ter sido ouvido. Se ele fosse encontrado no quarto dela só causaria constrangimento e suspeitas inúteis. Tanto por ela quanto por ele mesmo, era necessário que não houvesse escândalo.

Tão silenciosamente quanto possível ele correu pelo corredor de volta a seu quarto. Exatamente no instante em que o alcançava, ouviu uma porta que se abria.

Ele ficou sentado em seu quarto durante quase meia hora, esperando. Não ousava sair. Mais cedo ou mais tarde, estava certo, Elsie viria.

Houve uma ligeira batida em sua porta. Harold saltou para abri-la.

Quem entrou não foi Elsie mas, sim, sua mãe e Harold ficou horrorizado com sua aparência. Repentinamente parecia muitos anos mais velha. Seus cabelos grisalhos estavam despenteados e sob seus olhos havia imensas olheiras.

Ele avançou depressa e ajudou-a a sentar-se. Já na cadeira, sua respiração vinha-lhe com dificuldade.

Harold disse, rapidamente: — A senhora parece exausta, sra. Rice. Posso oferecer-lhe alguma coisa?

Ela sacudiu a cabeça. — Não. Não se preocupe comigo. Estou bem, na verdade. É só o choque, sr. Waring, aconteceu uma coisa terrível.

— Clayton está gravemente ferido? — perguntou Harold.

Ela prendeu a respiração. — Pior do que isso. *Ele está morto.*

O quarto parecia girar.

A sensação de um fio de água gelada a descer-lhe pela espinha impediu Harold de falar por um instante.

Petrificado, ele repetiu: — Morto?

A sra. Rice acenou que sim.

Ela disse, com aquela voz totalmente sem timbre que nasce da exaustão total: — A quina do peso de papel de mármore atingiu-o bem na têmpora e, quando caiu para trás, ele bateu com a cabeça na ferragem da lareira. Não sei qual das duas coisas o matou — porém não há dúvida de que está morto. Já vi a morte um número suficiente de vezes para ter a certeza.

Um desastre — essa era a palavra que soava insistentemente no cérebro de Harold. Desastre, desastre, desastre...

Ele disse com veemência: — Foi um acidente. Eu vi.

A sra. Rice disse, rispidamente: — É claro que foi um acidente. *Eu* sei disso. Mas... mas... será que alguém mais vai pensar o mesmo? Eu... eu, francamente, estou assustada, Harold! Isto aqui não é a Inglaterra.

Lentamente, Harold disse: — Eu posso confirmar a declaração de Elsie.

A sra. Rice disse: — É. E ela pode confirmar a sua. Esse é que é o problema.

O cérebro de Harold, naturalmente penetrante e cauteloso, percebeu o que ela dizia. Passou em revista a história toda e verificou a debilidade de suas posições.

Ele e Elsie haviam passado boa parte de seu tempo juntos. Depois, havia também o fato de terem sido vistos na floresta de pinheiros por uma das polonesas, em circunstâncias um tanto comprometedoras. As senhoras polonesas aparentemente não falavam inglês, porém poderiam, mesmo assim, compreender qualquer coisa. A mulher poderia perceber o significado de palavras como "marido" e "ciúme", se por acaso houvesse ouvido parte de sua conversa. De qualquer modo, estava claro que fora algo que ela dissera que despertara o ciúme de Clayton. E agora... estava morto.

Quando Clayton morrera, ele, Harold, estava no quarto de Elsie. Não havia nada que provasse que ele não havia, deliberadamente, agredido Philip Clayton com o peso de papel. Nada que provasse que o marido ciumento não havia, de fato, apanhado os dois juntos. Só sua palavra e a de Elsie. Será que iriam acreditar neles?

Sentiu-se tomado de um medo gélido.

Não conseguia imaginar... não, realmente ele *não* imaginava... que ele ou Elsie corressem perigo de serem condenados à morte por um crime que não haviam cometido. Na certa, em todo caso, só uma acusação de assassinato não intencional poderia ser feita contra eles. (Será que existia esse tipo de acusação nesses países estrangeiros?) Porém mesmo que ficassem inocentados teria de haver um inquérito — que seria publicado em todos os jornais. Um inglês e uma inglesa acusados — um marido ciumento — um jovem político em ascensão. Sim, seria o fim de sua carreira política. Ela nunca sobreviveria a um escândalo desses.

Impulsivamente, ele disse: — Será que não poderíamos nos livrar do corpo, de algum modo? Escondê-lo em algum lugar?

O olhar de espanto e desprezo da sra. Rice fê-lo enrubescer.

Incisivamente ela respondeu: — Meu caro Harold! Isto não é uma história de detetive! Qualquer tentativa de coisa no gênero seria uma loucura!

— Creio que sim — gemeu ele. — O que podemos fazer? Meu Deus, o que será que podemos fazer?

A sr.ª Rice sacudia a cabeça em desespero. Tinha a testa franzida, sua mente trabalhava dolorosamente.

Harold perguntou: — Não há nada que possamos fazer? Nada que possa evitar esse terrível desastre?

Pronto! Tinha dito a palavra — desastre! Terrível — imprevisível — completamente arrasadora.

Os dois entreolharam-se.

A sra. Rice disse, com voz rouca: — Elsie... minha filhinha. Eu faria qualquer coisa... Ela morre se tiver de passar por uma coisa dessas. E acrescentou: — E você, também; sua carreira — tudo.

Harold conseguiu dizer: — Não se importe comigo.

Mas sabia muito bem que não falava a sério.

A sra. Rice continuou, com amargura: — E é tudo tão injusto; tão completamente falso! Não é como se tivesse havido alguma coisa entre vocês dois. *Eu* sei muito bem disso.

Agarrando-se a migalhas, Harold sugeriu: — A senhora poderá afirmar isso, pelo menos: que nunca houve nada de errado.

A sra. Rice continuou, amarga: — Sim, se eles acreditarem em mim. Mas você sabe como esta gente daqui é!

Harold concordou soturnamente. Para a mentalidade europeia certamente haveria alguma ligação culposa entre ele e Elsie, e todas as negativas da sra. Rice seriam tomadas como as de uma mãe que mente para salvar uma filha.

Com tristeza, Harold disse: — E por azar nós não estamos na Inglaterra.

— Ah! — exclamou a sra. Rice, levantando a cabeça. — Isso é verdade. Não estamos na Inglaterra. Fico imaginando se poderia fazer alguma coisa...

— Sim? — encorajou-a Harold.

Repentinamente a sra. Rice disse: — Quanto dinheiro você tem?

— Comigo, não muito. — E acrescentou: — Naturalmente posso telegrafar pedindo mais.

Resoluta, disse a sra. Rice: — Pode ser que precisemos de muito. Porém acho que vale a pena tentar.

Harold sentiu um vislumbre de alívio em seu desespero.

— Que ideia a senhora teve? — perguntou.

A sra. Rice falou com voz decidida: — Não temos a menor possibilidade de esconder a morte por nós mesmos; porém creio que haja uma ligeira possibilidade de conseguirmos abafar toda a questão oficialmente!

— A senhora acha, mesmo? — Harold sentia-se esperançoso porém incrédulo.

Os trabalhos de Hércules

— Sim; para início de conversa, o gerente do hotel estará do nosso lado. Vai preferir que tudo seja abafado. E sou de opinião que nestes pequenos países balcânicos pode-se subornar quem quer que seja — sendo que a polícia provavelmente será mais corrupta do que qualquer um dos outros!

Lentamente, Harold disse: — Sabe de uma coisa, creio que tem razão.

A sra. Rice continuou: — Felizmente, não creio que ninguém aqui no hotel tenha ouvido o que quer que seja.

— Quem está no quarto junto ao de Elsie, do lado oposto ao seu?

— As duas senhoras polonesas. Não ouviram nada. Teriam saído para o corredor se tivessem ouvido. Philip chegou tarde, ninguém o viu a não ser o porteiro da noite. Sabe, Harold, tenho a impressão que será possível abafar tudo — e conseguir uma certidão de óbito por causas naturais para Philip! É só uma questão de ir subornando cada vez mais alto, até chegarmos ao homem certo — provavelmente o chefe de polícia!

Harold deu um vago sorriso e disse: — Parece um pouco ópera cômica, não é? Bem, afinal não custa tentar.

A sra. Rice era a energia personificada. Primeiro foi convocado o gerente. Harold ficou em seu quarto, para não se imiscuir. Ele e a sra. Rice haviam concordado que a melhor coisa seria contar que houvera uma briga entre marido e mulher. A juventude e a beleza de Elsie poderiam angariar maiores simpatias.

Na manhã seguinte chegaram vários oficiais de polícia que foram levados até o quarto da sra. Rice. Partiram ao meio-dia. Harold telegrafara pedindo dinheiro mas, de outro modo, não havia tomado qualquer parte nos acontecimentos — na verdade não estaria em condições de falar com ninguém, já que os funcionários que apareceram não falavam inglês.

Ao meio-dia a sra. Rice entrou no quarto dele. Parecia pálida e cansada, porém o alívio em seu rosto falava por si.

144   Agatha Christie

Ela declarou, simplesmente: — Funcionou!

— Graças a Deus! A senhora foi maravilhosa! Parece incrível!

A sra. Rice disse, pensativa: — Pela facilidade com que tudo correu, dava até para pensar que era tudo normal. Eles só faltavam estender a mão na hora. É... é revoltante, na verdade!

Com secura, Harold disse: — Este não é o momento para discutir a corrupção no serviço público. Quanto foi?

— Os preços andam bem altos.

E começou a ler uma lista de quantias!

O chefe de polícia

O superintendente

O agente

O médico

O gerente do hotel

O porteiro da noite

O único comentário de Harold foi: — O porteiro não recebe muito, não é? Na certa o que conta são os galões dourados.

A sra. Rice explicou: — O gerente estipulou que a morte não deveria ter tido lugar neste hotel de forma alguma. A versão oficial será a de que Philip teve um ataque cardíaco no trem. Ele saiu para o corredor para apanhar ar — você sabe como estão sempre deixando as portas abertas — e caiu na estrada. É fantástico o que a polícia consegue fazer, quando tem vontade.

— Bem — disse Harold. — Graças a Deus nossa polícia não é assim!

E, com fortes sentimentos de superioridade britânica, desceu para o almoço.

Depois do almoço Harold costumava juntar-se à sra. Rice e sua filha para o café. Decidiu não alterar seu comportamento normal.

Era a primeira vez que via Elsie desde a noite anterior. Ela estava muito pálida e evidentemente ainda sofrendo do choque,

Os trabalhos de Hércules   145

porém fazia um notável esforço para comportar-se como de hábito, fazendo comentários inócuos a respeito do tempo e do panorama.

Fizeram comentários a respeito de um novo hóspede que acabara de chegar, tentando descobrir sua nacionalidade. Harold achava que um bigode daqueles tinha de ser francês — Elsie disse alemão, enquanto que a sra. Rice pensou que podia ser espanhol.

Não havia ninguém além deles no terraço a não ser as duas senhoras polonesas, que estavam sentadas bem longe, a um canto, ambas bordando.

Como sempre ao vê-las, Harold sentiu um arrepio de apreensão atravessá-lo. Aqueles rostos parados, aqueles narizes curvos, aquelas longas mãos parecendo garras...

Um menino de recados apareceu para dizer à sra. Rice que alguém a estava chamando. Ela levantou-se e seguiu-o. Na entrada do hotel eles a viram encontrar-se com um oficial de polícia uniformizado.

Elsie perdeu a respiração.

—Você não acha... que alguma coisa pode ter dado errado?

Harold reconfortou-a imediatamente: — Que nada; nem pense nisso.

Porém, por dentro, sentiu um medo repentino.

— Sua mãe tem sido maravilhosa! — comentou.

— Eu sei. Mamãe é uma grande lutadora. Nunca aceita a derrota. — Elsie teve um estremecimento. — Mas é tudo horrível, não é?

— Não fique pensando nisso. Está tudo acabado e esquecido.

Em voz baixa, Elsie disse: — Eu não posso esquecer... fui *eu* quem o matou.

Harold retrucou, com empenho: — Não pense nesses termos. Foi um acidente. Você sabe que foi.

O rosto dela ficou um pouco mais alegre.

Harold acrescentou: — E agora passou. O que passou, passou. Procure nunca mais pensar nisso.

A sra. Rice voltou. Pela expressão de seu rosto viram que tudo estava muito bem.

— Levei um susto — disse ela quase alegremente. — Porém não passava de uma formalidade a respeito de alguns papéis. Está tudo muito bem, meus filhos. Saímos das sombras. Penso que poderíamos pedir um licor, para nos convencermos disso.

O licor foi pedido e servido. Levantaram seus cálices.

— Ao futuro! — disse a sra. Rice.

Harold sorriu para Elsie e disse: — À sua felicidade!

Ela sorriu também para ele e disse, ao levantar seu cálice: — E a você — ao seu sucesso! Tenho certeza de que será um grande homem.

Como reação contra o medo eles sentiam-se alegres, quase que de coração leve. A sombra havia passado! Tudo estava bem...

No fundo do terraço as duas mulheres-pássaros levantaram-se. Cuidadosamente guardaram seus bordados. E vieram caminhando para eles.

Com pequenos cumprimentos sentaram-se junto à sra. Rice. Uma delas começou a falar. A outra deixou seus olhos pousarem em Harold e Elsie. Havia um pequeno sorriso nos lábios de ambas. Não era, pensou Harold, um sorriso agradável.

Ele olhou para a sra. Rice. Ela estava ouvindo o que dizia a polonesa e, muito embora não compreendesse uma só palavra, a expressão no rosto da sra. Rice era suficientemente clara. A angústia e o desespero de antes voltaram. Ela ouvia e ocasionalmente dizia uma ou outra palavra.

Em breve as duas irmãs levantaram-se e, com rígidos cumprimentos, entraram no hotel.

Harold inclinou-se para a frente.

— O que foi? — perguntou ele com voz rouca.

A sra. Rice respondeu-lhe nos tons surdos do desespero.

— Essas mulheres estão querendo nos chantagear. Ouviram tudo, ontem à noite. E agora que tentamos abafar o que houve, está tudo mil vezes pior.

Harold Waring estava perto do lago. Tinha estado andando febrilmente por mais de uma hora, tentando, por pura força física, acalmar o clamor do desespero de que estava tomado.

Finalmente chegou ao local onde pela primeira vez havia notado as duas sinistras mulheres que seguravam sua vida e a de Elsie em suas garras. Em voz alta, exclamou:

— Desgraçadas! Que o diabo leve aquele par de malditas harpias sanguessugas!

Uma tosse discreta fez com que se voltasse. Viu-se diante do estranho fartamente embigodado, que acabava de sair da sombra das árvores.

Harold teve dificuldade em encontrar alguma coisa para dizer. Aquele homenzinho na certa ouvira o que acabara de dizer.

Confuso, Harold disse, um tanto ridiculamente: — Ora... hm... boa tarde.

Em inglês perfeito, o outro respondeu: — Mas para o senhor a tarde não parece estar assim tão boa, não é?

— Bem... hm... — Harold novamente ficou atrapalhado.

O homenzinho disse: — Creio, Monsieur, que o senhor está tendo alguma dificuldade. Será que posso ajudá-lo de alguma forma?

— Ah, não... obrigado... não, obrigado! Estava só me aliviando!

O outro disse, muito delicadamente: — Porém creio, sabe, que poderia ajudá-lo. Estou correto, não estou, ao ligar suas preocupações com as duas damas que estavam sentadas no terraço há pouco?

Harold ficou de olhos arregalados.

— Sabe alguma coisa a respeito delas? — E acrescentou: — E quem é o senhor, por falar nisso?

Como se estivesse admitindo ser de sangue real, o homenzinho disse, com modéstia: — Eu sou Hercule Poirot. Que tal darmos um pequeno passeio pela floresta enquanto o senhor me conta a sua história? Como disse, eu creio que posso ajudá-lo.

Até hoje Harold não sabe bem o que o fez, repentinamente, derramar a história toda em cima de um homem com quem só

148   Agatha Christie

havia falado pela primeira vez havia poucos minutos. Talvez fosse a tensão em que vivia. Seja como for, aconteceu. Ele contou tudo a Hercule Poirot.

Este último ouviu em silêncio. De longe em longe, acenava vagarosamente com a cabeça. Quando Harold parou, ele disse, sonhador...

— As Aves de Estínfale, com bicos de ferro, que se alimentam de carne humana e moram junto ao Lago Estínfale... Sim, tudo está de acordo.

— Perdão? — disse Harold, espantadíssimo.

Talvez, pensou ele, o homenzinho de aspecto curioso fosse louco!

Hercule Poirot sorriu. — Apenas refletia. Tenho meu próprio modo de encarar as coisas, compreende? Agora, quanto ao seu problema. O senhor está em posição muito desagradável.

Impaciente, Harold disse: — Não preciso do senhor para me dizer isso!

Hercule Poirot continuou: — A chantagem é um assunto muito sério. Essas harpias vão forçá-lo a pagar... e pagar... e tornar a pagar! E se o senhor as desafiar, o que acontece?

Harold disse, amargurado: — Vem tudo à tona. Minha carreira fica arruinada e uma moça desgraçada que nunca fez mal a ninguém passará por um inferno — e só Deus sabe como tudo isso acabará!

— Portanto — disse Hercule Poirot — alguma coisa tem de ser feita!

— O quê? — disse Harold, desalentado.

Hercule Poirot recostou-se, semicerrando os olhos. E disse (e nessa hora nova dúvida sobre sua sanidade cruzou a mente de Harold):

— É o momento das castanholas de bronze.

Harold disse: — Estará o senhor completamente louco?

O outro sacudiu a cabeça e disse: — *Mais non!* Tento apenas seguir o exemplo de meu grande antecessor, Hércules. Tenha

Os trabalhos de Hércules

149

algumas horas de paciência, meu amigo. Creio que até amanhã poderei libertá-lo daqueles que o atormentam.

Harold Waring desceu na manhã seguinte e encontrou Hercule Poirot sentado sozinho no terraço. Apesar dos pesares, Harold havia ficado impressionado com as promessas de Hercule Poirot.

Dirigiu-se até ele e perguntou, ansiosamente: — Então?

Hercule Poirot sorriu largamente. — Está tudo bem.

— O que quer dizer?

— Tudo se resolveu satisfatoriamente.

— Mas o que foi que aconteceu?

Hercule Poirot, com ar sonhador, respondeu: — Eu usei as castanholas de bronze. Ou, em termos modernos, fiz vibrar os fios metálicos — em poucas palavras, usei o telégrafo! As suas Aves de Estínfale, Monsieur, foram removidas para onde serão incapazes de exercitar seus talentos durante muito tempo.

— Elas eram procuradas pela polícia? Foram presas?

— Exatamente.

Harold respirou fundo. — Que maravilha! Isso jamais me ocorreu!

Levantou-se. — Eu preciso encontrar a sra. Rice e Elsie, para contar tudo a elas.

— Elas já sabem.

— Que bom. — Harold sentou-se novamente. — Mas diga-me o que...

Interrompeu-se.

Subindo o caminho do lago vinham duas figuras de capas esvoaçantes e perfis de pássaros.

Ele exclamou: — Mas eu pensei que o senhor havia dito que elas tinham sido levadas embora!

Hercule Poirot seguiu o seu olhar.

— Oh, aquelas senhoras? São totalmente inofensivas. Damas polonesas de boa família, como o porteiro lhe disse. Sua aparência talvez não seja muito agradável, porém isso é tudo.

150 Agatha Christie

— Mas eu não *compreendo!*

— Não, o senhor não compreende! São as outras senhoras que são procuradas pela polícia — a engenhosa sra. Rice e a lacrimejante sra. Clayton! São elas que são conhecidas aves de rapina. As duas ganham a vida com chantagem, *mon cher.*

Harold teve a sensação de que o mundo girava à sua volta.

Fracamente, disse: — Mas o homem — o homem que foi morto? Ninguém foi morto. Não havia homem algum!

— Mas eu o vi!

— Nada disso. A sra. Rice, alta e de voz grossa, tem muito sucesso travestida de homem. Foi ela que fez o papel do marido — sem a peruca grisalha e devidamente maquilada para o papel.

Ele inclinou-se e bateu no joelho do outro.

— O senhor não pode passar a vida sendo assim tão crédulo, meu amigo. A polícia de um país não é subornada com tal facilidade — provavelmente não pode ser subornada de todo — certamente que não quando há um caso de assassinato! Aquelas mulheres jogavam com a ignorância normal do inglês quanto a línguas estrangeiras. Porque fala francês ou alemão, é sempre a tal sra. Rice quem se entrevista com o gerente e toma todas as providências. A polícia chega e vai até o quarto dela, sim! Porém o que se passa, na realidade? O *senhor* não sabe. É possível que ela diga que perdeu um broche — ou coisa no gênero. Qualquer desculpa para fazer com que o senhor veja a polícia aparecer. Quanto ao resto, o que acontece, efetivamente? O senhor telegrafa pedindo dinheiro, muito dinheiro, e entrega-o à sra. Rice, encarregada das negociações! E pronto! Porém elas são vorazes, essas aves de rapina. Perceberam que o senhor tomou-se de uma aversão irracional por essas duas pobres senhoras polonesas. As ditas senhoras vêm e têm uma conversa perfeitamente inocente com a sra. Rice e ela não resiste em repetir a jogada. Ela sabe que o senhor não compreende o que está sendo dito.

— De modo que o senhor terá de mandar buscar mais dinheiro, que a sra. Rice fingirá entregar a um grupo novo de pessoas.

Harold inspirou profundamente e disse: — E Elsie... Elsie?

Hercule Poirot evitou olhar para ele.

— Fez muito bem seu papel. Sempre faz. É uma pequena atriz muito competente. Tudo é muito puro... muito inocente. Seu apelo não é dirigido ao sexo e, sim, ao cavalheirismo.

Hercule Poirot acrescentou, sonhador: — E isso sempre dá certo, com os ingleses.

Harold Warring tornou a respirar fundo e disse, convicto: — Vou começar a aprender todas as línguas da Europa! Ninguém vai me fazer de bobo de novo!

O Touro de Creta

HERCULE POIROT OLHOU PENSATIVAMENTE para seu visitante.

Viu um rosto pálido e um queixo de aspecto resoluto, olhos mais para o cinza do que para o azul, e cabelos daquele tom preto-azulado que tão raramente se vê — as madeixas jacintinas da Grécia antiga.

Notou o conjunto de bom corte, porém surrado, do *tweed* usado no campo, a bolsa gasta e o porte inconscientemente arrogante que transparecia por trás do óbvio nervosismo da moça.

Ah, já sei! "Aristocracia rural", mas sem dinheiro! E deve ser algo de muito extraordinário que a traz até mim.

Diana Maberly disse, com a voz um pouco trêmula: — Eu... Eu não sei se o senhor poderá ou não ajudar-me, M. Poirot. É... É uma situação muito extraordinária.

— Realmente? Fale-me dela — disse Poirot.

Diana Maberly respondeu: — Vim procurá-lo porque não sabia o que fazer! Eu não sei, sequer, se há alguma coisa a ser feita!

— Será que poderia deixar-me julgar por mim mesmo?

A cor assomou violentamente ao rosto da moça.

Ela disse, precipitada e sufocadamente: — Eu vim procurá-lo porque o homem de quem estou noiva há um ano rompeu nosso noivado.

A moça parou e olhou para ele, desafiadora.

— O senhor há de pensar — disse ela — que eu sou completamente louca.

Lentamente Hercule Poirot sacudiu a cabeça.

— Muito ao contrário, Mademoiselle. Não tenho a menor dúvida de que a senhorita seja muito inteligente. Certamente não é meu *métier* na vida conciliar brigas de namorados, e sei que a senhorita tem plena consciência disso. Deduzo, portanto, que há qualquer coisa de invulgar no rompimento do noivado. Não é assim?

A moça acenou com a cabeça e disse, com voz clara e precisa:

— Hugh rompeu nosso noivado porque acha que está ficando louco. E ele acha que quem está louco não deve se casar.

As sobrancelhas de Hercule Poirot ergueram-se ligeiramente.

— E a senhorita não concorda?

— Eu não sei... Afinal, o que é estar louco? Todo mundo é um pouco louco.

— Isso já foi dito — concordou cautelosamente Poirot.

— É só quando a gente começa a pensar que é um ovo frito, ou coisa no gênero, é que tem de ser trancafiada.

— E o seu noivo ainda não atingiu tal estágio?

Diana Maberly disse: — Eu não consigo encontrar absolutamente nada de errado em Hugh. Ora essa, ele é uma das pessoas mais sensatas que conheço. É sério... de confiança...

— Então por que razão ele pensa que está louco?

Poirot fez uma ligeira pausa antes de continuar.

— Existem, talvez, casos de insanidade na família?

Ela respondeu: — Eu acho que o avô dele era meio gira; e uma tia-avó qualquer. Mas o que eu digo é que toda família tem seus esquisitões. Sabe como é, ou meio débil ou inteligente demais, ou qualquer coisa assim!

Os olhos dela imploravam.

Hercule Poirot sacudiu tristemente a cabeça.

— Tenho muita pena da senhorita, Mademoiselle — disse Poirot.

O queixo dela saltou para a frente. E ela gritou:

— Não quero que sinta pena de mim! Quero que faça alguma coisa!

154   Agatha Christie

— O que quer que eu faça?

— Não sei — mas há alguma coisa errada.

— Será que poderia, Mademoiselle, contar-me tudo a respeito de seu noivo?

Diana falava rapidamente. — Seu nome é Hugh Chandler. Tem vinte e quatro anos. Seu pai é o almirante Chandler. Moram em Lyde Manor, que pertence aos Chandlers desde o tempo de Elizabeth I. Hugh é o único filho. Entrou para a Marinha. Todos os Chandlers são marinheiros — é uma espécie de tradição, desde que Sir Gilbert Chandler navegou com Sir Walter Raleigh em mil e quinhentos e não sei quantos. Hugh foi para a Marinha automaticamente. Seu pai nem admitiria qualquer outra carreira. E, no entanto — e, no entanto, foi seu pai quem insistiu para que ele a deixasse!

— Quando foi isso?

— Há quase um ano. De repente.

— E Hugh Chandler gostava de sua profissão?

— Adorava.

— Houve alguma espécie de escândalo?

— Sobre Hugh? De modo algum. Estava fazendo uma bela carreira. Ele... ele não conseguia compreender o pai.

— E que razão deu o almirante Chandler para o que fez? Lentamente, Diana disse: — Nunca deu razão nenhuma. Ah, ele ficou dizendo que era preciso que Hugh aprendesse a administrar a propriedade... mas... isso foi só um pretexto. Até George Frobisher viu que era.

— E quem é George Frobisher?

— O coronel Frobisher. É o mais velho amigo do almirante Chandler e padrinho de Hugh. Passa a maior parte de seu tempo em Lyde Manor.

— E o que pensou o coronel Frobisher da resolução do almirante Chandler de fazer seu filho deixar a Marinha?

— Ficou estarrecido. Não conseguia compreender absolutamente nada. Ninguém conseguia.

— Nem mesmo o próprio Hugh Chandler?

— Diana não respondeu imediatamente.

Poirot esperou um momento e depois disse: — Na hora, possivelmente, ele ficou atordoado demais. Porém agora? Ainda continua a... a não dizer nada?

Relutantemente, Diana murmurou: — Ele disse... há mais ou menos uma semana... que... seu pai tinha razão... que era a única coisa a fazer.

— Perguntou-lhe por quê?

— É claro. Porém ele se recusou a dizer.

Hercule Poirot refletiu por alguns momentos. Depois disse: —Tem havido algum tipo de acontecimento estranho lá para os lados onde mora? Que tenha começado, possivelmente, há cerca de um ano? Alguma coisa que deu lugar a muitos comentários e especulações por parte da população local?

Ela exclamou: — Não sei do que está falando!

Poirot disse, em voz baixa porém saturada de autoridade:

— É melhor que me conte.

— Não houve nada... nada do tipo de coisa que está falando.

— De que tipo foi, então?

Com relutância, ela declarou: — Houve muita grita por causa de uns carneiros. Alguém cortou-lhes os pescoços. Foi horrível! Porém todos pertenciam ao mesmo fazendeiro, que é um homem muito duro. A polícia achou que fora alguém que tivesse queixas dele.

— Porém não apanharam o culpado?

— Não.

E ela acrescentou, furiosamente: — Mas se está pensando que...

Poirot levantou a mão e disse: — A senhorita não tem a menor ideia do que eu possa estar pensando. Diga-me uma coisa: seu noivo já consultou algum médico?

— Não; estou certa que não.

— Não seria essa a coisa mais simples que ele pudesse fazer?

Diana respondeu lentamente: — Ele se recusa. Ele... ele odeia médicos.

156   Agatha Christie

— E seu pai?

— Creio que o almirante também não acredita muito em médicos. Está sempre dizendo que são desonestos vendedores de pílulas.

— E como está o próprio almirante? Está bem? Feliz?

Diana abaixou a voz. — Ele envelheceu muito neste... neste...

— Neste último ano?

— É. Está um frangalho; parece uma sombra do que era.

Poirot balançou a cabeça, pensativo, depois disse: — Ele aprovou o noivado do filho?

— Sem dúvida. Sabe, as terras do meu pessoal confinam com as dele. Estamos lá há muitas gerações. Ele ficou muito contente quando Hugh e eu nos resolvemos.

— E agora? O que diz ele do rompimento do noivado?

A voz da moça tremeu um pouco. Ela disse: — Encontrei com ele ontem de manhã. Parecia um fantasma. Tomou minha mão com ambas as dele e disse: "É duro, minha filha. Mas ele está fazendo o que é direito... a única coisa que pode fazer."

— E então — disse Poirot — a senhorita veio me procurar.

Ela concordou e perguntou: — O senhor pode me ajudar?

Hercule Poirot respondeu: — Eu não sei. Mas pelo menos posso ir até lá e dar uma olhada.

Foi o esplêndido físico de Hugh Chandler que impressionou Poirot mais do que qualquer outra coisa. Alto, magnificamente proporcionado, com imensos ombros e peito, e cabelos castanho-dourados. Havia um ar de tremenda força e virilidade nele.

Quando chegaram à casa de Diana, ela imediatamente telefonou ao almirante Chandler e, logo depois, partiram os dois para Lyde Manor, onde encontraram o chá à sua espera, no terraço. E, com o chá, havia três homens. O almirante Chandler, de cabelos brancos e parecendo mais velho do que realmente era, os ombros curvados como ao peso de imensa carga, os olhos escuros e preocupados. Contrastando com ele havia seu amigo, o coronel Frobisher, um homenzinho ressequido e rijo, com cabelos vermelhos que estavam grisalhos nas têmporas. Era inquieto, irascível e tenso, parecendo um fox-terrier — porém dono de um par de olhos extremamente perspicazes. Tinha o hábito de baixar o cenho sobre os olhos, e de abaixar a cabeça, esticando-a para a frente, enquanto aqueles olhinhos penetrantes perfuravam o interlocutor. E, como terceiro homem, havia Hugh.

— Belo espécime, não é? — disse o coronel Frobisher.

Ele falou em voz baixa, tendo notado o minucioso exame que Poirot fazia do rapaz.

Hercule Poirot acenou com a cabeça. Ele e Frobisher estavam sentados perto um do outro. Os outros três tinham suas cadeiras do outro lado da mesa do chá e conversavam entre si em tom artificialmente animado.

Poirot murmurou: — Sim, ele é magnífico — magnífico. É um jovem touro... sim, poder-se-ia dizer o Touro dedicado a Poseidon... Um espécime perfeito da masculinidade sadia.

— Parece bastante em forma, não acha?

Frobisher suspirou. Seus olhinhos espertos arriscaram um olhar de soslaio sobre Poirot.

Daí a pouco, disse: — Eu sei quem o senhor é, sabe?

— Ah, mas isso não é segredo!

Com a mão, Poirot fez um aceno de superioridade, que parecia mostrar não estar viajando incógnito. Viajava em Sua Própria Pessoa.

Após alguns instantes, Frobisher perguntou: — A moça foi... procurá-lo por causa desse negócio todo?

— Desse negócio...?

— Do negócio do jovem Hugh... Sim, já vi que sabe de tudo. Porém não percebo bem por que ela haveria de procurá-lo. Não pensei que este tipo de coisa fosse muito da sua linha de trabalho... quero dizer, pensei que seria mais um caso médico.

— Minha linha de trabalho é variada. O senhor ficaria surpreso.

— O que quero dizer é que não percebo o que ela espera que o senhor possa *fazer.*

— A srta. Maberly — disse Poirot — é uma lutadora.

O coronel Frobisher concordou calorosamente.

— Sim, é uma lutadora. É uma ótima garota. Não vai desistir. Mesmo assim, sabe, há algumas coisas que são inelutáveis.

Seu rosto pareceu repentinamente velho e cansado.

Poirot baixou ainda mais sua voz e murmurou discretamente:

— Creio que há casos... de insanidade... na família.

Frobisher concordou.

— Só aparecem de vez em quando — murmurou ele. — Pulam uma geração ou duas. O avô de Hugh foi o último.

Poirot lançou um rápido olhar na direção dos outros três. Diana estava sustentando bem a conversa, rindo e brincando com Hugh. Dir-se-ia que aqueles três não tinham nenhum problema na vida.

— Que forma toma a insanidade? — perguntou suavemente Poirot.

— O velho tornou-se bastante violento no fim. Era perfeitamente normal até os trinta anos: tão normal quanto se poderia esperar. Depois começou a ficar um tanto esquisito. Custou um pouco até que os outros notassem. Depois começaram a correr vários boatos. Todos começaram a falar. Aconteciam coisas que eram abafadas. Mas... bem... — ele deu de ombros — acabou doido de pedra, pobre diabo. Impulsos homicidas! Teve de ser internado.

Depois de uma pequena pausa, acrescentou:

— Viveu até uma idade muito avançada, creio eu... É disso que Hugh tem medo, é claro. É por isso que não quer consultar um médico. Tem medo de viver trancafiado durante anos e anos. Não o culpo. Eu sentiria o mesmo.

— E como se sente o almirante Chandler?

— Ficou completamente alquebrado — respondeu Frobisher rispidamente.

— Ele é muito apegado ao filho?

Os trabalhos de Hércules

— O filho é sua vida. É preciso que compreenda que sua mulher morreu em um acidente, enquanto velejavam, quando o menino tinha apenas dez anos. Desde então ele viveu exclusivamente para o filho.

— Ele era muito devotado à esposa?

— Tinha adoração por ela. Todo mundo a adorava. Ela era... era uma das mulheres mais belas que jamais conheci. — Hesitando um momento, ele disse: — Gostaria de ver seu retrato?

— Gostaria muitíssimo de vê-lo.

Frobisher afastou sua cadeira e levantou-se.

Em voz alta, disse: — Vou mostrar alguns objetos a M. Poirot, Charles. Aparentemente, ele é um *connoisseur*.

O almirante levantou a mão com um gesto vago. Frobisher saiu marchando pelo terraço e Poirot seguiu-o. Por um momento o rosto de Diana deixou cair sua máscara de alegria e expressou uma angustiada indagação. Hugh, também, levantou a cabeça e olhou fixamente para o homenzinho de imensos bigodes.

Poirot entrou na casa seguindo Frobisher. Parecia tudo tão escuro, a princípio, já que estavam vindo do sol, que lhe era difícil distinguir um objeto de outro. Porém percebeu logo que a casa era repleta de belíssimas antiguidades.

O coronel Frobisher guiou-o até a galeria dos retratos. Em paredes apaineladas em madeira estavam pendurados retratos de Chandlers mortos e esquecidos. Rostos austeros ou alegres, homens em trajes da corte ou de uniforme, mulheres de cetim e pérolas.

Finalmente Frobisher parou sob um retrato que ficava no fim da galeria.

— Pintado por Orpen — disse ele com voz embargada.

Ficaram ali, olhando para uma mulher alta, cuja mão estava pousada na coleira de um galgo. Uma mulher de cabelos cor de cobre dourado, com expressão de radiosa vitalidade.

— O rapaz é a cara dela — disse Frobisher. — Não acha?

— Sob alguns aspectos, sim.

— Falta-lhe sua delicadeza... sua feminilidade, naturalmente. Ele é a versão masculina... porém em todos os aspectos essenciais... — Ele se interrompeu. — É uma pena que tivesse herdado dos Chandlers a única coisa sem a qual poderia muito bem passar.

Ficaram em silêncio. Havia certa melancolia no ar em volta — como se todos os Chandlers mortos do passado suspirassem pela mácula que existia em seu sangue e que, de vez em quando, transmitiam implacavelmente.

Hercule Poirot voltou a cabeça para olhar seu companheiro. George Frobisher ainda estava com os olhos levantados para a linda mulher que estava na parede, acima dele.

— Conheceu-a muito bem... — disse Poirot, suavemente.

Frobisher falou, aos arrancos.

— Crescemos juntos. Eu fui com o Exército para a Índia quando ela tinha dezesseis anos. Quando voltei... ela estava casada com Charles Chandler.

— O senhor o conhecia também?

— Charles é um de meus mais antigos amigos. Meu melhor amigo... e sempre o foi.

—Viu-os com frequência... depois do casamento?

— Eu costumava passar a maior parte das minhas licenças aqui. Para mim, isto sempre foi um segundo lar. Charles e Caroline sempre reservavam — e sempre pronto — um quarto para mim. — Ele endireitou os ombros e repentinamente projetou o rosto para a frente, como em atitude de luta. — É por isso que estou aqui agora: para estar à mão se precisarem de mim. Se Charles precisar... aqui estou eu.

Novamente o fantasma da tragédia abateu-se sobre eles.

— E o que pensa o senhor... de tudo isso? — perguntou Poirot.

Frobisher ficou rígido. Seu cenho desceu, cobrindo os olhos.

— O que penso é que o quanto menos se falar no assunto melhor. E, para ser franco: não sei o que o senhor está fazendo neste caso, M. Poirot. Não sei por que Diana foi agarrá-lo e trazê--lo para cá.

— O senhor está informado de que o noivado entre Diana Maberly e Hugh Chandler foi rompido?

— Sim, estou.

— E sabe qual a razão desse rompimento?

Frobisher respondeu com rigidez: — Não sei de nada sobre isso. Os jovens têm de resolver essas coisas entre eles. Não é da minha conta e não me meto.

Poirot disse: — Hugh Chandler disse a Diana que não era certo ele casar-se, porque estava ficando louco.

Viu que gotas de suor começaram a aparecer na testa de Frobisher.

Este disse: — Mas será que o senhor tem de continuar a falar sobre isso? E o que é que acha que pode fazer? Hugh fez a coisa certa, pobre diabo. Não é culpa dele, é hereditariedade — o plasma dos germens — as células do cérebro... E, uma vez que sabe disso, o que poderia ele fazer, a não ser romper o noivado? É uma dessas coisas que simplesmente têm de ser feitas.

— Se eu pudesse convencer-me disso...

— Pode acreditar em mim.

— Porém o senhor não me disse nada.

— Pois estou dizendo que não quero falar no assunto.

— Por que razão o almirante Chandler obrigou o filho a deixar a carreira naval?

— Porque era a única coisa a fazer.

— Por quê?

Frobisher sacudiu a cabeça obstinadamente.

Poirot murmurou, suavemente: — Houve alguma ligação com alguns carneiros que foram mortos?

Irado, o outro respondeu: — Quer dizer que já ouviu falar nisso?

— Diana me contou.

— Aquela moça faria melhor ficando calada.

— Porém ela não achava que fosse algo conclusivo.

— Ela não sabe.

— O que é que ela não sabe?

De má vontade, aos pedaços, zangado, Frobisher falou:

— Bem... se é necessário que saiba... Chandler ouviu um ruído naquela noite. Julgou que alguém deveria ter conseguido entrar na casa. Saiu para investigar. Luz do quarto do rapaz. Chandler entrou. Hugh dormindo na cama — dormindo profundamente — todo vestido. Bacia no quarto cheia de sangue. O pai não conseguiu acordá-lo. Na manhã seguinte ouviu falar dos carneiros encontrados com as goelas cortadas. Interrogou Hugh. O rapaz não sabia nada a respeito. Não se lembrava de ter saído — nem dos sapatos encontrados na porta do lado da casa, sujos de lama. Não conseguia explicar nada. O pobre diabo *não sabia;* é preciso que compreenda. Charles me procurou, nós conversamos. Qual o melhor caminho a tomar? E então aconteceu de novo — três noites mais tarde. Depois disso... bem, o senhor pode perceber tudo. O rapaz tinha de deixar a carreira. Aqui, sob os olhos do pai, podia ser vigiado. Não era possível permitir um escândalo na Marinha. Era a única coisa a ser feita.

— E desde então? — perguntou Poirot.

Frobisher retrucou, violentamente: — Não respondo mais nenhuma pergunta. Não acredita que Hugh saiba o que é melhor para ele?

Hercule Poirot não respondeu. Sempre tivera grande aversão a admitir que alguém pudesse saber alguma coisa melhor do que Hercule Poirot.

Quando entraram na sala, encontraram o almirante Chandler, que estava chegando. Ele parou por um instante, uma silhueta escura delineada de encontro à luminosidade do lado de fora.

Com voz grave e rouquenha, disse: — Ah, aí estão os dois. M. Poirot, gostaria de uma palavra com o senhor. Venha comigo a meu escritório.

Frobisher saiu pela porta aberta e Poirot seguiu o almirante. Teve a nítida sensação de que estava sendo chamado à ponte de comando para apresentar um relatório.

Os trabalhos de Hércules 163

O almirante indicou a Poirot uma das grandes poltronas e sentou-se na outra. Poirot, na companhia de Frobisher, tinha ficado impressionado com a inquietação, o nervosismo e a irritabilidade do outro — com seus sinais evidentes de tensão mental. Com o almirante Chandler ele sentiu uma sensação de desesperança, um desespero quieto e profundo.

Com um imenso suspiro Chandler disse: — Não posso deixar de lamentar Diana, por tê-lo trazido para o meio de tudo isto. Pobre menina, eu sei o quanto tudo é duro para ela. Mas... bem... é nossa tragédia particular, e creio que o senhor compreende, M. Poirot, que não queremos estranhos nela.

— Posso compreender seus sentimentos, naturalmente.

— Diana, pobre menina, não consegue acreditar. *Eu* não acreditava a princípio. Provavelmente não acreditaria ainda agora se não soubesse...

Fez uma pausa.

— Soubesse o quê?

— Que está no sangue. A mácula, quero dizer.

— Mas, no entanto, o senhor não se opôs ao noivado?

O almirante Chandler enrubesceu.

— Quer dizer que eu deveria ter feito pé firme? Porém àquele tempo eu não tinha a menor ideia. Hugh saiu muito à mãe... não há nada nele que lembre os Chandlers. Eu esperava que saísse a ela nisso, também. Nunca, desde a infância, mostrou o menor traço de anormalidade, até agora. Eu não podia saber que... raios! Há traços de insanidade em praticamente todas as antigas famílias!

Suavemente, Poirot perguntou: — O senhor não consultou um médico?

Chandler urrou: — Não, e não vou consultar! O rapaz está perfeitamente a salvo aqui, tendo a mim para tomar conta dele. Ninguém vai trancá-lo entre quatro paredes, como se fosse uma fera.

— Ele está a salvo aqui, segundo o senhor. Porém os outros estarão?

— O que quer dizer com isso?

Poirot não respondeu. Olhou fixamente os olhos tristes e escuros do almirante.

— Cada um com sua profissão — disse o almirante, amargamente. — O senhor está procurando um criminoso! Meu filho *não é* um criminoso, M. Poirot.

— Ainda não.

— O que quer dizer com "ainda não?"

— Essas coisas vão crescendo. Aqueles carneiros...

— Quem lhe falou dos carneiros?

— Diana Maberly. E também o seu amigo, coronel Frobisher.

— George faria melhor se ficasse de boca calada.

— Ele é um amigo seu de muitos anos, não é?

— Meu melhor amigo — disse o almirante, emocionado.

— E era amigo, também, de... sua esposa?

Chandler sorriu.

— Sim. Acho que George esteve apaixonado por Caroline. Quando ela era muito jovem. Ele nunca se casou. Creio que foi por isso. Pois é; eu é que tive sorte... ou pelo menos assim pensava. Fiquei com ela... apenas para perdê-la.

Suspirou e seus ombros caíram.

Poirot indagou: — O coronel Frobisher estava com o senhor quando sua esposa... se afogou?

Chandler assentiu.

— Sim, ele estava conosco na Cornualha quando aconteceu. Ela e eu estávamos no barco... aconteceu ele ficar em casa naquele dia. Jamais compreendi por que o barco virou. Deve ter havido alguma brecha repentina no casco. Estávamos bem no meio da baía: a maré corria forte. Eu a sustentei o quanto me foi possível. — Sua voz quebrou. — Seu corpo foi atirado à praia dois dias mais tarde. Graças a Deus não tínhamos levado o pequeno Hugh conosco! Ao menos, era isso o que pensava então. Agora... bem... teria sido melhor para Hugh... pobre diabo, possivelmente, se tivesse estado conosco. Se tudo tivesse acabado naquela hora.

Os trabalhos de Hércules   165

Novamente veio aquele profundo e imenso suspiro.

— Somos os últimos Chandlers, M. Poirot. Não haverá mais Chandlers em Lyde depois que *nós* nos formos. Quando Hugh ficou noivo de Diana eu esperei... bem, não adianta falar nisso. Graças a Deus não se casaram. É só o que posso dizer!

Hercule Poirot estava sentado num banco no jardim das rosas. A seu lado estava Hugh Chandler. Diana Maberly acabara de sair.

O rapaz voltou seu rosto belo e torturado para seu companheiro.

— O senhor precisa fazê-la compreender, M. Poirot — disse ele.

Interrompeu-se por um minuto, depois continuou: — O senhor sabe, Diana é uma lutadora. Não desiste. Não quer aceitar o que não tem saída senão aceitar. Ela... ela *insiste* em acreditar que eu sou... são.

— Enquanto que o senhor, pessoalmente, está bem certo de que é... insano?

O rapaz teve uma reação violenta. Depois disse: — Bem, não estou desesperadamente fora de mim, ainda... porém a coisa está piorando. Diana não sabe, benza-a Deus. Ela só me vê quando eu... eu estou bem.

— E quando... está mal, o que acontece?

Hugh Chandler respirou fundo. Finalmente disse: — Bem, para começar... eu *sonho*. E, quando sonho, *estou* louco. A noite passada, por exemplo — eu não era mais homem. Primeiro eu era um touro — um touro louco que corria ao sol... sentindo gosto de poeira e sangue na boca; poeira e sangue... depois eu era um cão, um imenso cão babando. Estava com hidrofobia; crianças espalhavam-se e fugiam quando eu chegava... homens tentavam atirar em mim... alguém colocou uma imensa bacia de água perto de mim — mas eu não conseguia beber.

Fez uma pausa. — Acordei. E sabia que era verdade. Fui até a pia... Minha boca estava ressequida — como couro ressequido — seca. Estava com sede. Mas não consegui beber, M. Poirot... Não conseguia engolir... Meu Deus, eu não conseguia engolir...

166   Agatha Christie

Hercule Poirot emitiu ruídos amáveis. Hugh Chandler continuou. Seu rosto estava projetado para a frente, os olhos semicerrados como se estivesse vendo alguma coisa vindo em sua direção.

— E há coisas que não são sonhos... Coisas que vejo quando estou acordado. Espectros, formas aterrorizantes. Rindo-se de mim. E às vezes sou capaz de voar, de deixar minha cama e voar, cavalgando os ventos — acompanhado por monstros!

— Tch, tch — fez Hercule Poirot.

Era um barulhinho delicado, que sugeria dúvidas.

Hugh Chandler voltou-se para ele.

— Mas não há dúvidas. Está em meu sangue. É a herança de meu pai. Não posso escapar. Graças a Deus descobri em tempo! Antes de casar-me com Diana. Imagine só se tivéssemos um filho, ao qual transmitiria essa terrível maldição!

Ele pousou a mão no braço de Poirot.

— É preciso que a faça compreender. É preciso que lhe diga. Ela precisa esquecer. *Precisa.* Aparecerá outro, um dia. Há o jovem Stephen Graham — é louco por ela e ótimo rapaz. Ela seria feliz com ele — e estaria a salvo. Eu quero que ela... seja feliz. O Graham está em dificuldades, é claro, e a família dela também, porém quando eu morrer eles ficarão bem.

A voz de Hercule Poirot interrompeu-o.

— Por que estarão eles "bem" quando o senhor morrer?

Hugh Chandler sorriu. Era um sorriso suave, amável. E disse:

— Há o dinheiro de minha mãe. Ela tinha uma grande fortuna, sabe. Ficou para mim. Eu deixei tudo para Diana.

Poirot recostou-se em sua cadeira. E disse: — Ah!

Depois falou: — Porém o senhor poderá viver até idade muito avançada.

Hugh Chandler sacudiu a cabeça.

Disse incisivamente: — Não, M. Poirot. Não viverei até idade avançada.

Repentinamente ele recuou, com um arrepio.

— Meu Deus! Olhe! — Ele estava olhando por sobre o ombro esquerdo de Poirot. — Aí... a seu lado... há um esqueleto — seus ossos estão tremendo. Está me chamando — acenando para mim...

Seus olhos, com as pupilas imensamente dilatadas, estavam arregalados na direção do sol. Ele inclinou-se repentinamente para um lado, como se estivesse desabando.

Depois, voltando-se para Poirot, ele perguntou com voz quase infantil: — O senhor não viu nada?

Lentamente Hercule Poirot sacudiu a cabeça.

Hugh Chandler disse, com voz rouca: — Isso não me incomoda muito — essa história de ver coisas. O que me assusta é o sangue. O sangue em meu quarto — em minhas roupas... Nós tínhamos um papagaio. Certa manhã apareceu em meu quarto, com o pescoço cortado — e eu estava deitado na cama com minha navalha na mão, pingando sangue!

Ele inclinou-se para mais perto de Poirot.

— Ainda recentemente tem havido mortes — sussurrou ele. — Por toda esta área; na aldeia; no campo. Carneiros, cordeirinhos — um cão pastor. Meu pai me tranca à chave à noite, porém às vezes — só às vezes — a porta está destrancada de manhã. Eu devo ter uma chave escondida em algum lugar, porém eu não sei onde a escondi. Eu não sei. Não sou *eu* quem faz essas coisas — é uma outra pessoa que entra em mim — que me possui — que me transforma de homem num monstro que quer sangue e não pode beber água.

De súbito, cobriu o rosto com as mãos.

Após alguns minutos, Poirot perguntou: — Ainda não compreendi por que não foi consultar um médico.

Hugh Chandler sacudiu a cabeça e disse: — Será que não compreende, mesmo? Fisicamente sou forte. Forte como um touro. Eu poderia viver durante anos e anos — trancado entre quatro paredes! E isso eu não posso enfrentar! Seria melhor acabar, de uma vez... Sempre há meios, sabe. Um acidente, limpando uma

168   Agatha Christie

arma... esse tipo de coisa. Diana há de compreender... Eu prefiro escolher meu próprio caminho!

Olhou para Poirot, em desafio, porém Poirot não correspondeu.

Ao invés, indagou timidamente:

— O que costuma comer e beber?

Hugh Chandler atirou a cabeça para trás e soltou uma gargalhada.

— Pesadelos de indigestão? É o que está pensando?

Poirot simplesmente repetiu, com delicadeza: — O que costuma comer e beber?

— O que todo mundo come e bebe.

— Nenhum remédio especial? Pós? Pílulas?

— Céus, não. O senhor acha realmente que algum tipo de remédio de farmácia poderia curar o meu mal? — E citou, desdenhosamente: — *Podes então curar a mente enferma?*

Hercule Poirot disse, secamente: — Estou tentando. Alguém nesta casa tem problemas de olhos?

Chandler encarou-o.

— Os olhos de meu pai lhe têm causado uma série de problemas — disse ele. — Ele tem de ir ao oculista com bastante frequência.

— Ah! — Poirot meditou por alguns instantes. Depois disse: — Suponho que o coronel Frobisher passou boa parte de sua vida na Índia?

— Sim, ele serviu no Exército da Índia. Gosta muito da Índia — fala muito de lá — das tradições nativas; esse tipo de coisa.

Poirot murmurou de novo: — Ah!

Depois comentou: — Vejo que cortou o queixo.

Hugh levantou a mão.

— É, foi um corte enorme. Meu pai me assustou um dia, quando eu estava me barbeando. Eu ando um tanto nervoso agora, como pode imaginar. E tive uma espécie de irritação no queixo e no pescoço, que tornou tudo um pouco pior.

Os trabalhos de Hércules

169

Poirot disse: — O senhor deveria usar um creme emoliente.

— Mas estou usando. O tio George me deu.

Ele riu de repente.

— Nossa conversa já está parecendo de instituto de beleza. Loções, cremes emolientes, pílulas, moléstias de olhos. Tudo isso leva a quê? Aonde está querendo chegar, M. Poirot?

Tranquilamente, Poirot respondeu: — Estou fazendo o melhor que posso por Diana Maberly.

O ar de Hugh mudou. Seu rosto ficou sóbrio. Ele pousou a mão no braço de Poirot.

— Sim, faça o que puder por ela. Diga-lhe que tem de esquecer. Diga-lhe que não adianta ter esperanças. Conte-lhe algo do que eu lhe contei. Diga-lhe... ora, diga-lhe que pelo amor de Deus fique longe de mim! Essa é a única coisa que ela pode fazer por mim! Ficar longe — e esquecer!

—Tem coragem, Mademoiselle? Muita coragem? Vai precisar dela.

Diana soltou um grito: — Então é verdade. É verdade? Ele está louco?

Hercule Poirot respondeu: — Não sou um alienista, Mademoiselle. Não sou eu quem pode dizer "Este homem está louco", "Este homem está são."

Ela se aproximou dele.

— O almirante Chandler julga que Hugh está louco. George Frobisher julga que ele está louco. E o próprio Hugh julga que está louco... — Poirot observava-a atentamente.

— E a senhorita, Mademoiselle?

— Eu? Eu digo que não está louco! Foi por isso... — Ela parou.

— Foi por isso que veio ver-me?

— É. Eu não poderia ter nenhuma outra razão para ir vê-lo, podia?

— É isso — disse Hercule Poirot — exatamente o que venho me perguntando, Mademoiselle! Eu não o compreendo.

— Quem é Stephen Graham?

Ela olhou para ele. — Stephen Graham? Ora, ele é... ele é apenas uma pessoa qualquer.

Ela o agarrou pelo braço.

— O que é que o senhor está pensando? O que quer dizer? O senhor só fica aí... atrás desses seus imensos bigodes... piscando com a luz do sol, e não me diz nada. O senhor está me deixando amedrontada... muito amedrontada. Por que está me fazendo ter medo?

— Talvez — disse Poirot — porque eu mesmo esteja com medo.

Os imensos olhos cinzentos arregalaram-se, olhando para ele. Sussurrando, ela disse:

— Do que é que o senhor tem medo?

Hercule Poirot suspirou — um suspiro profundo.

— É muito mais fácil pegar um assassino do que evitar um assassinato.

Ela soltou um grito. — Assassinato? Não diga essa palavra.

— No entanto — comentou Hercule Poirot — eu a estou empregando.

Mudou de tom, passando a falar rápida e autoritariamente.

— Mademoiselle, é necessário que nós dois passemos a noite em Lyde Manor. Confio em si para providenciá-lo. Poderá fazê-lo?

— Eu... sim... suponho que sim. Mas por quê?

— Porque não há tempo a perder. A senhorita disse-me que tem coragem. Prove-a agora. Faça o que peço sem fazer perguntas a respeito.

Ela acenou com a cabeça e foi-se embora.

Poirot seguiu-a para dentro da casa após alguns momentos. Ouviu sua voz, vinda da biblioteca, junto com a dos três homens. Subiu a grande escadaria. Não havia ninguém no andar superior.

Achou muito facilmente o quarto de Hugh Chandler. A um canto estava instalada uma pia com água quente e fria. Acima desta, numa prateleira de vidro, havia vários tubos, potes e garrafas.

Os trabalhos de Hércules   171

Hercule Poirot começou a trabalhar hábil e rapidamente...

O que tinha a fazer não levou muito tempo. Já estava novamente no *hall* de entrada, embaixo, quando Diana saiu da biblioteca, parecendo afogueada e rebelde.

— Está tudo bem — disse ela.

O almirante Chandler levou Poirot até a biblioteca e fechou a porta. E disse: — Olhe aqui, M. Poirot. Eu não estou gostando disto.

— Não está gostando de que, almirante?

— Diana está insistindo para que o senhor e ela passem a noite aqui. Não desejo parecer pouco hospitaleiro...

— Não é questão de hospitalidade.

— Como dizia, não gosto de parecer pouco hospitaleiro... porém, para falar francamente, M. Poirot, não gosto disso. Não quero. E não compreendo suas razões para isto. O que é que pode adiantar?

— Digamos que é uma experiência que vou tentar.

— Que espécie de experiência?

— Isso, se me perdoa, é problema meu.

— Escute aqui, M. Poirot; para início de conversa eu não o convidei para vir aqui...

Poirot interrompeu-o.

— Acredite-me, almirante, compreendo e aprecio perfeitamente o seu ponto de vista. Estou aqui única e exclusivamente em razão da obstinação de uma moça apaixonada. O senhor me disse certas coisas. O coronel Frobisher me contou outras coisas. O próprio Hugh me contou também algumas coisas. Agora... eu quero ver por mim mesmo.

— Sim, mas ver o *quê?* Estou lhe dizendo que não há o que ver! Eu tranco Hugh toda noite em seu quarto e é só!

— E no entanto — às vezes — diz ele que pela manhã a porta não está trancada.

— O quê?

— O senhor pessoalmente ainda não encontrou a porta destrancada?

Chandler franziu a testa.

— Eu sempre imaginei que George tivesse destrancado — o que quer dizer com isso?

— Onde o senhor deixa a chave? Na fechadura?

— Não; sobre uma arca do lado de fora. Eu, ou George, ou Withers, o criado de quarto, a pegamos lá pela manhã. Explicamos a Withers que Hugh sofre de sonambulismo... Suponho que ele saiba mais do que isso — porém é uma pessoa muito prestativa. Há anos que está comigo.

— Existe alguma outra chave?

— Não que eu saiba.

— Teria sido possível fazer outra.

— Mas quem...

— Seu filho pensa que ele mesmo tenha alguma, escondida em algum lugar, embora não saiba qual seja enquanto está acordado.

O coronel Frobisher, falando do outro extremo da sala, disse: — Eu não gosto disso, Charles; a moça...

O almirante Chandler disse precipitadamente: — Exatamente o que eu estava pensando. A moça não pode voltar com o senhor. Volte, se quiser.

Poirot indagou: — Por que não quer a srta. Maberly aqui, hoje à noite?

Frobisher disse, em voz baixa: — É muito arriscado. Em tais casos...

Interrompeu-se.

Poirot disse: — Mas ele gosta tanto dela...

Chandler exclamou: — É por isso mesmo! Raios, homem, tudo fica de cabeça para baixo, no caso de um louco. Hugh sabe disso. Diana não pode vir aqui.

— Quanto a isso — disse Poirot — Diana tem de decidir por ela mesma.

Quando saiu da biblioteca, Diana estava esperando do lado de fora, no carro. Ela lhe disse, em voz alta: — Vamos buscar o que precisamos para a noite e estaremos de volta à hora do jantar.

Os trabalhos de Hércules

Quando iam descendo o longo caminho até os portões, Poirot repetiu-lhe a conversa que acabara de ter com o almirante e o coronel Frobisher. Ela riu, com pouco caso.

— E eles acham que Hugh iria machucar-me?

À guisa de resposta Poirot pediu-lhe que parasse um momento na farmácia, por favor, já que ele se esquecera de trazer sua escova de dentes.

A farmácia era no meio da pacífica rua da aldeia. Diana esperou no carro. E pareceu-lhe que Poirot demorava excessivamente para comprar uma escova de dentes.

No grande quarto de pesada mobília elisabetana de carvalho, Poirot ficou sentado, esperando. Não havia nada a fazer senão esperar. Todos os seus preparativos estavam completos.

Era já de madrugada quando sentiu o chamado.

Ao som de passos no lado de fora, Poirot abriu a tranca e entreabriu a porta. Havia dois homens no corredor — dois homens de meia-idade, parecendo mais velhos do que eram. O almirante estava sério e trágico, o coronel Frobisher trêmulo e todo cheio de tiques.

Chandler disse simplesmente: — Quer vir conosco, M. Poirot?

Havia uma figura caída, encolhida, do lado de fora da porta do quarto de Diana Maberly. A luz batia numa cabeleira desarrumada, castanho-dourada. Hugh Chandler jazia ali, arfando ruidosamente. Estava usando seu robe de chambre e chinelos. Em sua mão direita havia uma faca, curva e brilhante. Nem toda ela brilhava — aqui e ali estava obscurecida por manchas vermelhas reluzentes.

Poirot exclamou suavemente: — *Mon Dieu!*

Frobisher disse, incisivamente: — Ela está bem. Ele não a tocou.

Levantando a voz, chamou: — Diana! Somos nós! Deixe-nos entrar!

Poirot ouviu o almirante gemer e resmungar, quase que inaudivelmente: — Meu filho! Meu pobre filho!

Houve ruídos de trancas sendo abertas. A porta abriu-se e Diana apareceu. Seu rosto estava lívido.

Ela disse, com dificuldade: — O que *aconteceu?* Alguém... estava tentando entrar... eu ouvi... estavam mexendo na porta... no trinco... arranhando a madeira... Foi horrível!... como um animal...

Frobisher disse, rispidamente: — Graças a Deus estava trancada!

— M. Poirot disse-me que a trancasse.

Poirot disse: — Levantem-no e ponham-no para dentro.

Os dois homens abaixaram-se e ergueram o rapaz inconsciente. Diana assustou-se e perdeu a respiração quando passaram por ela.

— Hugh? É Hugh? E o que é aquilo... nas mãos dele?

As mãos de Hugh Chandler estavam pegajosas e molhadas, com tons de um vermelho-marrom.

Diana disse, perdendo o fôlego: — É sangue?

Poirot olhou, indagadoramente, para os dois homens.

O almirante acenou com a cabeça e disse: — Graças a Deus, não é humano. É de gato! Encontrei-o embaixo, no *hall*. Com o pescoço cortado. Depois ele deve ter subido até aqui...

— Até aqui? — A voz de Diana estava rouca de terror. — Atrás de mim?

O homem na cadeira mexeu-se — e resmungou. Todos o olhavam, fascinados. Hugh Chandler sentou-se direito. Piscou.

— Olá — sua voz estava tonta... rouca. — O que aconteceu? Por que estou...?

Ele parou. Estava olhando para a faca que continuava a segurar.

Em voz grave, turvada, disse: — O que foi que eu fiz?

Seus olhos passavam de uma pessoa para outra. Finalmente pousaram em Diana, encolhida de encontro à parede.

Com a voz controlada ele perguntou: — Eu ataquei Diana?

Seu pai sacudiu a cabeça.

— Então o que aconteceu? Eu tenho de saber!

Eles contaram — contaram sem vontade — hesitando. Porém sua firme perseverança arrancou-lhes os fatos.

Do lado de fora da janela o sol estava nascendo. Hercule Poirot afastou uma cortina. O brilho da aurora entrou no quarto.

O rosto de Hugh Chandler estava perfeitamente composto e sua voz estava firme, quando disse:

— Já compreendi.

Depois, levantou-se. Sorriu e espreguiçou-se. Sua voz estava inteiramente natural quando disse:

— Que bela manhã, não é? Acho que vou um pouco para a floresta, tentar caçar uns coelhos.

E então o almirante avançou. Frobisher pegou-o pelo braço.

— Não, Charles, não. É a melhor saída — para ele, pobre diabo, se não for para mais ninguém.

Diana tinha-se atirado soluçando na cama.

O almirante Chandler disse, com a voz saindo aos arrancos: — Tem razão, George: você tem razão, sabe. O rapaz tem peito...

Frobisher disse, também com voz entrecortada, *"Ele é um homem!"*

Houve um momento de silêncio e depois Chandler indagou:

— Que diabo, onde é que está aquele maldito estrangeiro?

Na sala de armas, Hugh Chandler havia tirado sua espingarda do suporte que a sustentava e a estava carregando quando a mão de Hercule Poirot caiu sobre seu ombro.

A voz do detetive emitiu uma palavra, porém emitiu-a com estranha autoridade.

Ele disse: — Não!

Hugh Chandler ficou olhando para ele.

Com voz pesada e raivosa, disse: — Tire suas mãos de mim. Não se meta. Vai haver um acidente, como já disse. É a única saída.

Novamente Hercule Poirot disse uma única palavra: — Não!

— O senhor não compreende que se não fosse pelo acaso da porta estar trancada eu teria cortado o pescoço de Diana — de Diana? — com aquela faca?

— Não compreendo nada disso. O senhor não teria matado a srta. Maberly.

— Eu matei o gato, não matei?

— Não, o senhor não matou o gato. Nem matou o papagaio. Nem matou os carneiros.

Hugh olhou-o espantado e perguntou: — É o senhor que está louco ou sou eu?

Hercule Poirot respondeu: — Nenhum de nós dois está louco.

Foi nesse momento que o almirante Chandler e o coronel Frobisher entraram. Atrás deles vinha Diana.

Com voz fraca e perdida Hugh Chandler disse: — Esse sujeito diz que eu não estou louco.

Hercule Poirot disse: — Sinto-me feliz em dizer-lhe que o senhor tem a mente inteira e completamente sã.

Hugh riu. Era o tipo de riso que popularmente se associa a um louco.

— Mas isso é muito engraçado! Então é coisa de são cortar o pescoço de carneiros e outros animais? Eu estava são, então, quando matei o papagaio? Ou o gato, esta noite?

— Eu estou lhe dizendo que o senhor não matou nem os carneiros... nem o papagaio... nem o gato.

— Então, quem os matou?

— Alguém que teve como único objetivo provar que o senhor está louco. Em cada uma dessas ocasiões foi-lhe dado um forte soporífero e uma faca ou navalha suja de sangue foi colocada em sua mão. Foi uma outra pessoa, cujas mãos sangrentas eram lavadas na sua pia.

— Mas por quê?

— A fim de que o senhor fizesse exatamente o que estava a ponto de fazer quando eu o impedi.

Hugh ficou olhando. Poirot voltou-se para o coronel Frobisher.

— coronel Frobisher, o senhor viveu muitos anos na Índia. Nunca viu casos em que indivíduos eram deliberadamente levados à loucura por meio da ministração de drogas?

O rosto do coronel Frobisher iluminou-se.

— Nunca vi pessoalmente nenhum desses casos — disse ele — porém ouvi falar muitas vezes. Envenenamento com datura. Acaba pondo a pessoa louca.

— Exatamente. Bem, o elemento ativo da datura é muito próximo — senão idêntico — ao de um alcaloide, a atropina, que pode ser obtido da beladona. Preparados de beladona são comuns e o sulfato de atropina chega mesmo a ser livremente receitado para tratamentos oftalmológicos. Repetindo a receita e comprando-a em vários locais com as várias cópias é possível obter-se uma quantidade considerável do veneno sem levantar qualquer suspeita. O alcaloide pode ser extraído dele e posteriormente introduzido, digamos, em um creme emoliente ou em um tubo de sabão de barbear. Sua aplicação externa provocaria uma erupção. Isso levaria a pequenos ferimentos durante o barbear, o que por sua vez faria com que a droga fosse continuamente introduzida no organismo. Ela produziria determinados sintomas — ressecamento da boca e da garganta, dificuldade no engolir, alucinações, visão dupla — todos os sintomas, enfim, que o sr. Chandler tem apresentado.

Ele virou-se para o rapaz.

— E, para remover as últimas dúvidas que possa ter em mente, deixe que eu lhe garanta que isso não é suposição mas, na verdade, fato. Seu sabão de barba está fartamente impregnado de sulfato de atropina. Eu colhi uma amostra e mandei examiná-la.

Lívido e trêmulo, Hugh disse: — Quem fez isso? Quem?

Hercule Poirot respondeu: — É o que tenho andado estudando, desde que cheguei aqui. Andei procurando um motivo para assassinato. Diana Maberly teria lucro financeiro com sua morte, porém não a considerei muito seriamente...

Hugh Chandler explodiu: — Ainda bem que não!

— Porém concebi um outro motivo possível. O eterno triângulo: dois homens e uma mulher. O coronel Frobisher estivera apaixonado por sua mãe. O almirante Chandler se havia casado com ela.

O almirante exclamou: — George? George! Não acredito!

Hugh disse, com voz incrédula: — O senhor acreditou que o ódio pudesse continuar... em um filho?

Hercule Poirot disse: — Sob certas circunstâncias... sim.

Frobisher exclamou: — É uma mentira infame! Não acredite nele, Charles.

Chandler recuou, afastando-se dele. E resmungou, para si mesmo:

— A datura... Índia... sim, percebo... E nós nunca suspeitamos de veneno... não quando já existia a loucura familiar...

— *Mais oui!* — A voz de Hercule Poirot levantou-se e tornou--se aguda. — A loucura da família. Um louco... sedento de vingança... ardiloso... assim como são os loucos, escondendo durante anos a sua loucura. — Ele girou e voltou-se para Frobisher. — *Mon Dieu,* o senhor devia ter sabido, devia ter suspeitado, que Hugh era seu filho! Por que razão nunca lhe disse?

Frobisher gaguejou e engoliu em seco.

— Eu não sabia. Não podia ter certeza... Compreenda, Caroline procurou-me uma vez... estava assustada, ou coisa assim... muito transtornada. Eu não sei, nem nunca soube, do que se tratava. Ela... eu... nós perdemos a cabeça. Depois, fui logo embora... era a única coisa a fazer, já que ambos sabíamos que tínhamos de cumprir com nossos deveres. Eu... bem, eu ficava imaginando, porém não podia ter certeza. Caroline jamais disse uma única palavra que me fizesse crer que Hugh fosse meu filho. E então, quando esta... loucura congênita... apareceu, acreditei que tudo estava perfeitamente esclarecido.

Poirot disse: — Sim, ficou tudo resolvido! O senhor não conseguia ver o jeito que o rapaz tem de esticar o rosto para a frente e baixar o cenho sobre os olhos — um tique que herdou do senhor. Porém Charles Chandler viu. Viu há muitos anos — e arrancou a verdade da mulher. Creio que ela tinha medo dele — ele já começara a revelar traços de insanidade — e foi isso que a atirou em seus braços — nos braços do homem que ela sempre amara. Charles Chandler planejou sua vingança. Sua

Os trabalhos de Hércules

mulher morreu em um acidente, velejando. Os dois estavam sós no barco e só ele sabe como se deu o acidente. Depois do que ele se dedicou a concentrar seu ódio no menino que levava seu nome porém não era seu filho. Suas histórias da Índia fizeram-no pensar na datura. Hugh seria levado lentamente à loucura. Levado até o ponto em que, em desespero, daria cabo da própria vida. A sede de sangue era do almirante, não de Hugh. Era Charles Chandler que cortava compulsivamente o pescoço de carneiros em pastos isolados. Porém era Hugh Chandler quem deveria pagar o preço!

Sabem quando comecei a suspeitar? Quando o almirante Chandler mostrou-se tão avesso à ideia de Hugh consultar um médico. Que Hugh fizesse objeções, era natural. Mas o pai! Poderia existir algum tipo de tratamento que salvasse seu filho — há centenas de razões pelas quais ele deveria buscar uma opinião médica. Mas, não, nenhum médico devia ter permissão para examinar Hugh Chandler — para o caso de o médico descobrir que ele não estava louco!

Muito baixinho Hugh disse: — São... eu estou são?

Deu um passo na direção de Diana.

Frobisher disse, com voz comovida: —Você é perfeitamente são. Não há mácula alguma em nossa família.

Diana disse: — *Hugh!*

O almirante Chandler pegou a espingarda de Hugh.

E disse: — Um monte de asneiras! Acho que vou ver se pego uns coelhos por aí!

Frobisher ia avançando quando a mão de Hercule Poirot o impediu:

— O senhor mesmo disse — ainda há pouco — que era a melhor solução...

Hugh e Diana tinham saído da sala.

Os dois homens, o inglês e o belga, viram o último dos Chandlers cruzar o parque e dirigir-se para a floresta.

Daí a pouco, ouviram um tiro...

Os Cavalos de Diomedes

O TELEFONE TOCOU.

— Olá, Poirot; é você?

Hercule Poirot reconheceu a voz como pertencendo ao jovem dr. Stoddart. Ele gostava de Michael Stoddart, gostava da timidez amistosa de seu sorriso, divertia-se com seu ingênuo interesse pelo crime e respeitava-o como um homem trabalhador e perspicaz na profissão que escolhera.

— Não gosto de incomodá-lo... — continuou a voz, depois hesitou.

— Porém há qualquer coisa que o incomoda? — sugeriu Hercule Poirot, penetrantemente.

— Exatamente. — A voz de Michael Stoddart pareceu repentinamente aliviada. — Acertou na primeira.

— *Eh bien,* o que posso fazer por você, meu amigo?

Stoddart parecia inseguro. Gaguejou um pouco ao responder.

— Acho que ia ser muita pretensão p-p-pedir que viesse até aqui.

Deve estar ocupado... M-M-Mas eu estou numa en-en-enrascada.

— Claro que vou. À sua casa?

— Não... para falar a verdade, na ruela que passa atrás dela. Conningby Mews. O número é 17. Será que poderia realmente vir? Ficaria muito grato.

— Irei imediatamente — respondeu Poirot.

Hercule Poirot caminhou ao longo da viela escura, espiando os números. Passava de uma da madrugada e a maior parte da rua parecia já estar dormindo, embora houvesse luzes em uma ou duas janelas.

Ao chegar ao número 17 a porta abriu-se e o dr. Stoddart apareceu, olhando para fora.

— Que sujeito ótimo! — disse ele. — Quer subir, por favor?

Uma pequena escadinha levava ao andar superior. Ali, à direita, havia um cômodo grande, mobiliado com sofás, tapetes, almofadas triangulares de cor prateada e um grande número de garrafas e copos.

Tudo estava mais ou menos em confusão, havia pontas de cigarro em todo lugar e muitos copos quebrados.

— Ah! — disse Hercule Poirot. — *Mon cher Watson,* eu deduzo que aqui houve uma festa!

— Claro que houve uma festa — disse Stoddart, dramático. — E que festa, meu senhor!

— Quer dizer, então, que não participou dela, pessoalmente?

— Não; estou aqui estritamente em minha capacidade profissional.

— O que aconteceu?

Stoddart disse: — Este lugar pertence a uma mulher chamada Patience Grace — sra. Patience Grace.

— O som — disse Poirot — é do mais antiquado encanto.

— Pois não há nada de encantos antiquados a respeito da sra. Grace. Ela é bonita, de uma forma um tanto brutal. Já passou por dois maridos e, no momento, tem um namorado que ela suspeita a esteja passando para trás. Começaram esta festa com bebidas e terminaram-na com drogas — cocaína, para ser exato. Cocaína é uma coisa que começa fazendo você se sentir ótimo e ver tudo maravilhoso à volta. Excita o indivíduo de modo que ele sente que é capaz de fazer o dobro do que é capaz normalmente. Mas quando se toma demais entra-se em violenta excitação mental, tem-se alucinações e delírio. A sra. Grace teve uma briga violenta com o namorado, um indivíduo muito desagradável chamado Hawker. Resultado: ele a abandonou na hora e ela se debruçou na janela e tentou alvejá-lo com um revólver novinho que alguém tinha tido a estupidez de dar-lhe.

As sobrancelhas de Hercule Poirot ergueram-se.

— Ela o acertou?

— Ela? Nunca! Eu diria que a bala passou a vários metros dele. Quem ela *acertou* foi um desgraçado de um mendigo que estava investigando as latas de lixo da rua. Pegou-o na parte mais carnuda do braço. Ele, naturalmente, armou a maior gritaria e a turma trouxe-o rapidamente para cá, ficando todos assustadíssimos com o sangue que saía do homem e, finalmente, foram me buscar.

— Sim?

— Eu o remendei direitinho. Não foi nada de sério. E aí um ou dois dos homens começaram a trabalhá-lo e, afinal, ele concordou em receber duas notas de cinco libras para não falar mais no assunto. Para ele, foi ótimo, pobre diabo. Foi uma sorte grande.

— E quanto a você?

— Eu ainda tinha mais trabalho a fazer. A essa altura a própria sra. Grace estava absolutamente histérica. Eu dei-lhe uma injeção e mandei-a para a cama. Havia uma outra moça que tinha mais ou menos desmaiado — muito mocinha, essa, e eu também tive de dar jeito nela. E a essa altura estavam todos desaparecendo o mais rápido que podiam.

Fez uma pausa.

— E então — disse Poirot — você teve tempo de pensar na situação.

— Exatamente — disse Stoddart. — Se tivesse sido uma bebedeira comum, bem, ficava por isso mesmo. Porém, com drogas, o caso é outro.

— Você tem certeza absoluta dos fatos?

— Ora, absoluta. Não pode haver engano. Era cocaína mesmo. Encontrei um pouco em uma caixa de laca — eles aspiram o pó,

Os trabalhos de Hércules   183

como sabe. Mas a questão é — de onde é que vem a droga? Eu me lembrei que você falava, outro dia, a respeito de uma nova onda de drogas que estava começando, e do aumento do número de toxicômanos.

Hercule Poirot concordou e disse: — A polícia ficará interessada na festa desta noite.

Michael Stoddart disse, infeliz: — E é esse o problema.

Poirot olhou-o com interesse subitamente desperto.

— Então você — disse ele — você não está muito ansioso por despertar o interesse da polícia?

Michael Stoddart resmungou: — Gente inocente fica envolvida no assunto... para eles é muito duro.

— É a respeito da sra. Patience Grace que você se sente tão solícito?

— Céus, não. Mais calejada do que ela é difícil de encontrar.

Com delicadeza, Hercule Poirot disse: — Então é a outra; a mocinha?

O dr. Stoddart disse: — É claro que ela também é calejada — de certo modo, quero dizer. Quero dizer que ela *se descreveria* como sendo calejada. Mas na verdade é apenas muito jovem — meio destrambelhada e coisa assim; mas é só bobagem de garota. Mistura-se com uma tropa como esta só porque acha que é moderna ou está na moda, ou coisa desse tipo.

Um vago sorriso aflorou nos lábios de Poirot. Suavemente, disse:

— Essa moça, você já a encontrou antes desta noite?

Michael Stoddart acenou a cabeça. Parecia muito jovem e encabulado.

— Encontrei-a lá no condado de Merton. No Baile da Caça. Seu pai é um general reformado: sempre berrando ordens, falando em tiroteios — muito pukka sahib; sabe como é. São quatro filhas e todas elas um pouco loucas — com um pai daqueles, é inevitável. Aquela região não é das melhores: há uma fábrica de armas por perto e muito dinheiro solto; nada daquela vida tradicional do campo: é uma turma de dinheiro e, de modo geral, corrupta. As garotas se meteram com uma turma da pesada.

Hercule Poirot olhou-o pensativamente por alguns momentos, depois disse:

— Agora percebo por que razão desejava a minha presença. Quer que eu me encarregue do caso?

— Seria possível? Eu sinto que devo tomar alguma providência — mas confesso que gostaria de manter Sheila Grant fora das atenções gerais, se fosse possível.

— Imagino que seja. Eu gostaria de ver a jovem.

—Venha comigo.

Ele foi andando na frente, saindo da sala. Uma voz gritou aflita, vindo de uma porta em frente.

— Doutor — pelo amor de Deus, doutor, eu estou ficando louca!

Stoddart entrou no quarto. Poirot seguiu-o. Era um quarto de dormir em estado de caos absoluto: havia pó espalhado pelo chão — potes de vidro por toda parte, roupas atiradas a esmo. Na cama estava uma mulher com cabelos artificialmente louros e um rosto ausente e depravado. Ela gritou:

— Eu estou com insetos andando por todo o meu corpo — estou sim, juro que estou. Estou ficando louca... Pelo amor de Deus, me dê uma dose de alguma coisa.

O dr. Stoddart ficou de pé ao lado da cama; seu tom era tranquilizador — profissional.

Hercule Poirot saiu silenciosamente do quarto. Havia uma outra porta do outro lado. Abriu-a.

Era um quarto pequeno — muito pequeno, mesmo — e pobremente mobiliado. Na cama jazia, imóvel, uma figura esguia, infantil.

Hercule Poirot, nas pontas dos pés, foi até a cama e olhou a moça.

Cabelos escuros, um rosto longo, pálido... e... sim, jovem... muito jovem.

Os trabalhos de Hércules 185

Um traço de branco aparecia entre as pálpebras da moça. Seus olhos abriram-se — olhos assustados, apavorados. Ela arregalou os olhos, sentou-se e atirou a cabeça para trás na tentativa de afastar uma basta cabeleira preto-azulada. Parecia uma eguinha espantada. Encolheu-se um pouco — assim como um animal selvagem se encolhe quando desconfia de um estranho que lhe oferece comida.

Quando falou, sua voz era jovem, fina e ab-rupta: — E que diabo é você?

— Não tenha medo, Mademoiselle.

— Onde está o dr. Stoddart?

O rapaz entrou no quarto exatamente naquele instante.

A moça disse, com um tom de alívio na voz: — Ah, você está aí! Quem é isto?

— É um amigo meu, Sheila. Como é que você está se sentindo?

A moça disse, francamente: — Péssima. Horrível... Pra que que eu tomei aquela coisa horrorosa?

Stoddart falou, seco: — Eu não tornaria a tomar, se fosse você.

— E... não tomo, mesmo.

Hercule Poirot disse: — Quem foi que lhe deu?

Os olhos de Sheila se abriram e seu lábio tremeu ligeiramente.

Ela disse: — Foi aqui... na festa. Todo mundo experimentou. Foi... foi sensacional no princípio.

Hercule Poirot indagou, com amabilidade: — Quem foi que trouxe aquilo?

Ela sacudiu a cabeça.

— Eu não sei. Pode ter sido o Tony — Tony Hawker. Mas eu realmente não sei nada a respeito.

Delicadamente, Poirot perguntou: — Foi a primeira vez que cheirou cocaína, Mademoiselle? Ela acenou com a cabeça.

— E é melhor que seja a última — disse Stoddart, bruscamente.

— Sim... é melhor... mas *foi* sensacional.

— Olhe aqui, Sheila Grant — disse Stoddart —, eu sou médico e sei do que estou falando. Uma vez que você comece com essa loucura de tomar drogas, você acaba se metendo numa desgraça indescritível. Já vi casos e sei como é. As drogas destroem as pessoas, de corpo e alma. Bebida é um piquenique, comparado com drogas. Acabe com isso neste instante. Acredite-me, não há nada de engraçado nisso! O que acha que seu pai diria sobre o que aconteceu esta noite?

— Meu pai? — A voz de Sheila Grant levantou-se. — Papai? — Ela começou a rir. — Eu só imagino a cara dele! Ele não pode saber! Ia ter coisas!

— E com toda a razão — disse Stoddart.

— Doutor... Doutor... — um longo uivo da voz da sra. Grace fez-se ouvir do outro quarto.

Stoddart fez um comentário pouco lisonjeiro entre dentes e saiu do quarto.

Sheila Grant olhou novamente para Poirot. Estava atônita.

— Quem é você, realmente? — disse ela. — Você não estava na festa.

— Não, eu não estava na festa. Sou um amigo do dr. Stoddart.

— Também é médico? Não tem cara de médico.

— Meu nome — disse Poirot, conseguindo, como sempre, fazer essa simples declaração parecer o final do primeiro ato de uma peça — é Hercule Poirot.

A declaração não deixou de provocar o efeito desejado. Ocasionalmente Poirot ficava desconcertado ao descobrir que uma grosseira geração jovem jamais ouvira falar dele.

Porém era evidente que Sheila Grant já ouvira falar dele. Ela ficou estonteada — emudecida. Só olhava e olhava para ele.

Já foi dito, com razão ou não, que todo mundo tem uma tia que mora em Torquay.

E já foi dito, igualmente, que todo mundo tem pelo menos um primo em segundo grau no condado de Merton. O condado fica a uma distância razoável de Londres. Lá se caça, se atira, se pesca, lá existe toda uma série de pequenas aldeias um pouco pitorescas demais, além de haver também um bom serviço ferroviário e uma

Os trabalhos de Hércules

187

autoestrada novinha que facilita o acesso da e para a cidade. E os empregados fazem menos objeções a ele do que a outras regiões, mais nitidamente rurais, das Ilhas Britânicas. Consequentemente, é praticamente impossível morar no condado de Merton a não ser que se tenha uma renda bastante alta, sendo que, se contarmos com o Imposto de Renda, é melhor que ela seja altíssima.

Hercule Poirot, sendo estrangeiro, não tinha primos em segundo grau no condado, porém a esta altura ele já havia adquirido um grande círculo de amizades e não teve a menor dificuldade em conseguir ser convidado a visitar aquela parte do país. Havia, além do mais, selecionado uma anfitriã cujo esporte predileto era o de exercitar sua língua a respeito dos vizinhos — sendo o único defeito o fato de Poirot ter de submeter-se a ouvir muita coisa a respeito de pessoas nas quais não estava absolutamente interessado, antes de chegar ao assunto que lhe interessasse.

— As Grants? É, são quatro. Quatro moças. Não é de espantar que o velho general não consiga controlá-las. O que é que um homem pode fazer com quatro moças? — E as mãos de Lady Carmichael levantaram-se, com muita eloquência.

Poirot disse: — É mesmo! — E a senhora continuou:

— Em seu regimento, era o rei da disciplina, segundo me disseram. Mas as meninas o derrotam. Não é como no meu tempo de jovem. O velho coronel Sandys era tão exigente, eu me lembro, que suas pobres filhas...

(Longa digressão a respeito dos sofrimentos das irmãs Sandys e outras amigas da juventude de Lady Carmichael.)

— Repare — disse Lady Carmichael, voltando ao tema inicial — que não estou dizendo que haja realmente nada de errado a respeito das meninas. São só cheias de vida — e se misturaram com um grupo errado. Isto aqui já não é como antes. Quase que já não restam as antigas "famílias do condado". Hoje em dia é só dinheiro, dinheiro, dinheiro. E sempre se ouve histórias esquisitíssimas!... Quem foi que disse? Anthony Hawker? Sei, sei; conheço, sim. É o que chamo de um rapaz muito desagradável. Mas, aparentemente,

188   Agatha Christie

nada em dinheiro. Vem aqui para caçar — e dá festas — e festas muito peculiares, se quiser acreditar no que se diz por aí — não que eu acredite, porque acho que as pessoas estão sempre pondo malícia em tudo. Todos sempre querem acreditar no que é pior. Sabe, virou moda dizer que fulano ou sicrano bebem ou tomam drogas. No outro dia alguém me disse que as moças são bêbadas inatas e eu realmente acho que isso não é coisa muito bonita de se dizer. E, se alguém mostra o mínimo indício de ser distraído ou esquisito, todos logo dizem "drogas", o que eu também não acho muito justo. Dizem-no a respeito da sra. Larkin, mas muito embora eu não goste dela creio que ela só é mesmo é distraída. Ela é muito amiga do seu Anthony Hawker e é por isso, eu acho, que ela fala tão mal das meninas Grant — diz que são engolidoras de homens! Tenho a impressão de que elas correm realmente um pouco atrás dos rapazes, mas por que não? Afinal, é natural. E são todas elas muito bonitas.

Poirot introduziu uma pergunta.

— A sra. Larkin? Ora, meu caro, não adianta perguntar-me *quem* é ela. Quem é quem, hoje em dia? Dizem que monta bem e é óbvio que tem dinheiro. O marido era não sei o que em finanças. É viúva, não divorciada. Não faz muito tempo que está aqui; chegou pouco tempo depois dos Grant. Sempre achei que ela...

A velha Lady Carmichael parou. Sua boca abriu-se, seus olhos saltaram para fora. Inclinando-se para a frente ela deu um golpe seco nos nós dos dedos de Poirot com um cortador de papel que estava segurando. Ignorando a contração de dor dele, exclamou:

— Mas é claro! Então é *por isso* que está aqui! Criatura fingida e maldosa, insisto que me conte tudo!

— Mas sobre o que é que lhe devo contar tudo?

Lady Carmichael lançou outro golpe brincalhão, porém dessa vez Poirot conseguiu evitá-lo.

— Não venha bancar a ostra comigo, Hercule Poirot! Estou vendo seus bigodes tremulando. É claro que é *crime* que o traz aqui — e eu, aqui, sendo desavergonhadamente sugada! Bem, vejamos, será que pode ser assassinato? Quem morreu ultimamente? Só a velha Louisa Gilmore, que tinha oitenta e cinco anos e estava muito doente. Não pode ser ela. O pobre Leo Staverton quebrou o pescoço na cavalgada da caça e está todo engessado — mas não pode ser, também. Vai ver que não é assassinato. Que pena! Não me lembro de nenhum roubo de joia, ultimamente... Vai ver que só está perseguindo algum criminoso... Será a Beryl Larkin? Ela envenenou *mesmo* o marido? Vai ver que aquela distração toda dela é remorso.

— Madame, Madame, a senhora está indo depressa demais — exclamou Hercule Poirot.

— Ora deixe de bobagens. Você está metido em alguma, Hercule Poirot.

— A senhora tem familiaridade com os clássicos, Madame?

— O que é que os clássicos têm a ver com isso?

—Têm o seguinte: eu resolvi emular meu grande predecessor, Hércules. Um dos Trabalhos de Hércules foi domar os cavalos de Diomedes.

— Não vai me dizer que veio aqui para amestrar cavalos — na sua idade — e sempre de sapatos de verniz? Eu tenho a impressão de que você nunca montou em um cavalo em toda a sua vida!

— Os cavalos, Madame, são simbólicos. Eram cavalos selvagens que se alimentavam de carne humana.

— Mas que desagradável para eles. Eu sempre achei esses tais gregos e romanos de antigamente uma gente muito desagradável. Não sei por que razão sacerdotes perfeitamente respeitáveis gostam tanto de citar os clássicos — por um lado nunca se entende o que eles estão querendo dizer e por outro sempre me pareceu que toda essa questão dos clássicos é muito pouco apropriada para clérigos. Tantos incestos, e todas aquelas estátuas sem roupas — não que eu me importe pessoalmente, mas você sabe como são os sacerdotes — ficam todos escandalizados se uma moça aparece sem meias na igreja; bem, falando nisso, onde é que eu estava?

— Não tenho muita certeza.

— Quer dizer, meu caro infeliz, que se recusa a me contar se a sra. Larkin matou o marido? Ou vai ver que Anthony Hawker é o autor daquele crime da mala em Brighton?

Ela o olhou, esperançosa, porém o rosto de Hercule Poirot permaneceu impassível.

— Podia ser falsificação — especulou Lady Carmichael. — Eu vi a sra. Larkin no banco, no outro dia de manhã, e ela acabava de tirar cinquenta libras em dinheiro — eu vi o cheque, não era para pagamento, era só para retirar o dinheiro, mesmo; e achei que era uma quantia muito grande para se ter em espécie. Mas não; assim está ao contrário — se ela fosse falsária ia estar depositando o dinheiro, não é? Hercule Poirot, se continuar aí sentado como uma coruja sem dizer nada, eu vou atirar alguma coisa em cima de você.

— É preciso que tenha um pouco de paciência — disse Hercule Poirot.

Ashley Lodge, a residência do general Grant, não era uma casa grande. Ficava situada na encosta de uma colina, tinha boas cocheiras e um jardim confuso, um tanto abandonado.

Pelo lado de dentro, era o que um agente imobiliário descreveria como "amplamente mobiliada". Budas de pernas cruzadas espiavam de dentro de nichos convenientes, bandejas de bronze de Benares e inúmeras mesinhas atrapalhavam todo o espaço do chão. Procissões de elefantes entulhavam o alto das lareiras e toda espécie de bronze tortuosamente lavrado decorava as paredes.

No meio dessa residência anglo-indiana deslocada, o general Grant estava afundado numa poltrona de braços, gasta, com uma perna envolta em ataduras pousada em uma cadeira.

— Gota — explicou ele. — Sempre tive gota, sr. — Poirot? Dá um mau humor dos diabos! Tudo por culpa do meu pai. Bebeu porto a vida inteira — e meu avô também. Liquidou comigo. Quer alguma coisa para beber? Quer tocar aquela campainha para o meu criado, aí, aparecer?

Os trabalhos de Hércules 191

Um empregado de turbante apareceu. O general chamou-o de Abdul e ordenou-lhe que trouxesse uísque e soda. Quando as bebidas chegaram ele serviu uma dose tão generosa que Poirot foi levado a protestar.

— Eu não posso acompanhá-lo, infelizmente, M. Poirot. — O general observava com tristeza seu tormento de Tântalo. — O meu médico diz que para mim isso é veneno. Acho que ele não entende de nada. São muito ignorantes, os médicos. Desmancha--prazeres. Adoram tirar a comida e a bebida que é digna de um homem e deixá-lo a papinhas e peixe cozido. Peixe cozido — bah!

Em sua indignação o general mexeu imprudentemente seu pé doente e soltou um uivo de agonia provocado pela dor.

Pediu desculpas pelos termos que empregou.

— Estou parecendo um urso com dor de cabeça. Minhas filhas ficam longe de mim quando tenho um ataque de gota. Não as culpo. Ouvi dizer que conheceu uma delas.

— Sim, já tive esse prazer. O senhor tem várias filhas, não é?

— Quatro — disse o general soturnamente. — Nem um só rapaz. Quatro drogas de mulheres. Hoje em dia, não é fácil.

— Ouvi dizer que são todas quatro encantadoras, não é verdade?

— Não são más... podiam ser piores. Muito embora eu nunca saiba em que andam se metendo. Ninguém consegue controlar as mulheres, hoje em dia. Tempos licenciosos — muita depravação por toda parte. O que é que eu posso fazer? Não posso trancá-las à chave, posso?

— Ouvi dizer que são muito populares, por aqui.

— Algumas das harpias velhas não gostam delas — disse o general Grant. — Há muito lobo em pele de carneiro por estas bandas. Todo cuidado é pouco. Uma dessas viúvas de olhos azuis quase que me apanhou. Costumava aparecer aqui ronronando feito uma gatinha: "Pobre general Grant; o senhor deve ter tido uma vida tão interessante." — O general piscou e levou um dedo até o nariz. — Um pouco óbvia demais, M. Poirot. Bem, mas no final das contas não é um lugar ruim, este aqui. Um pouco moderno e barulhento demais para o meu gosto. Eu gostava do campo quando ele era campo — nada de automóveis e jazz e essa porcaria desse rádio que grita o dia inteiro. Não admito que haja rádio aqui e as meninas sabem disso. Todo homem tem direito a um pouco de paz em sua própria casa.

Delicadamente Poirot conduziu a conversa para Anthony Hawker.

— Hawker? Hawker? Não conheço. Conheço, sim. Um sujeito de aspecto ruim, com os olhos muito juntos. Jamais confie em alguém que não o olhe de frente.

— Ele não é amigo de sua filha Sheila?

— Sheila? Eu não sabia. As meninas nunca me dizem nada. — As espessas sobrancelhas baixaram sobre os olhos — e os penetrantes olhos azuis olharam direto nos de Poirot. — Escute aqui, M. Poirot, o que é que há? O senhor se importaria de me dizer por que é que veio me ver?

Poirot respondeu lentamente: — Seria difícil; é possível que nem eu mesmo saiba direito. Direi apenas isto: sua filha Sheila — possivelmente todas as suas filhas — fizeram algumas amizades indesejáveis.

— Meteram-se com uma turma ruim, não foi? Eu estava com medo disso. Ouve-se uma palavra aqui, outra ali. — Olhou pateticamente para Poirot. — Mas o que é que eu posso fazer, M. Poirot? O que é que posso fazer?

Poirot sacudiu a cabeça, perplexo.

O general Grant continuou.

— O que é que há com essa gente com a qual elas se meteram?

Poirot respondeu com outra pergunta:

— O senhor tem notado, general Grant, se alguma de suas filhas tem andado instável, excitada — depois deprimida... nervosa... com disposição inconstante?

— Com os diabos, M. Poirot, o senhor está falando como bula de remédio. Não, não notei nenhuma dessas coisas.

— Isso é uma sorte — respondeu Poirot, gravemente.

Os trabalhos de Hércules   193

— E que diabo quer dizer tudo isso?

— Drogas.

— QUÊ?!

A palavra saiu como um urro.

Poirot disse: — Está sendo feita uma tentativa de transformar sua filha Sheila em uma toxicômana. O hábito da cocaína se forma com muita rapidez. Uma semana ou duas são o bastante. Uma vez formado o hábito, o viciado pagará qualquer coisa, fará qualquer coisa, para conseguir novo suprimento da droga. O senhor bem pode imaginar que bom faturamento faz a pessoa que vende as drogas.

Ele ouviu em silêncio as explosivas e iradas blasfêmias que jorravam dos lábios do velho. Depois, à medida que a fogueira foi-se extinguindo, com uma requintada descrição final do que exatamente ele, o general, faria com o isto e aquilo, filho disto ou daquilo quando o apanhasse, Hercule Poirot disse:

— Mas primeiro, como já foi admiravelmente dito, temos de apanhar a lebre. Uma vez que apanhemos nosso traficante de drogas, entregá-lo-ei ao senhor com o maior prazer, general.

O detetive levantou-se, tropeçou em uma mesinha exageradamente entalhada, recuperou seu equilíbrio, agarrando o general, e murmurou:

— Mil perdões e permita-me que lhe rogue, general — compreenda, que eu lhe *implore* — que não diga uma palavra a respeito disso tudo a suas filhas.

— O quê? Vou arrancar a verdade delas, isso é que vou fazer.

— É exatamente isso o que não fará. Só arrancará mentiras.

— Mas com os diabos, meu senhor...

— Eu lhe garanto, general Grant, que é *preciso* que se cale. É vital — compreendeu? Vital!

— Ora, está bem. Seja como quiser — resmungou o velho soldado. Estava vencido, porém não convencido.

Hercule Poirot, desviando-se cuidadosamente de todos os bronzes de Berrares, conseguiu chegar até a porta e sair.

O salão da sra. Larkin estava cheio.

A própria sra. Larkin estava preparando coquetéis em uma mesinha que servia de bar. Era uma mulher alta com cabelos de um cobre-pálido amarrados em um coque na nuca. Seus olhos, de um cinza-esverdeado, eram grandes pupilas pretas. Seus movimentos eram ágeis, com uma espécie de graça sinistra. Parecia ter trinta e poucos anos. Só um exame detalhado e de muito perto revelava as linhas nos cantos dos olhos que sugeriam que tivesse uns bons dez anos mais do que parecia.

Hercule Poirot fora levado até lá por uma decidida mulher de meia-idade, amiga de Lady Carmichael. Descobriu-se recebendo um coquetel e, também, ordens para que levasse um outro até uma moça sentada na janela. A moça era pequena e clara — faces de cor rosa e branca, suspeitosamente angelicais. Seus olhos, notou imediatamente Hercule Poirot, eram alertas e desconfiados.

Ele disse: — À sua saúde. Mademoiselle.

Ela acenou com a cabeça e bebeu. Depois, disse ab-ruptamente:

— O senhor conhece minha irmã.

— Sua irmã? Ah, a senhorita é uma das Mesdemoiselles Grant?

— Sou Pam Grant.

— E onde está sua irmã, hoje?

— Está caçando. Deve chegar daqui a pouco.

— Eu a conheci em Londres.

— Eu sei.

— Ela lhe contou?

Pam Grant acenou com a cabeça. De repente, disse: — Sheila estava em algum aperto?

— Ela não lhe contou tudo?

A moça sacudiu a cabeça. E perguntou: — Tony Hawker estava lá?

Antes que Poirot pudesse responder, a porta abriu-se e Hawker e Sheila Grant entraram. Estavam em trajes de caça e Sheila tinha um risco de lama no rosto.

Os trabalhos de Hércules 195

— Olá, pessoal. Viemos tomar um drinque. A garrafa de bolso de Tony está vazia.

Poirot disse: — Falar nos anjos...

Pam Grant cortou: — Quer dizer, no diabo.

Poirot disse, seco: — Então é assim?

Beryl Larkin havia-se aproximado.

— Então chegou, Tony — disse ela. —Venha contar-me como foi a galopada. Chegaram até Gelet's Copse?

Ela o conduziu habilmente até um sofá perto da lareira. Poirot viu-o voltar a cabeça e olhar para Sheila, antes de ir.

Sheila havia visto Poirot. Hesitou um instante, depois foi até os dois que estavam na janela.

— Então *foi* o senhor que esteve lá em casa ontem?

— Seu pai lhe disse?

Ela sacudiu a cabeça. — Abdul o descreveu. Eu... adivinhei.

Pam exclamou: — O senhor foi ver papai?

— Sim, sim — respondeu Poirot. — Nós temos... alguns amigos em comum.

Pam disse, cortante: — Não acredito.

— Não acredita o quê? Que seu pai e eu tenhamos amigos comuns?

A moça enrubesceu. — Não seja estúpido. Queria dizer... que essa não foi a verdadeira razão...

Ela virou-se para a irmã.

— Por que não diz alguma coisa, Sheila?

Sheila tomou um susto. E disse: — Não foi... não foi nada a ver com Tony Hawker?

— Por que haveria de ser? — perguntou Poirot.

Sheila enrubesceu e cruzou a sala para juntar-se aos outros.

Com repentina veemência porém em tom baixo, Pam disse: — Não gosto de Tony Hawker. Há... há qualquer coisa de sinistro nele... e nela, isto é, na sra. Larkin. Olhe-os agora.

Poirot seguiu o olhar dela.

A cabeça de Hawker estava junto à de sua anfitriã. Ele parecia estar acalmando-a. A voz dela elevou-se por um instante:

—... mas eu não posso esperar. Eu quero agora!

Poirot disse, com um pequeno sorriso: — *Les femmes...* não importa o que queiram, sempre o querem agora! Não acha?

Mas Pam Grant não respondeu. Seu rosto estava voltado para baixo. Nervosamente ela pregueava e despregueava sua saia.

Em tom de conversa amena, Poirot disse: — A senhorita é um tipo muito diferente do de sua irmã, Mademoiselle.

Ela levantou voluntariosamente a cabeça, cansada de banalidades.

— M. Poirot — perguntou —, o que é que Tony anda dando a Sheila? O que é que a vem tornando — diferente?

Poirot encarou-a firmemente. — Alguma vez já experimentou cocaína, Miss Grant? — perguntou ele.

Ela sacudiu a cabeça. — Ah, não! Então é isso! Cocaína? Mas isso não é muito perigoso?

Sheila Grant aproximava-se deles, com um novo drinque na mão.

— O que é que é perigoso? — perguntou ela.

Poirot respondeu: — Estamos discutindo o efeito dos entorpecentes. Da morte lenta da mente e do espírito — da destruição de tudo o que é verdadeiro e bom no ser humano.

Sheila susteve a respiração. O copo em sua mão balançou e o líquido derramou-se um pouquinho pelo chão.

Poirot continuou: — O dr. Stoddart, creio, já lhe explicou a morte em vida que os tóxicos acarretam. É um vício fácil de adquirir — e muito difícil de quebrar. A pessoa que deliberadamente tira proveito da degradação e miséria de outros é um vampiro que se alimenta de carne e sangue.

Ele virou as costas. Atrás de si, ouviu a voz de Pam Grant dizer:

— Sheila! — e mal captou um sussurro, um sussurro fraco, de Sheila Grant. Era tão baixo que quase ele não conseguiu ouvir:

— A garrafa de bolso.

Hercule Poirot despediu-se da sra. Larkin e saiu para o *hall*. Lá, na mesa, junto a um boné e um chicote, estava uma garrafa de bolso. Poirot pegou-a. Nela havia as iniciais A.H.

Para si mesmo, Poirot murmurou: *A garrafa de Tony está vazia?* Ele sacudiu-a com delicadeza. Não houve som de líquido. Desatarraxou a tampa.

A garrafa de Tony Hawker não estava vazia. Estava cheia — de um pó branco.

Poirot estava no terraço da casa de Lady Carmichael, argumentando com uma moça.

— Ainda é muito moça, Mademoiselle. Estou certo de que não sabia, não compreendia realmente, o que a senhorita e suas irmãs estavam fazendo. Todas vêm se alimentando, como os cavalos de Diomedes, de carne humana.

Sheila teve um estremecimento e soluçou. Disse: — Parece tão horrível, dito dessa maneira. E, no entanto, é verdade! Eu nunca tinha tomado consciência de nada, até aquela noite em Londres quando o dr. Stoddart falou comigo. Ele estava tão grave — e foi tão sincero. Percebi então a coisa horrível que andava fazendo. Antes eu pensava que era como — sei lá! — como beber depois dos horários legais — uma coisa que as pessoas conseguiam pagando um pouco mais, mas que realmente não importava muito!

— E agora? — perguntou Poirot.

Sheila Grant disse: — Farei tudo o que me disser. Eu... eu falo com as outras — acrescentou. — Acho que o dr. Stoddart nunca mais irá falar comigo.

— Ao contrário — disse Poirot. — Tanto o dr. Stoddart quanto eu estamos prontos a ajudá-la, de todas as maneiras ao nosso alcance, para que comece vida nova. Pode confiar em nós. Porém uma coisa tem de ser feita. Há uma pessoa que tem de ser destruída — completamente destruída, e só a senhorita e suas irmãs poderão destruí-la. O seu testemunho — e exclusivamente o seu testemunho — é que poderá condená-la.

— Quer dizer... meu pai?

— Não seu pai, Mademoiselle. Não lhe disse que Hercule sabe de tudo? Sua fotografia foi identificada pelas autoridades com a maior facilidade. É Sheila Kelly... uma jovem reincidente em roubos em lojas, mandada para um reformatório há alguns anos. Quando saiu de lá foi procurada pelo homem que usa o nome de general Grant, o qual lhe ofereceu este emprego... o emprego de ser "sua filha". Haveria muito dinheiro, muito divertimento, vida da melhor. A única coisa que teria de fazer seria levar seus amigos a "cheirar um pouco", sempre fingindo que outra pessoa lhe dera o pó. Suas "irmãs" estão na mesma situação.

Ele fez uma pausa e disse: — Vamos, Mademoiselle; esse homem tem de ser denunciado e sentenciado. Depois disso...

— Sim, e depois?

Poirot tossiu. Depois disse, com um sorriso: — Você se dedicará ao serviço dos deuses.

Michael Stoddart encarou Poirot estarrecido.

— O general Grant? — disse ele. — O general Grant?

— Exatamente, *mon cher*. Toda a *mise en scène*, sabe, era realmente um pouco demais para ser verdadeira. Budas, bronzes de Benares, um criado hindu! E até gota! É uma doença fora de moda.

Própria dos velhos, mesmo, e não de pais de moças de dezenove anos.

Além do que, eu tirei a prova. Ao sair, tropecei e agarrei o pé com gota. Tão perturbado o cavalheiro estava com tudo o que eu dissera que nem notou. Sim, sim, o general era totalmente falsificado.

Tout de même, era uma ideia brilhante. Um general anglo-indiano, a conhecida e cômica figura de temperamento colérico e fígado atacado — estabelece-se não onde vivem outros oficiais reformados — não! Este vai para um ambiente excessivamente dispendioso para quem vive de pensão. Um lugar frequentado por gente rica, por londrinos, excelente campo para a venda de seus

Os trabalhos de Hércules   199

produtos. E quem suspeitaria de quatro jovens encantadoras? Se alguma coisa fosse descoberta, elas seriam consideradas vítimas — sem sombra de dúvida!

— Exatamente o que tinha em mente quando foi procurar aquele diabo velho? Estava querendo provocá-lo?

— Exato. Queria ver o que aconteceria. E não tive de esperar muito. As moças receberam suas ordens. Anthony Hawker, na verdade uma das vítimas, seria o bode expiatório. Sheila devia contar-me a respeito de sua garrafa de bolso. Ela quase não teve coragem de fazê-lo — porém a outra moça emitiu um irado "Sheila!" e ela mal, mal, conseguiu sussurrar suas ordens.

Michael Stoddart levantou-se e começou a caminhar para cima e para baixo.

— Sabe — disse ele —, não vou perder aquela moça de vista. Tenho uma teoria que me parece bastante boa a respeito dessas tendências criminosas da adolescência. Se examinarmos seus antecedentes familiares, sempre encontramos...

Poirot interrompeu-o.

— *Mon cher,* tenho o maior respeito por sua capacidade científica. E não tenho a menor dúvida de que suas teorias funcionarão admiravelmente no caso da srta. Sheila Kelly.

— E com as outras, também.

— Com as outras, possivelmente. Talvez. A única a respeito de quem tenho certeza é a pequena Sheila. Você a domará, sem dúvida! Para falar a verdade, ela já está pronta para comer na sua mão.

Encabulado. Michael Stoddart disse: — Como você diz asneiras, Poirot.

O Cinto de Hipólita

UMA COISA LEVA A OUTRA, como gosta de dizer Hercule Poirot, sem muita originalidade.

E acrescenta que nunca isso ficou tão evidente quanto no caso do Rubens roubado.

Ele nunca esteve muito interessado no Rubens. Para início de conversa, Rubens não é um pintor que admire e, depois, as circunstâncias do roubo haviam sido das mais corriqueiras. Ele só o aceitou para fazer um favor a Alexander Simpson, que era amigo seu, e por certa razão particular não de todo desligada dos clássicos!

Depois do roubo, Alexander Simpson mandou chamar Poirot e despejou-lhe todos os seus infortúnios. O Rubens era uma descoberta recente, uma obra-prima até então desconhecida, porém sem qualquer dúvida a respeito de sua autenticidade. Havia sido exibido na Galeria Simpson e fora roubado em plena luz do dia. Aconteceu na época em que os desempregados estavam usando a técnica de deitar-se no meio da rua ou de invadir o Ritz. Um pequeno grupo deles havia entrado na Galeria Simpson e se deitado, exibindo um cartaz que dizia: *A Arte é um luxo. Alimentem os Famintos*. Haviam chamado a polícia, uma multidão se havia reunido em torno, por curiosidade, e não fora antes que o braço forte da lei houvesse forçado a retirada dos invasores que alguém notara que o novo Rubens havia sido cuidadosamente cortado de sua moldura e levado embora!

— Era um quadro bem pequeno — explicou Simpson.

— Qualquer um poderia tê-lo posto debaixo do braço e ido

Os trabalhos de Hércules 201

embora enquanto todos olhavam para aquele bando de idiotas desempregados.

Os homens em questão, descobriu-se mais tarde, haviam sido pagos por sua participação inocente no roubo. Deveriam fazer uma demonstração na Galeria Simpson. Porém só depois é que vieram a saber por quê.

Hercule Poirot considerou que tinha sido uma brincadeira divertida, porém não via o que poderia fazer a respeito. A polícia, notou ele, merecia elogios por sua eficiência na solução de roubos desse tipo.

Alexander Simpson disse: — Ouça aqui, Poirot. Eu sei quem roubou o quadro e para onde ele está sendo levado.

Segundo o dono da Galeria Simpson, o quadro havia sido roubado por uma quadrilha internacional a mando de certo milionário que não ficava atrás na aquisição de obras de arte a preço surpreendentemente baixo — e sem perguntas! O Rubens, disse Simpson, seria contrabandeado para a França, onde passaria às mãos do milionário. A polícia da França e da Inglaterra estavam de alerta, porém Simpson tinha a impressão de que uma e outra fracassariam.

— E, uma vez que ele caia nas mãos do canalha, fica mais difícil. Os ricos têm de ser tratados com respeito. E é aí que você entra. A situação vai ser delicada. Você é o homem para o caso.

Finalmente, e sem entusiasmo, Hercule Poirot foi levado a aceitar o caso. Concordou em partir para a França imediatamente. Não estava muito interessado em seu objetivo mas, por causa dele, tomou conhecimento do caso da Colegial Desaparecida, que o interessou realmente muito.

A primeira vez que ouviu falar dele foi através do inspetor Japp, que apareceu para vê-lo exatamente no momento em que Poirot aprovava a correção com que seu criado de quarto lhe havia arrumado a mala.

— Ah! — disse Japp —; então está indo para a França, não é?

Poirot disse: — *Mon cher,* como estão bem informados na Scotland Yard!

Japp riu-se e disse: — Temos nossos espiões! Simpson contratou-o para esse caso do Rubens. Parece que não confia em nós! Bem, tanto faz, mas o que eu queria pedir-lhe que fizesse é coisa completamente diferente. Como vai a Paris de qualquer maneira, gostaria que matasse dois coelhos de uma só cajadada. O detetive inspetor Hearn está lá cooperando com os franceses. Conhece Hearn? Um bom sujeito — mas um tanto sem imaginação. Eu gostaria de ter a sua opinião sobre essa história.

— Qual é a questão de que está falando?

— Uma menina que desapareceu. Vai estar nos jornais da noite. Parece que foi raptada. É filha de um cônego em Cranchester. Chama-se King, Winnie King.

E começou a relatar a história.

Winnie estava a caminho de Paris para juntar-se àquela seleta e requintada instituição de ensino para senhoritas americanas e inglesas conhecida como A Escola de Miss Pope. Deixara Cranchester num trem matinal e havia sido atendida, em Londres, por uma firma intitulada Elder Sisters Ltd., que se ocupava de coisas como fazer mocinhas desacompanhadas irem de uma estação a outra, e fora devidamente entregue na Estação Victoria à srta. Burshaw, auxiliar direta da srta. Pope, deixando a estação de Victoria com a srta. Burshaw e mais dezoito mocinhas, pelo trem que atravessa a Mancha de barco. Dezenove mocinhas haviam atravessado o Canal, passado pela Alfândega de Calais, tomado o trem para Paris e almoçado no carro-restaurante. Porém quando, nos arredores de Paris, a srta. Burshaw fizera nova contagem, descobriu-se que só se encontravam lá *dezoito* mocinhas!

— Ah! — disse Poirot. — E o trem parou em algum lugar?

— Parou em Amiens, porém a essa altura as moças estavam todas no carro-restaurante e todas afirmam, positivamente, que Winnie estava com elas. Elas a perderam, por assim dizer, na viagem de volta a seus compartimentos. Isto é, ela não entrou em seu

Os trabalhos de Hércules

próprio compartimento, para onde foram as outras cinco moças que o compartilhavam com ela. Elas não pensaram que houvesse acontecido nada de mal, apenas julgaram que ela estivesse num dos outros carros reservados.

Poirot acenou com a cabeça. — E quando... foi ela vista pela última vez? Exatamente?

— Cerca de dez minutos depois do trem deixar Amiens. — Japp tossiu constrangido. — A última vez que a viram estava... entrando no *toilette*.

— Muito natural — murmurou Poirot. — Alguma coisa a mais?

— Sim, uma. — A expressão de Japp era lúgubre. — Seu chapéu foi encontrado no leito da estrada em um ponto a cerca de quatorze milhas de Amiens.

— Porém nenhum corpo?

— Nenhum corpo.

— O que acha do caso, pessoalmente? — perguntou Poirot.

— É difícil saber o *que* pensar! Como não há sinal do corpo dela — não pode ter caído do trem.

— O trem não parou por completo após sair de Amiens?

— Não. Diminuiu a marcha uma vez — junto a um sinal — porém não parou e duvido que tenha reduzido a marcha o suficiente para que alguém pudesse saltar sem machucar-se. Está pensando que a menina pode ter entrado em pânico e tentado fugir? Era recém-matriculada e podia sentir saudades de casa, é bem verdade, porém, afinal, já tem quinze anos e meio — uma idade já mais ajuizada — e ela tinha estado muito alegre durante toda a viagem, conversando, etc.

— O trem foi todo vasculhado? — perguntou Poirot.

— Sem dúvida. Examinaram-no todo antes de chegar à estação Nord. A mocinha não estava no trem, não há dúvida quanto a isso.

— Que tipo de moça era ela?

— Perfeitamente normal, pelo que nos foi possível verificar.

— Quero dizer — que aspecto tinha ela?

— Tenho aqui um instantâneo dela. Não é exatamente uma beleza em botão.

Mostrou uma fotografia a Poirot, que a estudou em silêncio.

Viu uma menina magrela, com o cabelo penteado em duas tranças tristes e sem graça. Não era pose; era óbvio que a retratada havia sido apanhada de surpresa. Estava comendo uma maçã; os lábios estavam entreabertos, revelando que era um pouco dentuça e usava aparelho corretivo nos dentes. Usava óculos.

Japp comentou: — Uma mocinha bem feiosa — mas nessa idade acho que sempre são feiosas! Ontem eu fui ao dentista. Numa revista vi o retrato de Marcia Gaunt, a grande beleza deste ano. Pois eu me lembro dela aos quinze anos, quando fui ao Castelo por causa daquele roubo. Cheia de espinhas, desengonçada, com os dentes para fora e o cabelo parecendo uma vassoura velha. Transformam-se em belezas de um dia para o outro — não sei como conseguem! Parece milagre.

Poirot sorriu. — As mulheres — disse — são um sexo miraculoso! Que tal a família da menina? Disseram alguma coisa que ajudasse?

Japp sacudiu a cabeça. — Que ajudasse, não. A mãe é inválida. O pobre do velho cônego King está arrasado. Jura que a filha estava louca para ir para Paris — há tempos que sonhava com isso. Queria estudar música e pintura — esse tipo de coisa. As mocinhas na escola Pope pensam em Arte com A maiúsculo. Você sabe disso, pois a escola já existe há muito tempo. Muitas moças de sociedade estudam lá. Ela é severa — mais parece um dragão — e caríssima — e exigentíssima a respeito de quem aceita e quem não aceita.

Poirot suspirou. — Conheço o tipo. E a srta. Burshaw, que levou as meninas da Inglaterra?

— Não é exatamente um gênio. Está apavorada, com medo que a srta. Pope diga que é culpa dela.

Pensativamente, Poirot perguntou: — Não há nenhum rapaz no caso?

Japp apontou para a fotografia. — Você acha possível?

— Não interessa. Apesar da aparência ela pode ter um coração romântico. Quinze anos não é tão criança assim.

— Bem — disse Japp —, se foi um coração romântico que a arrebatou do trem, vou começar a ler romances da "Coleção das Moças".

Olhou para Poirot, esperançoso.

— Não lhe ocorre nada?

Poirot sacudiu lentamente a cabeça.

— Por algum acaso — disse ele — não encontraram também seus sapatos, no leito da estrada?

— Sapatos? Por que sapatos?

Poirot murmurou: — Foi só uma ideia.

Hercule Poirot estava a ponto de descer para tomar o táxi que chamara quando o telefone tocou. Ele atendeu.

— Alô?

Ouviu a voz de Japp.

— Ainda bem que o apanhei. Tudo liquidado, velho. Encontrei um recado na Yard, quando voltei. A moça apareceu. Junto à estrada principal, a quinze milhas de Amiens. Está tonta e ninguém consegue arrancar-lhe nada de coerente. O médico diz que ela foi drogada — no entanto, está bem. Não há nada de mal com ela.

Lentamente, Poirot perguntou: — Então não tem necessidade de meus serviços?

— Acho que não! Na verrrrdade, aprrrresento minhas desculpas... — disse Japp, encantado com sua péssima imitação de um sotaque francês.

Hercule Poirot não se riu. Desligou lentamente o telefone. Seu rosto estava preocupado.

O detetive inspetor Hearn olhou Poirot curiosamente. Não tinha ideia que estivesse tão interessado, senhor — disse ele.

— Porém o inspetor Japp lhe disse que eu poderia discutir o caso com o senhor, não disse? — perguntou Poirot.

Hearn concordou. — Ele disse que o senhor vinha para cá por causa de um outro assunto e que nos ajudaria com este problema.

Porém não o esperava mais, agora que tudo foi esclarecido. Pensei que estaria ocupado com seu próprio caso.

Hercule Poirot disse: — Meu próprio caso pode esperar. É este caso aqui que me interessa. O senhor disse que era um problema e que agora estava resolvido. Porém a mim parece que o problema ainda existe.

— Bem, a menina está de volta. E não está ferida. Isso é o principal.

— Porém não está resolvido o problema de como ela voltou, não é? Ela foi examinada por um médico, não foi? O que disse ele?

— Que ela foi drogada. Ainda estava tonta. Aparentemente, ela não consegue se lembrar de quase nada depois de sair de Cranchester. Todos os acontecimentos subsequentes parecem ter sumido. O médico diz que talvez ela tenha sofrido uma ligeira concussão. Há uma escoriação na parte de trás da cabeça. Diz ele que isso pode explicar a falha da memória.

— O que é muito conveniente — para alguém! — comentou Poirot.

O inspetor Hearn perguntou, em tom hesitante: — O senhor não acha que ela esteja fingindo, acha?

— O senhor acha?

— Não; tenho a certeza de que não. Ela parece ser uma boa menina: um pouco imatura para a idade.

— Não, ela não está fingindo — Poirot sacudiu a cabeça. — Porém eu gostaria de saber como ela deixou o trem. Gostaria de saber quem foi responsável — e por quê?

— Quanto ao motivo, eu diria que foi uma tentativa de sequestro. Deviam querer retê-la para pedir resgate.

— Porém não o fizeram!

— Perderam a coragem, com a grita toda — e plantaram-na na estrada.

Os trabalhos de Hércules 207

Cético, Poirot indagou: — E que resgate iriam conseguir do cônego da Catedral de Cranchester? A hierarquia da Igreja inglesa não é formada de milionários.

Alegremente, o inspetor Hearn respondeu: — Para mim, eles fizeram tudo errado, do princípio ao fim.

— Ah, então essa é a sua opinião.

Enrubescendo um pouco, Hearn disse: — E a sua, qual é?

— Eu quero saber como ela foi retirada do trem.

O semblante do policial sombreou-se.

— Bem, esse é mesmo um mistério. Numa hora estava lá, no restaurante, conversando com as outras. Cinco minutos depois tinha desaparecido — presto! — como num passe de mágica.

— Exatamente, como num passe de mágica! Quem mais estava no vagão onde ficavam os compartimentos reservados para o colégio?

O inspetor Hearn alertou-se.

— Boa observação, senhor. É importante. E particularmente importante porque era o último carro da composição e assim que todos voltaram do restaurante todas as portas entre os carros foram trancadas — na realidade para impedir que começassem todos a voltar para o restaurante para pedir chá antes que houvesse tempo de limpar as mesas do almoço. Winnie King voltou para o carro com as outras — o colégio tinha três compartimentos reservados.

— E no outro compartimento do mesmo carro?

Hearn tirou seu caderno de notas.

— srta. Jordan e srta. Butters — duas solteironas de meia-idade a caminho da Suíça. Nada de errado com elas — muito conhecidas e respeitadas em Hampshire, onde moram. Dois caixeiros-viajantes franceses, um de Lyon, um de Paris. Ambos cavalheiros respeitáveis de meia-idade. Um jovem, James Elliot, com a mulher — ela era bastante vulgar. A reputação dele é má, suspeito pela polícia de estar envolvido em algumas transações dúbias — porém nunca se meteu em sequestros. Seja como for, o compartimento foi revistado e não havia nada em sua bagagem de mão que mostrasse estar envolvido no caso. Nem vejo *como* poderia estar. A única pessoa que restava era uma americana, sra. Van Suyder, viajando para Paris. Nada se sabe a respeito dela. Parece OK. E é só.

Hercule Poirot disse: — E é absolutamente certo que o trem não parou depois de deixar Amiens?

— Absolutamente certo. Diminuiu a marcha uma vez — porém não o suficiente para que alguém saltasse; não sem se machucar muito e até correr o risco de morrer.

Hercule Poirot murmurou: — É isso que torna o problema tão particularmente interessante. Uma colegial desaparece no espaço perto de Amiens. Depois reaparece, do espaço, também perto de Amiens. Onde é que ela estava durante esse tempo?

O inspetor Hearn sacudiu a cabeça.

— Eu sei que parece loucura, dito dessa maneira. Ah! Por falar nisso, disseram-me que o senhor andou perguntando alguma coisa a respeito de sapatos — da menina. Ela estava de sapatos, sim, quando foi encontrada, porém um homem da turma da conservação encontrou um outro par, perto do leito da estrada. Levou-os para casa consigo, já que pareciam estar em bom estado. Uns sapatos fechados, de atacar, bons para andar.

— Ah! — disse Poirot, parecendo gratificado.

O inspetor Hearn perguntou, curioso: — Não percebo o significado dos sapatos, senhor. Eles querem dizer alguma coisa?

— Apenas confirmam uma teoria — disse Hercule Poirot. — Uma teoria a respeito do método de execução do passe de mágica.

O Colégio Pope, como muitos outros estabelecimentos da mesma natureza, era situado em Neuilly. Hercule Poirot, observando sua respeitável fachada, foi repentinamente envolvido numa onda de mocinhas que saíam de suas portas.

Ele contou vinte e cinco delas, todas vestidas de modo igual, com saias e casacos azul-marinhos e chapéus de inconfortável aspecto britânico, feitos de veludo azul-marinho, com a fita roxa e dourada escolhida pela srta. Pope. Suas idades variavam de quatorze

Os trabalhos de Hércules 209

a dezoito anos, entre gordas e magras, louras e morenas, desajeitadas e graciosas. No final, caminhando ao lado de uma das mais moças, vinha uma mulher aflita e grisalha que Poirot calculou ser a srta. Burshaw.

Poirot observou-as alguns instantes, depois tocou a campainha e pediu para falar com a srta. Pope.

A srta. Lavínia Pope era uma pessoa muito diferente de sua assistente, srta. Burshaw. A srta. Pope tinha personalidade. A srta. Pope inspirava respeito. Mesmo ao aceder em ser gentil com os pais, retinha aquela óbvia superioridade em relação ao resto do mundo que é o mais precioso atributo de uma diretora de colégio.

Seus cabelos grisalhos estavam penteados com requinte, seu costume era severo porém chique. Era competente e onisciente.

A sala em que recebeu Poirot era a de uma mulher culta. A mobília era elegante, havia flores e algumas fotografias autografadas de algumas das antigas alunas que se haviam celebrizado no mundo — muitas delas em trajes de apresentação à corte. Nas paredes havia reproduções dos maiores mestres da pintura, ao lado de algumas boas aquarelas originais. Tudo estava limpo e lustrado à enésima potência. Nenhum grão de poeira, bem entendido, teria a ousadia de pousar em tal santuário.

A srta. Pope recebeu Poirot com a competência daqueles cujos critérios de julgamento raramente falham.

— M. Hercule Poirot? Conheço-o de nome, naturalmente. Suponho que está aqui em função dessa infeliz questão de Winnie King. Um incidente profundamente perturbador.

A srta. Pope não parecia nada perturbada. Encarava os desastres como eles devem ser encarados, enfrentando-os com competência e, portanto, reduzindo-os quase que a total insignificância.

— Esse tipo de coisa — garantiu a srta. Pope — jamais havia acontecido.

E Jamais tornará a acontecer! seu tom parecia dizer.

Hercule Poirot disse: — Era o primeiro semestre da moça aqui, não era?

210   Agatha Christie

— Era.

— A senhorita havia tido entrevistas preliminares com Winnie — e com seus pais?

— Não recentemente. Há dois anos, eu estava hospedada perto de Cranchester — com o Bispo, para falar a verdade...

A atitude da srta. Pope dizia *Note, por favor. Sou do tipo de pessoa que se hospeda com bispos!*

— Enquanto estava lá, vim a conhecer o cônego e a sra. King. A sra. King, infelizmente, é inválida. Foi quando conheci Winnie. Uma menina muito bem educada e com claras tendências artísticas. Disse à sra. King que teria muito prazer em receber Winnie aqui dentro de um ano ou dois — depois que tivesse completado seus estudos normais. Aqui, M. Poirot, especializamo-nos em música e arte. Levamos as moças à Ópera, à Comédie Française, elas assistem às conferências no Louvre. Os melhores professores vêm aqui ensinar-lhes música, canto e pintura. Nosso objetivo é a cultura mais ampla.

Lembrando-se de súbito que M. Poirot não era um pai, ela acrescentou, ab-ruptamente: — O que posso fazer pelo senhor, M. Poirot?

— Eu gostaria de saber qual é a posição atual no que concerne a Winnie King.

— O cônego King veio até Amiens e vai levar Winnie de volta com ele. É o mais sábio, depois do choque sofrido pela menina.

Ela continuou: — Não aceitamos meninas doentias aqui. Não temos as facilidades necessárias para lidar com inválidos. Eu disse ao cônego que, na minha opinião, ele faria bem em levar a menina para casa com ele.

Sem rodeios, Poirot perguntou: — Em sua opinião, o que aconteceu, na realidade?

— Não tenho a menor ideia, M. Poirot. Toda a questão, da forma pela qual me foi relatada, parece absolutamente incrível. Não consigo admitir que o membro de minha equipe encarregada das meninas possa ter sido de qualquer forma responsável — a não ser pelo fato de ela talvez poder ter descoberto um pouco mais prontamente sua ausência.

Poirot perguntou: — A senhorita recebeu, acaso, uma visita da polícia?

Um arrepio atravessou as formas aristocráticas da diretora.

Em tom glacial, respondeu: — Um Monsieur Lefarge, da Préfecture, esteve aqui, para saber se me era possível lançar alguma luz sobre a questão. Naturalmente, isso me foi impossível. Ele pediu, então, para inspecionar a bagagem de Winnie, que, naturalmente, havia chegado com a das outras meninas. Disse-lhe que ela já havia sido coletada por outro representante da polícia. Seus departamentos, creio eu, infringem as jurisdições um do outro. Recebi um telefonema, pouco depois, insistindo que eu não havia entregue a bagagem de Winnie a eles. Realmente fui terminante em minha resposta. Não é possível admitir os abusos das autoridades.

Poirot deu um suspiro profundo. — Tem um temperamento corajoso. Admiro-a por isso, Mademoiselle. Suponho que as malas de Winnie foram abertas?

A srta. Pope ficou um tanto sem graça.

— Rotina — disse ela. —Vivemos segundo uma rotina rígida. As empregadas abrem as malas e penduram as roupas do modo que foi por mim determinado, logo que as bagagens chegam. As coisas de Winnie foram arrumadas exatamente como as das outras meninas. Naturalmente, depois foram novamente arrumadas, de modo que suas malas foram entregues exatamente como chegaram.

— *Exatamente?* — perguntou Poirot.

Ele andou até uma das paredes.

— Sem dúvida este é um quadro da famosa ponte de Cranchester, com a catedral aparecendo ao fundo.

— O senhor está absolutamente correto, M. Poirot. Winnie evidentemente o havia pintado para trazê-lo para mim como surpresa. Estava em sua mala, embrulhado em um papel no qual havia escrito: *Para a Senhorita Pope, de Winnie.* Muito gentil da parte dela.

— Ah! — disse Poirot. — E o que pensa dele, como quadro?

Ele próprio já havia visto inúmeros quadros da Ponte de Cranchester. Era um tema que jamais faltava às exposições anuais da Academia Real — às vezes entre os óleos, por outras entre as aquarelas. Ele já o havia visto bem pintado, mediocremente pintado, pessimamente pintado. Porém jamais havia visto representação tão primária quanto a que ora olhava.

A srta. Pope sorriu com indulgência.

— Não podemos desencorajar nossas meninas — disse ela. —Winnie será estimulada a melhorar seu trabalho, naturalmente.

Pensativamente, Poirot disse: — Não teria sido mais natural que ela a tivesse pintado em aquarela?

— Claro. Não sei por que haveria de estar tentando usar óleo.

— Ah — disse Hercule Poirot. — Mademoiselle permite?

Ele tirou o quadro da parede e foi olhá-lo junto à janela. Examinou-o e depois, levantando os olhos, disse:

—Vou pedir-lhe, Mademoiselle, que me dê esse quadro.

— Bem, realmente, M. Poirot...

— Não pode fingir estar profundamente encantada com ele. A pintura é abominável.

— Sim, reconheço que lhe falta mérito artístico, porém o trabalho é de uma aluna e...

— Eu lhe garanto, Mademoiselle, que este é um quadro muito pouco apropriado para as suas paredes.

— Não sei por que razão diz isso, M. Poirot.

— Eu o provarei dentro de um momento.

Pegou um vidro, uma esponja e uns trapos de seu bolso.

— Em primeiro lugar vou contar-lhe uma história — disse ele. — É semelhante à do Patinho Feio que se transformou num cisne.

Trabalhava febrilmente enquanto falava. O odor de terebintina espalhou-se por toda a sala.

— Mademoiselle não costuma frequentar as revistas teatrais, costuma?

— Não; parecem-me excessivamente triviais.

Os trabalhos de Hércules 213

— Sem dúvida triviais; porém muitas vezes instrutivas. Eu já vi uma artista de revista muito talentosa alterar sua personalidade da forma mais miraculosa. Em um quadro ela fazia uma estrela de cabaré, requintada e glamurosa. Dez minutos mais tarde era uma menina mirradinha, anêmica e fanhosa, de uniforme de ginástica. E outros dez minutos mais tarde, era uma cigana, coberta de trapos, predizendo o futuro em uma carroça.

— Tudo isso é muito possível, porém não vejo o que...

— Pois eu estou dizendo-lhe como o passe de mágica foi realizado no trem. Winnie, a colegial, com suas tranças, seus óculos, seu aparelho nos dentes — entra no *toilette*. E emerge quinze minutos depois — para usar os termos do inspetor Hearn — como uma mulher "bastante vulgar". Meias brilhantes, saltos muito altos — um casaco de peles cobrindo o uniforme — um ridículo pedacinho de veludo vermelho chamado de chapéu pousado sobre seus cabelos encaracolados — e um rosto: Sim, um rosto. Ruge, pó, batom, máscara! Como é *realmente* o rosto da grande transformista? Provavelmente só o *bon Dieu* sabe! Porém Mademoiselle — sim, Mademoiselle, aqui mesmo, em sua escola, quantas vezes já não viu uma colegial desajeitada transformar-se quase que miraculosamente em uma debutante charmosa e elegante?

A srta. Pope quase perdeu o fôlego.

— Quer dizer que Winnie King disfarçou-se como...

— Não... não Winnie King. Winnie foi sequestrada a caminho de Londres. Nossa *artiste* do transformismo tomou seu lugar. A srta. Burshaw jamais havia visto Winnie King. Como poderia saber que a colegial de tranças sem graça e aparelho nos dentes não era Winnie King de todo? Até aí, tudo bem, porém a impostora não poderia efetivamente chegar aqui, já que a senhorita conhecia a verdadeira Winnie. De modo que, presto! Winnie desaparece no *toilette* e emerge como a mulher de um homem chamado Jim Elliot cujo passaporte inclui uma esposa! As tranças, os óculos, as meias brancas, o aparelho dos dentes, tudo isso cabe em muito pouco espaço. Porém os sapatos grossos e feiosos, bem como o inflexível chapéu britânico — têm de ser descartados — e são atirados pela janela. Mais tarde a verdadeira Winnie cruza o Canal — ninguém está à procura de uma menina doente e drogada sendo transportada da Inglaterra para a França — e é tranquilamente depositada, de carro, junto da estrada principal. Se foi dopada o tempo todo com escopolamina, não irá lembrar-se de nada que aconteceu.

A srta. Pope estava estarrecida ante Poirot.

E perguntou: — Mas por *quê?* Qual a *razão* para uma mascarada tão sem nexo?

Gravemente, Poirot respondeu: — A bagagem de Winnie! Essa gente queria contrabandear alguma coisa da Inglaterra para a França — algo que todo agente da Alfândega da França estava procurando. Que lugar é mais garantido, para algo roubado, do que a bagagem de uma colegial? Mademoiselle é muito conhecida, seu estabelecimento é famoso, com toda a justiça. Na estação do Nord as malas das pequenas *Mesdemoiselles pensionnaires* são passadas *en bloc.* Trata-se do famoso colégio inglês da srta. Pope! E então, após o sequestro, o que há de mais natural que mandar buscar a bagagem da menina — ostensivamente como sendo da polícia?

Hercule Poirot sorriu.

— Porém, felizmente, havia a rotina colegial da abertura das malas e arrumação das roupas no momento da chegada — e apareceu um presente de Winnie; porém não o mesmo que Winnie preparara em Cranchester.

Ele aproximou-se dela.

— Mademoiselle deu-me este quadro. Agora observe-o, e concorde que não é adequado ao ambiente de seu colégio!

Ele apresentou-lhe a tela.

Em um passe de mágica, a Ponte de Cranchester havia desaparecido. Em seu lugar havia uma cena clássica em tons opulentos, escuros.

Poirot disse, suavemente: — O *Cinto de Hipólita.* Hipólita dá seu cinto a Hércules; pintado por Rubens. Uma grande obra de arte — *mais tout de même* pouco adequada à sua sala.

Os trabalhos de Hércules   215

A srta. Pope enrubesceu ligeiramente.

A mão de Hipólita estava em seu cinto — e ela não usava mais nada. Hércules tinha uma pele de leão negligentemente atirada sobre o ombro. A carnadura de Rubens é rica, voluptuosa...

Recuperando a pose, a srta. Pope disse: — Uma grande obra de arte. Mas mesmo assim — como diz — afinal é preciso levar em conta as susceptibilidades dos pais. Alguns deles tendem a ser um tanto estreitos de vistas — se é que me compreende.

Foi exatamente quando Poirot ia deixar a casa que a invasão tomou lugar. Ele ficou cercado, encurralado, avassalado por uma multidão de mocinhas, gordas, magras, louras, morenas.

— *Mon Dieu!* — murmurou ele. — Este é, realmente, o ataque das Amazonas!

Uma mocinha alta e loura estava exclamando: — Está correndo um boato...

Elas se aproximaram. Hercule Poirot estava cercado. Desapareceu em meio a uma onda de feminilidade jovem e vigorosa.

Vinte e cinco vozes elevaram-se, empostadas em vários tons, porém todas pronunciando a mesma frase alarmante:

— M. Poirot, quer me dar o seu autógrafo?

O Rebanho de Gerião

— EU REALMENTE PEÇO DESCULPAS por importuná-lo assim, M. Poirot.

A srta. Carnaby apertou fervorosamente as mãos em torno de sua bolsa e inclinou-se para diante, olhando penetrantemente para o rosto de Poirot. Como sempre, ela parecia estar sem fôlego.

As sobrancelhas de Hercule Poirot ergueram-se.

Ansiosamente, ela disse: — O senhor se lembra de mim, não se lembra? Os olhos de Poirot brilharam.

— Lembro-me da senhora como uma das criminosas mais bem-sucedidas que jamais encontrei!

— O que é isso! Será necessário dizer-me uma coisa dessas? O senhor foi tão bondoso para comigo. Emily e eu muitas vezes falamos a seu respeito e quando vemos qualquer coisa no jornal que fale do senhor recortamos e colamos em um álbum. Quanto a Augustus, ensinamos-lhe um novo truque. Dizemos: "Morra para Sherlock Holmes, morra para o sr. Fortune, morra para Sir Henry Merrivale e, depois, morra para M. Hercule Poirot!; e aí ele fica deitado e imóvel — fica absolutamente quieto até darmos ordens para que se levante!

— Fico gratificado — disse Poirot. — E como está passando ce *cher Auguste?*

A srta. Carnaby cruzou as mãos e derramou-se em loas a seu pequinês.

— Ah, M. Poirot, está mais esperto do que nunca. Sabe *tudo*. Sabe que no outro dia eu estava só admirando um bebê em um carrinho e, de repente, senti um puxão e lá estava Augustus tentando escapar da correia. Não é uma gracinha?

Os olhos de Poirot brilharam.

— Tenho a impressão — disse ele — de que Augustus compartilha das tendências criminosas de que estávamos falando ainda agora.

A srta. Carnaby não riu. Ao contrário, seu rosto gorducho tornou-se preocupado e triste.

Com uma espécie de suspiro, ela disse: — Ah, M. Poirot, eu estou tão *preocupada*.

Bondosamente Poirot perguntou: — O que aconteceu?

— O senhor sabe. M. Poirot, eu temo — realmente temo — que eu seja uma *criminosa calejada* — se é que posso expressar-me assim. Eu tenho cada ideia!

— Que espécie de ideia?

— As mais extraordinárias! Por exemplo, ontem, um esquema realmente muito *prático* de roubar os correios me ocorreu. Eu não estava pensando nisso — a ideia simplesmente apareceu! E tive outra, também, muito engenhosa, para escapar da alfândega. Eu estou convencida — perfeitamente convencida — de que iria funcionar.

— Provavelmente sim — disse secamente Poirot. — É esse o problema com as suas ideias.

— Mas isso tem me preocupado, M. Poirot, e muito. Tendo sido criada dentro dos mais inflexíveis princípios, como fui, é *muito* perturbador que tais ideias ilegais — realmente pecaminosas — fiquem me ocorrendo. O problema, em parte, creio eu, vem do fato de eu ter muito tempo livre, agora. Deixei Lady Hoggin e estou empregada por uma senhora, para ler para ela e escrever suas cartas, todos os dias. As cartas são poucas e mal eu começo a ler ela adormece, de modo que lá fico eu, sentada — sem ter em que pensar — e todos nós sabemos como o diabo se aproveita da indolência.

— Mas o que é isso... — disse Poirot.

— Recentemente li um livro — um livro muito moderno, traduzido do alemão. Lança luzes extremamente interessantes sobre as tendências criminosas. É preciso, segundo compreendi, sublimar nossos impulsos! E é por isso, realmente, que vim procurá-lo.

— Sim? — disse Poirot.

— O senhor percebe, M. Poirot, eu acho que a questão não é tanto a de sonhar com coisas excitantes! Minha vida, infelizmente, tem sido muito sem graça. A — hm — campanha dos cachorros pequineses, eu creio, foi a única época em que eu realmente vivi. Tudo muito represensível, é claro, porém, como diz meu livro, não podemos dar as costas à verdade. Vim procurá-lo, M. Poirot, porque pensei que talvez fosse possível — sublimar minha ânsia de excitação aplicando-a, digamos assim, do lado dos anjos.

— Ah! — disse Poirot —, então é como colega que se apresenta?

A srta. Carnaby encabulou.

— É muita presunção minha, eu sei. Mas se tivesse *a bondade...* Ela parou. Seus olhos azuis desbotados tinham algo daquele apelo de um cão que espera, sabendo que não tem nenhuma esperança, que alguém o leve para dar um passeio.

— É uma ideia — disse Poirot lentamente.

— Naturalmente, eu não sou nada inteligente — explicou a srta. Carnaby. — Porém minha capacidade de... de dissimulação é boa. Tem de ser; de outro modo ninguém ficaria mais de dois dias empregada como dama de companhia. E sempre constatei que parecer ainda mais estúpida do que realmente se é ocasionalmente traz bons resultados.

Hercule Poirot riu. — A senhorita me encanta, Mademoiselle.

— Ai, meu Deus, M. Poirot, que homem bondoso o senhor é. Então me encoraja a *esperar?* Acontece que acabo de receber uma pequena herança — muito pequena — que permite à minha irmã e eu mantermo-nos e alimentarmo-nos de modo muito frugal, de modo que não estou mais totalmente dependente do que possa ganhar.

Os trabalhos de Hércules   219

— Eu terei de pensar — disse Poirot — onde seus talentos poderão ser empregados da melhor maneira. Tem, pessoalmente, alguma ideia?

— O senhor deve ler o pensamento da gente, M. Poirot. Eu tenho estado muito preocupada, ultimamente, com uma amiga minha. Estava a ponto de consultá-lo. É possível que diga que tudo não passa de imaginação de solteirona — só imaginação. Mas às vezes temos a tendência de ver uma trama onde só existe a coincidência.

— Não creio que esteja exagerando, srta. Carnaby. Diga-me o que tem em mente.

— Bem, eu tenho uma amiga, amiga muito querida, embora não a tenha visto muito nestes últimos anos. Seu nome é Emmeline Clegg. Ela casou-se no norte da Inglaterra e o marido morreu há poucos anos, deixando-a em condições econômicas bastante confortáveis. Ela estava infeliz e solitária após a morte dele e temo que seja, sob certos aspectos, uma mulher tola e um tanto crédula. A religião, M. Poirot, pode ser grande apoio e sustentáculo — mas com isso estou falando de religião ortodoxa.

— Refere-se à Igreja Grega? — perguntou Poirot.

A srta. Carnaby ficou chocada.

— Claro que não. A Igreja Inglesa. E, muito embora os Católicos Romanos não tenham a minha aprovação, ao menos são reconhecidos. Enquanto que os Wesleyanos e Congregacionalistas são grupos conhecidos e respeitáveis. Estou falando dessas seitas esotéricas. Que aparecem de repente. Têm uma espécie de atrativo emocional porém muitas vezes sinto sérias dúvidas quanto à existência de qualquer sentimento religioso verdadeiro a ampará-las.

— E julga que sua amiga está sendo vítima de uma dessas seitas?

— Sim! De todo o coração! Eles se intitulam o Rebanho do Senhor. Sua sede fica em Devonshire — uma linda propriedade junto ao mar. Seus adeptos vão lá, para o que eles chamam de retiros. É um período de duas semanas — com ofícios e rituais religiosos. E há três grandes Festivais no ano: a Chegada das Pastagens, A Plenitude das Pastagens e A Colheita das Pastagens.

— Sendo que esse último parece particularmente estúpido — disse Poirot — já que não se colhe pastagens.

— Mas é tudo muito estúpido — disse a srta. Carnaby, afável. — Toda a seita está centrada em torno do cabeça do movimento, o Grande Pastor, como é chamado. Um dr. Andersen. Um homem de aparência notável, creio eu, uma presença.

— O que atrai as mulheres, certo?

— Eu temo que sim — suspirou a srta. Carnaby. — Meu pai era um homem muito bonito. E às vezes a situação na paróquia tornava-se muito difícil. As rivalidades na apresentação de vestimentas bordadas, as brigas na distribuição das tarefas da igreja...

Ela sacudiu a cabeça, perdida em suas reminiscências.

— E a congregação do Grande Rebanho é formada principalmente por mulheres?

— Tenho a impressão de que pelo menos três quartos. E os homens que há são todos uns maníacos! Porém é das mulheres que o sucesso do movimento depende — e principalmente dos fundos que elas fornecem.

— Ah — disse Poirot. — Agora estamos chegando ao ponto. Francamente a senhorita acha que tudo é um grande golpe?

— Francamente, M. Poirot, é isso mesmo o que penso. E outra coisa me preocupa. Fui informada de que minha pobre amiga está de tal modo envolvida com essa religião que recentemente ela fez um testamento deixando todas as suas propriedades para o movimento.

Poirot retrucou, alerta: — Isso foi... sugerido a ela?

— Para ser justa, não. Foi inteiramente ideia dela. O Grande Pastor lhe havia mostrado um novo caminho na vida... de modo que tudo o que tem, por ocasião de sua morte, deveria passar à grande Causa. O que me preocupa realmente...

— Sim... continue...

Os trabalhos de Hércules 221

— Várias mulheres ricas têm seguido o grupo. E, no último ano, pelo menos três delas morreram.

— Deixando todo o seu dinheiro para a seita?

— Exatamente.

— Seus parentes não protestaram? Eu julgaria que isso provavelmente resultasse em litígio.

— Mas precisa saber, M. Poirot, que normalmente são mulheres sós que pertencem ao grupo. Gente sem parentes próximos ou amigos.

Poirot acenou com a cabeça pensativo. A srta. Carnaby continuou.

— É claro que não tenho o direito de sugerir nada. Pelo que me foi possível averiguar, não houve nada de errado em nenhuma das mortes. Uma, creio eu, teve pneumonia após uma gripe, a morte de outra foi atribuída a uma úlcera gástrica. Não houve absolutamente nenhuma circunstância suspeita, se me compreende, e todas faleceram em casa, jamais no Santuário das Colinas Verdes. Estou certa de que está tudo em ordem, mas mesmo assim... bem, eu não gostaria que nada acontecesse à minha amiga.

Ela cruzou as mãos e seus olhos dirigiam um apelo a Poirot.

O próprio Poirot ficou em silêncio por alguns momentos. Quando falou, sua voz havia mudado de tom. Estava grave e profunda.

— A senhorita poderia dar-me — disse ele —, ou descobrir para mim, os nomes e endereços desses membros da seita que faleceram recentemente?

— Mas é claro, M. Poirot.

Poirot disse, lentamente: — Mademoiselle, creio que seja uma mulher de grande coragem e força de vontade. Sua capacidade histriônica é considerável. Estaria disposta a empreender um trabalho que pode implicar um perigo considerável?

— Não haveria nada de que eu gostasse mais — disse a aventureira srta. Carnaby.

Poirot advertiu-a. — Se houver, na verdade, risco, ele será um risco muito grave. Deve compreender: ou não passa tudo de um engano ou então é uma coisa muito séria. Para descobrirmos se é um ou outra será necessário que a senhorita se torne membro do Grande Rebanho. Sugiro que exagere no montante da herança que recebeu há pouco. Passa agora a ser uma mulher abastada sem objetivos na vida. Discutirá com sua amiga Emmeline a respeito dessa nova religião que ela adotou — garantirá a ela que tudo não passa de tolices. Ela ficará ansiosa por convertê-la. A senhorita deixar-se-á persuadir a ir ao Santuário das Colinas Verdes. E lá será completamente conquistada pelos poderes de persuasão do dr. Andersen. Creio que essa parte posso deixar inteiramente a seu cargo?

A srta. Carnaby sorriu, com modéstia, e murmurou:

— Creio que isso eu saberei fazer, M. Poirot!

— Bem, meu amigo, o que tem para mim?

O inspetor chefe Japp olhou pensativamente para o homenzinho que lhe fazia a pergunta.

— Nem tudo o que gostaria de ter — respondeu ele amargurado. — Poirot, eu odeio esses maníacos religiosos cabeludos mais do que o veneno. Ficam enchendo essas mulheres de toda espécie de asneira. Porém esse sujeito está sendo muito cuidadoso. Não há nada em que possamos nos pegar. Tudo parece meio aloprado, porém inócuo.

— Descobriu alguma coisa a respeito desse tal dr. Andersen?

— Investiguei seu passado. Era um químico promissor que foi posto para fora de uma universidade alemã. Parece que a mãe dele era judia. Sempre se interessou muito pelo estudo de Mitos e Religiões orientais, gastava todo o seu tempo livre nisso e escreveu vários artigos sobre o assunto — alguns deles me parecem bem enlouquecidos.

— Quer dizer que ele pode ser um fanático genuíno?

— Tenho de admitir que é provável que seja!

Os trabalhos de Hércules

223

— E que tal os nomes e endereços que lhe dei?

— Não deram em nada. A srta. Everitt morreu de colite ulcerativa. O médico tem certeza de que não houve nada de anormal. A srta. Lloyd morreu de broncopneumonia. Lady Western morreu tuberculosa. Já estava doente há muito tempo — muito antes de conhecer essa gente. A srta. Lee morreu de tifo — atribuído a uma salada que comeu em algum ponto do norte da Inglaterra. Três delas adoeceram e morreram em suas próprias casas, enquanto que a srta. Lloyd morreu num hotel no sul da França. Quanto a essas mortes, não há nada que as ligue com o Grande Rebanho ou com a sede de Andersen no condado de Devon. Deve ser pura coincidência. Está tudo na mais completa — ou santa — paz.

Hercule Poirot suspirou e disse: — E no entanto, *mon cher,* estou convencido de que este será o décimo Trabalho de Hércules e que esse dr. Andersen é o Monstro Gerião a quem tenho a missão de destruir.

Japp olhou para ele, preocupado.

— Olhe aqui, Poirot, você não anda também lendo algum tipo de literatura de loucos, anda?

Com dignidade, Poirot respondeu: — Meus comentários foram, como sempre, sensatos, apropriados e relevantes.

— É possível que você mesmo inicie uma nova religião — disse Japp, — cujo credo seria: "Não há ninguém tão inteligente quanto Hercule Poirot, Amém. *Da capo.* Repita-se *ad libitum!"*

— É a paz daqui que me deixa maravilhada — disse a srta. Carnaby, com respiração ofegante e expressão de êxtase.

— Eu disse a você, Amy — concordou Emmeline Clegg.

As duas amigas estavam sentadas na encosta de uma colina, de onde dominavam o belo e profundo azul do mar. A grama era de um verde vivo, a terra e os penhascos de um vermelho profundo e fulgurante. A pequena propriedade conhecida como o Santuário das Colinas Verdes ficava em um promontório de seis acres de área.

224 Agatha Christie

Apenas uma estreita faixa de terra ligava-o à costa, de modo que era quase uma ilha.

A sra. Clegg murmurou, sentimentaloide:— A terra vermelha — a terra do fulgor e da promissão — onde um destino tríplice será cumprido.

A srta. Carnaby suspirou profundamente e disse:— Acho que o Mestre o explanou tão bem no ofício de ontem à noite.

— Espere pelo Festival desta noite — disse sua amiga. — A Plenitude das Pastagens!

— Estou aguardando com ansiedade — disse a srta. Carnaby.

— Será uma grande experiência espiritual — prometeu-lhe a amiga.

A srta. Carnaby havia chegado ao Santuário das Colinas Verdes uma semana antes. Sua atitude, ao chegar, havia sido: *Mas que idiotice é essa? Realmente, Emmie, uma mulher sensata como você* — etc., etc.

Em uma entrevista preliminar com o dr. Andersen, ela havia sido muito explícita.

— Não quero sentir que estou aqui sob falsos pretextos, dr. Andersen. Meu pai era sacerdote da Igreja Inglesa e eu nunca me afastei de minha fé. Não concordo com doutrinas pagãs.

O homenzarrão de cabelos dourados sorriu para ela — um sorriso muito doce e compreensivo. Havia olhado com indulgência para a figurinha rotunda e beligerante, sentada muito ereta em sua cadeira.

— Minha cara srta. Carnaby — disse ele. — É amiga da sr. Clegg e, como tal, bem-vinda. Todas as religiões são bem-vindas aqui, e todas são igualmente honradas.

— Pois então não deveriam ser — disse a teimosa filha do falecido reverendo Carnaby.

Recostando-se em sua cadeira, o Mestre murmurou, com sua voz sonora:— Na Casa de meu Pai há muitas moradas... Lembre-se disso, srta. Carnaby.

Quando deixaram sua presença, a srta. Carnaby murmurou para sua amiga:— Ele é realmente um homem muito bonito.

— Sim — disse Emmeline Clegg. — E tão maravilhosamente espiritual.

A srta. Carnaby concordou. Era verdade — ela o havia sentido — uma aura de desprendimento — de espiritualidade.

Controlou-se. Não estava ali para enredar-se no fascínio — espiritual ou não — do Grande Pastor. Conjurou uma visão de Hercule Poirot, que lhe pareceu distante e curiosamente mundana.

Amy, disse a srta. Carnaby a si mesma, *controle-se. Lembre da razão pela qual está aqui.*

Porém, à medida que os dias iam se passando, ela viu-se cedendo com incrível facilidade ao feitiço das Colinas Verdes. A paz, a simplicidade, a comida deliciosamente simples, a beleza dos ofícios, com seus cantos de Amor e Adoração, as palavras simples e comoventes do Mestre, apelando a tudo o que há de melhor e mais alto na humanidade — daqui estavam banidas todas as lutas e deformações do mundo. Aqui só existiam a Paz e o Amor.

E naquela noite haveria o grande Festival de Verão, o Festival da Plenitude das Pastagens. E nele, ela própria, Amy Carnaby, seria iniciada, transformar-se-ia em parte do Rebanho.

O Festival teve lugar no reluzente e branco edifício de concreto, chamado pelos Iniciados de Pousada Sagrada. Ali os devotos se reuniam logo antes do sol se pôr. Usavam capas de pele de carneiro e sandálias. Os braços ficavam nus. No meio da Pousada, sobre uma plataforma, ficava o dr. Andersen. Aquele homem imenso, com cabelos dourados e olhos azuis, a barba clara e o perfil belíssimo, nunca parecera tão inspirador. Estava vestido com uma túnica verde e carregava um cajado de ouro.

Ele o elevou e um silêncio mortal baixou sobre a assembleia.

— Onde estão minhas ovelhas?

Veio a resposta da multidão: — *Estamos aqui, Oh Pastor.*

— Elevai vossos corações com alegria e dando graças. Esta é uma Festa de Alegria.

— *A festa é de Alegria e estamos alegres.*

— Não haverá mais tristeza para vós, nem mais dor. Tudo é alegria!

— *Tudo é alegria!*

— Quantas cabeças tem o Pastor?

— *Três cabeças; uma de ouro, uma de prata e uma de bronze sonoro.*

— Quantos corpos têm as Ovelhas?

— *Três corpos: um de carne, um de corrupção e um de luz.*

— E como sereis vós incluídos no Rebanho?

— *Pelo Sacramento do Sangue.*

— Estais prontos para esse Sacramento?

— *Estamos.*

— Cobri vossos olhos e apresentai vosso braço direito.

A multidão obedientemente amarrou sobre os olhos lenços verdes que lhes haviam sido dados para esse fim. A srta. Carnaby, como todos os outros, estendeu o braço direito para a frente.

O Grande Pastor caminhou por entre seu Rebanho. Houve pequenos gritos, gemidos de dor ou êxtase.

Para si mesma, a srta. Carnaby disse, ferozmente: *Pura blasfêmia, tudo isso! Esse tipo de histeria religiosa é deplorável. Ficarei absolutamente calma e observarei a reação dos outros. Não me deixarei arrebatar — recuso-me.*

O Grande Pastor havia chegado até ela. Sentiu que lhe tomavam o braço, depois havia uma ferroada aguda, como a picada de uma agulha. A voz do Pastor murmurou:

— O *Sacramento do Sangue que traz a alegria...*

Ele passou adiante.

Daí a pouco, ouviu-se uma ordem.

— Desvelem-se e gozem os prazeres do espírito!

O sol estava exatamente se pondo. A srta. Carnaby olhou à sua volta. Junto com os outros, caminhou lentamente para fora da Pousada. Sentia-se de súbito, transportada, feliz. Afundou num banco de grama tenra. Por que razão jamais havia ela pensado que era uma solteirona de meia-idade solitária? A vida era maravilhosa — ela era maravilhosa! Ela tinha poderes de pensamento — e de sonho. Não havia nada que ela não pudesse realizar!

Uma onda de euforia perpassou-a. Ela observou os outros devotos que a cercavam — todos pareciam ter, de repente, aumentado muitíssimo de estatura.

Parecem árvores que caminham, disse consigo a srta. Carnaby, reverentemente.

Ela levantou a mão. Era um gesto intencional — com ela, poderia comandar a Terra. César, Napoleão, Hitler — apenas uns pobres coitados! Não sabiam nada do que ela, Amy Carnaby, era capaz de fazer! Amanhã ela organizaria a Paz Mundial, a Fraternidade Internacional. Não haveria mais guerras — nem pobreza — nem doença. Ela, Amy Carnaby, conceberia um Mundo Novo. Mas não havia pressa. O tempo era infinito... um minuto depois do outro, uma hora depois da outra! Os membros da srta. Carnaby pareciam pesados, porém sua mente estava deliciosamente livre. Podia, à sua vontade, passear por todo o universo. Ela adormeceu — porém mesmo dormindo sonhou... Espaços imensos... vastos edifícios... um mundo novo e maravilhoso...

Gradativamente o mundo tornou a encolher e a srta. Carnaby bocejou. Moveu seus membros endurecidos. O que lhe acontecera desde ontem? Ontem à noite ela sonhara...

Havia lua. Por esta a srta. Carnaby, mal e mal, conseguiu ver os números no mostrador de seu relógio. Para estupefação sua, viu que eram quinze para as dez. O sol, sabia ela, punha-se às oito e dez. Só há uma hora e trinta e cinco minutos? Impossível. E no entanto...

Muito interessante, comentou interiormente a srta. Carnaby.

Hercule Poirot disse: — A senhorita precisa seguir minhas instruções muito cuidadosamente, compreendeu?

— Sim, M. Poirot. Pode contar comigo.

— Já falou de sua intenção de favorecer a seita em sua herança?

— Já, M. Poirot. Falei ao Mestre — desculpe — ao dr. Andersen, pessoalmente. Disse-lhe, muito emocionada, que maravilhosa revelação tudo aquilo havia sido — já que viera para rir e permanecera como convertida. Eu — sabe, parecia-me muito natural dizer aquilo tudo. O dr. Andersen, como o senhor sabe, tem grande encanto e magnetismo.

— Estou percebendo — disse secamente Hercule Poirot.

— Suas maneiras são muito convincentes. Tem-se realmente a impressão de que ele não alimenta o menor interesse por dinheiro. "Dê o que puder", disse ele com aquele seu maravilhoso sorriso, "e, se não puder dar nada, não importa. Será sempre parte do Rebanho." "Oh, dr. Andersen" — falei — "eu não estou tão mal assim. Herdei uma soma considerável de um parente distante e, muito embora não possa efetivamente tocar no dinheiro enquanto as formalidades legais não forem completadas, há uma coisa que desejo fazer imediatamente." E então expliquei que estava fazendo um testamento e que deixaria tudo o que tinha para a Fraternidade. Expliquei que não tinha parentes próximos.

— E ele gentilmente aceitou a doação?

— De forma muito desinteressada. Disse que ainda se passariam muitos anos antes que eu morresse, que ele podia ver que eu nasci para ter longa vida de realização espiritual. Ele realmente fala de modo muito comovedor.

— Assim parece.

O tom de Poirot era seco. Ele continuou: — Mencionou que não tinha boa saúde?

— Sim, senhor. Disse-lhe que tinha tido um problema pulmonar e que já em mais de uma ocasião tivera recaídas, mas que um tratamento final em um sanatório, há alguns anos, aparentemente me curara de uma vez por todas.

— Excelente!

— Muito embora eu não perceba por que eu haveria de dizer que sou tuberculosa quando meus pulmões são ótimos; não chego a perceber.

— Garanto-lhe que é necessário. Mencionou sua amiga?

— Sim. Disse-lhe (*muito* confidencialmente) que a querida Emmeline, além da fortuna que lhe deixara o marido, estava a ponto de herdar fortuna ainda muito maior de uma tia idosa que gostava muito dela.

— *Eh bien*, isso deve manter a sra. Clegg a salvo durante algum tempo.

— Ah, M. Poirot, o senhor acha realmente que há alguma coisa errada naquilo tudo?

— E o que vou tentar descobrir. Por acaso conheceu um sr. Cole no Santuário?

— Havia um sr. Cole lá na última vez que estive no Santuário. Um homem muito esquisito. Usa shorts verde-grama e só come repolho. Ele é muito devoto!

— *Eh bien*, tudo está indo muito bem; dou-lhe meus parabéns pelo trabalho que fez; agora está tudo pronto para o Festival do Outono.

— srta. Carnaby: um momento.

O sr. Cole agarrou a srta. Carnaby. Tinha os olhos brilhantes e febris.

— Eu tive uma visão — uma visão notável. Realmente preciso contá-la à senhora.

A srta. Carnaby suspirou. Tinha um pouco de medo do sr. Cole e de suas visões. Elas a lembravam de certas passagens muito francas daquele livro alemão muito moderno que lera antes de ir para Devon.

O sr. Cole, com os olhos rebrilhando e os lábios tremendo, começou a falar, excitadíssimo.

— Tenho andado meditando — refletindo sobre a Plenitude da Vida, a Alegria Suprema da União; e então, sabe, meus olhos abriram-se e vi...

A srta. Carnaby preparou-se e torceu para que o que o sr. Cole tinha visto não fosse o que ele havia visto na última vez — aparentemente um Casamento Ritual da Suméria antiga, entre um deus e uma deusa.

— Eu vi — o sr. Cole inclinou-se para ela, arfando, com os olhos parecendo (de fato) totalmente insanos — o Profeta Elias descendo do Céu em sua carruagem flamejante.

A srta. Carnaby suspirou de alívio. Elias era muito melhor. Elias realmente não a assustava.

— Embaixo — continuou o sr. Cole — estavam os altares de Baal — centenas e centenas deles. Uma voz gritou-me "Olhe, escreva e testemunhe o que irá ver..."

Ele parou e a srta. Carnaby murmurou polidamente:

— Sim?

— Nos altares estavam as que iam ser sacrificadas, amarradas, aguardando a faca. Virgens — centenas de virgens —, virgens jovens, belas e nuas...

O sr. Cole lambeu os beiços e a srta. Carnaby enrubesceu.

— E então vieram os corvos, os corvos de Odin, voando do norte. Eles se encontraram com os corvos de Elias — juntos circularam no ar — e mergulhavam e arrancavam os olhos das vítimas — e havia uivos e ranger de dentes — e a Voz gritou Olhai o Sacrifício — pois hoje Jeová e Odin irão assinar a fraternidade do sangue! E então os Sacerdotes caíram sobre as vítimas, ergueram suas facas e mutilaram as vítimas...

Desesperada a srta. Carnaby abandonou seu atormentador, que, a essa altura, espumava pela boca, em fervor sádico.

— Desculpe-me um instante.

Rapidamente procurou Lipscomb, o homem que habitava a Portaria de Colinas Verdes e que, abençoadamente, estava passando naquele momento.

— Será — disse ela — que o senhor encontrou um broche meu? Devo tê-lo deixado cair em algum lugar do gramado.

Lipscomb, um homem totalmente imune à doçura e harmonia do Santuário, apenas rosnou que não vira broche de espécie alguma. Não era seu dever andar procurando coisas. Tentou livrar-se da srta. Carnaby, porém ela o acompanhou, falando sem parar sobre o broche, até ter colocado uma boa distância entre sua pessoa e o fervor do sr. Cole.

Naquele instante o próprio Mestre saiu da Grande Pousada e, encorajada por seu sorriso benigno, a srta. Carnaby ousou dizer-lhe o que estava sentindo.

Será que ele considerava que o sr. Cole fosse completamente... O Mestre pousou a mão sobre seu ombro.

— Deves alijar o Medo — disse ele. — O Amor Perfeito alija o Medo.

— Mas eu acho que o sr. Cole está louco. Aquelas visões que ele tem...

— Até agora — disse o Mestre — ele vê imperfeitamente; através do Espelho de sua própria Natureza Carnal. Porém há de chegar o dia em que ele verá a Espiritualidade — Face a Face.

A srta. Carnaby sentiu-se achatada. É claro que, colocado nesses termos... Porém conseguiu tomar coragem para fazer um protesto menos importante.

— Na verdade — disse ela — será que Lipscomb tem de ser tão abominavelmente grosseiro?

Novamente o Mestre deu-lhe seu Sorriso Celestial.

— Lipscomb — disse — é um cão de guarda fiel. É uma alma rude e primitiva — porém é fiel — totalmente fiel.

E foi-se embora. A srta. Carnaby viu-o encontrar o sr. Cole, pousar-lhe uma mão no ombro. Desejou que a influência do Mestre pudesse alterar o teor de visões futuras.

De qualquer modo, só faltava uma semana para o Festival de Outono.

Na tarde anterior ao Festival a srta. Carnaby encontrou-se com Hercule Poirot em uma pequena casa de chá na sonolenta cidadezinha de Newton Woodbury. A srta. Carnaby estava afogueada e ainda mais ofegante do que de costume. Bebericava seu chá e estraçalhava, ao mesmo tempo, um bolinho com os dedos.

Poirot fez-lhe várias perguntas que ela respondeu com monossílabos.

Finalmente ele indagou: — Quantos estarão presentes ao Festival?

— Creio que cento e vinte. Emmeline estará lá, é claro, e o sr. Cole. Ele realmente tem andado muito esquisito, ultimamente. Tem visões, alguma das quais ele me descreveu — realmente muito esquisitas. Eu só espero que ele não seja louco. E parece que vai haver um grande número de novos adeptos — quase vinte.

— Ótimo. A senhorita já sabe o que deve fazer?

Houve um momento de silêncio antes que a srta. Carnaby dissesse, com voz muito estranha:

— Eu sei o que o senhor me disse, M. Poirot...

— *Très bien!*

E foi então que Amy Carnaby disse, clara e distintamente: — Porém não vou fazê-lo.

Hercule Poirot encarou-a perplexo. A srta. Carnaby levantou-se. Sua voz tornou-se precipitada e histérica.

— O senhor me mandou aqui para espionar o dr. Andersen. O senhor tem toda espécie de suspeita a respeito dele. Porém ele é um homem maravilhoso — um grande Mestre. Acredito nele de todo o coração e não vou continuar a servir de espiã para o senhor, M. Poirot! Sou uma das Ovelhas do Pastor. O Mestre tem uma nova interpretação do Mundo e de agora em diante eu pertenço a ele de corpo e alma. Eu pago o meu próprio chá, muito obrigada!

Nesse ligeiro anticlímax a srta. Carnaby depositou duas moedas na mesa e saiu da casa de chá.

— *Non d'un nom d'un nom* — disse Hercule Poirot.

A garçonete teve de falar com ele duas vezes até que percebesse que ela lhe estava apresentando a conta. Seus olhos encontraram os de um homem mal encarado e interessado, na mesa ao lado, ele pagou a conta, levantou-se e saiu.

Estava pensando como uma fúria.

Novamente as Ovelhas estavam reunidas na Grande Pousada. As Perguntas e Respostas Rituais haviam sido entoadas.

— Estais preparados para o Sacramento?

— *Estamos.*

— Cobri vossos olhos e apresentai vosso braço direito.

O Grande Pastor, magnífico em sua túnica verde, caminhou entre as filas que aguardavam. O sr. Cole, ao lado da srta. Carnaby, gemeu em doloroso êxtase quando a agulha penetrou em sua carne.

O Grande Pastor estava ao lado da srta. Carnaby. Suas mãos tocaram-lhe o braço...

— Não vai fazer isso, não, senhor. Nada disso...

Palavras incríveis — sem precedentes. Um tremor, um uivo de ódio. Lenços verdes foram arrancados de sobre todos os olhos — que viram um espetáculo inacreditável — O Grande Pastor lutando para livrar-se do sr. Cole, com sua capa de pele de carneiro, e mais um outro devoto.

Em tons rápidos e profissionais, o ex-sr. Cole estava dizendo: "... e tenho aqui uma ordem de prisão contra o senhor. Devo avisá-lo de que qualquer coisa que diga poderá ser usada como testemunho contra o senhor em seu julgamento."

Quatro outras figuras apareceram na porta da Pousada — de uniforme azul.

Alguém gritou: "É a polícia. Estão levando o Mestre. Estão levando o Mestre..."

Todos estavam chocados — aterrorizados. Para eles o Grande Pastor era um mártir, sofrendo como sofrem todos os grandes profetas a perseguição que nasce da ignorância do mundo.

Nesse meio tempo o detetive inspetor Cole cuidadosamente recolhia e protegia a seringa hipodérmica que caíra das mãos do Grande Pastor.

— Minha brava colega!

Poirot sacudiu calorosamente a mão da srta. Carnaby e apresentava-a ao inspetor chefe Japp.

— Trabalho de primeira ordem, srta. Carnaby — disse o inspetor chefe Japp. — Não poderíamos ter feito o que fizemos sem a sua ajuda. Disso não tenho a menor dúvida.

— Ora essa! — disse aflitíssima a srta. Carnaby. — Quanta bondade a sua em dizer isso. Mas temo ter de dizer, sabe, que eu me diverti muito. A excitação, sabe, de fazer o meu papel. Houve momentos em que fiquei completamente envolvida, sabe? Realmente me senti exatamente como uma daquelas pobres idiotas.

— E foi nisso que residiu seu sucesso — disse Japp. — A senhorita era autêntica. Só a autenticidade seria capaz de enganar o cavalheiro! Ele é um escroque muito esperto!

A srta. Carnaby voltou-se para Poirot.

— Foi terrível aquele momento na casa de chá. Eu não sabia o que fazer. Tive de improvisar na hora.

— E foi magnífica — disse Poirot, calorosamente. — Por um momento eu pensei que um de nós dois tinha ficado louco. Por uma fração de segundo pensei que estava falando sério.

— Foi um choque tão grande — disse a srta. Carnaby. — Exatamente na hora em que conversávamos tão confidencialmente, vi pelo espelho que Lipscomb, que é o encarregado da Portaria no Santuário, estava sentado bem atrás de mim. Até agora não sei se foi por acaso ou se ele estava me seguindo. Como disse, tive de fazer o que me pareceu melhor, de improviso, confiando que o senhor compreenderia.

Poirot sorriu. — Eu compreendi. Só havia uma pessoa sentada suficientemente perto de nós para poder ouvir nossa conversa e assim que ele saiu da casa de chá tomei providências para que fosse seguido. Quando ele se dirigiu direto para o Santuário eu compreendi que podia confiar na senhorita e que jamais me falharia — porém fiquei com medo porque a senhorita passou a correr um perigo maior.

— Havia... realmente havia perigo? O que havia na seringa?

Os trabalhos de Hércules

235

Japp disse: — Você explica, ou eu?

Poirot, gravemente, disse: — Mademoiselle, esse dr. Andersen tinha concebido um esquema perfeito de exploração e assassinato — assassinato científico. Sob outro nome ele tem um laboratório químico em Sheffield. Lá ele faz culturas de vários bacilos. Era seu hábito, nos Festivais, injetar em seus adeptos uma quantidade pequena porém suficiente de *Cannabis indica* — também conhecida como maconha — que provoca delírios de grandeza e sensação de prazer. Tais as Alegrias Espirituais que ele prometia.

— Muito estranha — disse a srta. Carnaby. — Realmente uma sensação muito estranha.

Hercule Poirot acenou com a cabeça. — Seus instrumentos principais eram: sua personalidade forte, o poder que tinha para provocar a histeria em massa e as reações produzidas pela droga. Porém ele tinha um segundo objetivo em mente.

Mulheres solitárias, em sua gratidão e fervor, faziam testamentos deixando seu dinheiro para o Culto. Uma a uma, essas mulheres morriam. Morriam em seus próprios lares, e aparentemente, de causas naturais.

Sem entrar em muitos detalhes técnicos, vou explicar-lhe. É possível fazer culturas concentradas de determinadas bactérias. O *bacillus coli-communis,* por exemplo, causa a colite ulcerativa. Bacilos de tifo podem ser introduzidos no organismo. E existe também o que é chamado de tuberculina, que é totalmente inócuo na pessoa saudável, porém reativa qualquer antiga lesão tuberculosa. Percebe o quanto o homem era esperto? Essas mortes ocorriam em pontos diversos do país, sob os cuidados de médicos variados e sem qualquer risco de provocar suspeitas. Ele havia também, segundo soube, desenvolvido uma substância que tinha o poder de adiar — e ao mesmo tempo intensificar — a ação dos bacilos que escolhia.

— Isso é que eu chamo de diabo — comentou o inspetor Japp.

Poirot continuou: — Seguindo minhas ordens, a senhorita lhe disse que estivera tuberculosa. Havia a tuberculina adequada na seringa, quando Cole o prendeu. Já que a senhorita é saudável, a substância não lhe faria mal algum, que é a razão pela qual pedi que mencionasse particularmente a tuberculose. Eu estava com medo de que, mesmo agora, ele *pudesse* escolher algum outro bacilo, porém respeitei sua coragem e permiti que se arriscasse.

— Ora, não faz mal — disse a srta. Carnaby, alegremente. — Eu não me importo de correr riscos. Só tenho medo de touros soltos no pasto e coisas desse gênero. Mas o senhor tem provas suficientes para conseguir a condenação desse indivíduo tão cruel?

Japp sorriu. — Mais do que o necessário — disse ele. — Temos o laboratório e as culturas e tudo o mais.

Poirot disse: — É possível, creio eu, que ele tenha cometido toda uma série de assassinatos. E devo acrescentar que não foi pelo fato de sua mãe ser judia que o demitiram da universidade na Alemanha. Ele apenas aproveitou o fato para conseguir um tipo de relato que conquistaria a simpatia de todos quando veio para cá. Na verdade é ariano puro.

A srta. Carnaby suspirou.

— *Qu 'est-ce qu 'il y a?* — perguntou Poirot.

— Estava pensando — disse a srta. Carnaby — no sonho maravilhoso que tive no primeiro Festival — deve ter sido a maconha. Eu organizei tão bem o mundo inteiro! Não havia guerras, nem doenças, nem feiura... nem crime...

— Deve ter sido um sonho lindo — disse Japp, com inveja.

A srta. Carnaby levantou-se de um salto.

E disse: — Preciso ir para casa. Emily tem andado tão preocupada, e Augustus sente muita falta de mim, segundo ela me disse.

— Vai ver — disse Poirot sorrindo — que, como ele, alguém ia dizer à senhorita "Agora morra para Poirot"!

As Maçãs das Hespérides

HERCULE POIROT OLHOU PENSATIVAMENTE para o rosto do homem sentado atrás da grande escrivaninha de mogno. Notou a fronte generosa, a boca mesquinha, a linha do queixo rapace e os olhos penetrantes e visionários. Compreendeu, ao olhá-lo, a razão por que Emery Power tornara-se a potência econômica que era.

E quando seus olhos caíram nas mãos longas e delicadas, de forma excepcionalmente elegante, pousadas sobre a mesa, compreendeu, também, a razão pela qual Emery Power se tornara conhecido como colecionador. Era famoso dos dois lados do Atlântico como *expert* em obras de arte. Sua paixão pelo artístico corria, *pari passu,* com paixão equivalente pelo histórico. Não lhe bastava que um objeto fosse belo — exigia também que tivesse tradição.

Emery Power estava falando. Sua voz era tranquila — uma voz pequena e distinta que resultava mais eficaz do que qualquer volume.

— O senhor, hoje em dia, eu sei, não aceita muitos casos. Porém creio que aceitará este.

— Quer dizer, então, que se trata de algo de grande importância?

Emery Power disse: — Para mim, é.

Poirot permaneceu em atitude indagadora, a cabeça ligeiramente inclinada para um lado. Parecia um passarinho meditativo.

O outro continuou.

— Trata-se da recuperação de uma obra de arte. Para ser preciso, de um cálice de ouro lavrado, que data da Renascença. Diz-se que era o cálice usado pelo Papa Alexandre VI — Roderigo Bórgia. Por vezes ele o oferecia a algum hóspede privilegiado, para beber. Geralmente, M. Poirot, tal hóspede morria.

— Uma história encantadora — murmurou Poirot.

— Sua carreira sempre esteve ligada à violência. Já foi roubado mais de uma vez. Sua posse já valeu assassinatos. Uma trilha de sangue o tem acompanhado através dos tempos.

— Em função de seu valor intrínseco ou por outras razões?

— Seu valor intrínseco sem dúvida é considerável. O trabalho é requintado (já tem sido atribuído a Benvenuto Cellini). O desenho representa uma árvore em torno da qual uma serpente de pedras preciosas está enrolada, enquanto que as maçãs da árvore são formadas por belas esmeraldas.

Poirot murmurou, com aparente intensificação de interesse:

— Maçãs?

— As esmeraldas são particularmente puras, bem como os rubis da serpente, porém obviamente o valor real do cálice vem de suas ligações históricas. Ele foi posto à venda há dez anos pelo Marchese di San Veratrino. Vários colecionadores rivalizaram-se em ofertas e eu finalmente consegui adquiri-lo por uma soma equivalente (segundo o câmbio da época) a trinta mil libras esterlinas.

Poirot ergueu as sobrancelhas.

Murmurou: — Uma soma régia! O Marchese di San Veratrino teve sorte.

Emery Power disse: — Quando realmente desejo alguma coisa, estou pronto a pagar por ela, M. Poirot.

Hercule Poirot disse, quase sussurrando: — Sem dúvida já ouvi o provérbio espanhol que diz "Tome o que quiser — e pagará pelo que quiser, diz Deus".

Por um momento o financista franziu a testa — um rápido brilho de ira apareceu em seus olhos.

Ele disse, friamente: — O senhor é um tanto filósofo, M. Poirot.

Os trabalhos de Hércules

— Já atingi a idade da reflexão, Monsieur.

— Sem dúvida. Porém não é a reflexão que poderá reconquistar meu cálice.

— Acredita que não?

— Imagino que haverá necessidade de ação.

Hercule Poirot concordou, placidamente. — Muita gente incorre no mesmo erro. Porém rogo que me desculpe, sr. Power, pela digressão do assunto em pauta. Dizia que comprou o cálice do Marchese di San Veratrino?

— Exatamente. O que tenho a dizer-lhe agora é que ele foi roubado antes de efetivamente chegar às minhas mãos.

— O que aconteceu, de fato?

— O palácio do Marchese foi assaltado na noite da venda e oito ou dez peças de valor considerável foram roubadas, inclusive o cálice.

— E o que foi feito?

Power deu de ombros. — A polícia, naturalmente, assumiu o caso. O assalto foi considerado obra de uma quadrilha internacional de ladrões. Dois deles, um francês chamado Dublay e um italiano chamado Riccovetti, foram apanhados e julgados — algumas das peças roubadas foram encontradas com eles.

— Mas não o cálice Bórgia?

— Mas não o cálice Bórgia. Na opinião da polícia, segundo as pistas que encontraram, havia três homens efetivamente envolvidos no assalto — os dois que acabo de mencionar e um irlandês chamado Patrick Casey. Este último era especialista em ingresso por telhados. Dizem que foi ele, na verdade, quem roubou os objetos. Dublay era o cérebro do grupo e planejava os golpes; Riccovetti guiava o carro e esperava embaixo enquanto os objetos iam sendo baixados até ele.

— E o produto do roubo? Era dividido em três partes?

— Possivelmente. Por outro lado, os objetos recuperados eram os de menor valor. Parece possível que as peças mais notáveis e espetaculares tenham sido contrabandeadas para fora do país.

240   Agatha Christie

— E o terceiro homem, Casey? Nunca foi levado à justiça?

— Não no sentido em que fala. Não era muito moço. Seus músculos já não tinham a agilidade de antes. Duas semanas mais tarde ele caiu do quinto andar de um edifício e teve morte instantânea.

— Onde se deu isso?

— Em Paris. Estava tentando roubar a casa de Duvauglier, o banqueiro e milionário.

— E o cálice não foi encontrado, desde então?

— Exatamente.

— Nunca apareceu à venda?

—Tenho a certeza de que não. Devo dizer que não só a polícia como também investigadores particulares têm estado à sua procura.

— E quanto ao dinheiro que o senhor havia pago?

— O Marchese, um homem de rígidos princípios, ofereceu-se para devolvê-lo, já que o cálice havia sido roubado em sua casa.

— Porém o senhor não aceitou?

— Não.

— E por que não?

— Digamos que preferi... reter a questão em minhas próprias mãos.

— Quer dizer que, se tivesse aceito a oferta do Marchese, o cálice, se recuperado, seria propriedade dele, enquanto que agora ele é legalmente seu?

— Exatamente.

Poirot perguntou: — E o que havia por trás dessa sua atitude?

Emery Power disse, com um sorriso: — O senhor reparou nesse ponto, como vejo. Bem, M. Poirot, é muito simples. Julguei saber quem estava, efetivamente, na posse do cálice.

— Muito interessante. E quem seria?

— Sir Reuben Rosenthal. Ele não é somente um grande colecionador, era também, àquela época, meu inimigo pessoal. Tínhamos sido rivais em questões de negócios e, de modo geral, eu me saíra melhor. Nossa animosidade culminou com a rivalidade pelo

Os trabalhos de Hércules

cálice Bórgia. Cada um de nós dois estava resolvido a possuí-lo. Era mais ou menos uma questão de honra. Nossos representantes oficiais lançaram um contra o outro, na ocasião da venda.

— E o lance final de seu representante resolveu a compra?

— Não exatamente. Eu tomei a precaução de ter um segundo agente — ostensivamente representando um antiquário parisiense. Nenhum de nós, compreenda, estaria pronto a ceder ante o outro, porém permitir que um terceiro comprador o adquirisse, com a possibilidade de uma negociação discreta com esse terceiro comprador, posteriormente — isso já era outra coisa.

— Na verdade, *une petite déception.*

— Exatamente.

— Que teve bons resultados... e logo após Sir Reuben descobriu que havia sido vítima de um truque?

Power sorriu.

Era um sorriso revelador.

Poirot disse: — Estou percebendo a situação. Acreditou que Sir Reuben, resolvido a não ser derrotado, encomendou deliberadamente o roubo?

Emery Power levantou a mão.

— Oh, não, não! Nada tão grosseiro quanto isso. Seria antes assim: pouco tempo depois, Sir Reuben compraria um cálice renascentista de origem desconhecida.

— A descrição não seria circulada pela polícia?

— O cálice não seria jamais posto à vista de ninguém.

— Acredita que seria suficiente para Sir Reuben *saber* que o possuía?

— Sim. E além do mais, se eu houvesse aceitado a oferta do Marchese, teria sido possível a Sir Reuben concluir posteriormente algum acordo com ele, o que permitiria que o cálice passasse à sua posse legal.

Ele parou um momento, depois disse:

— Retendo a posse legal, sempre me restaria a possibilidade de recobrar o que me pertence.

242   Agatha Christie

— Quer dizer — disse rudemente Hercule Poirot — que poderia providenciar para que ele fosse roubado de Sir Reuben?

— Não roubado, M. Poirot. Eu estaria apenas recuperando o que é de minha propriedade.

— Porém deduzo que não teve sucesso?

— Pela mais simples das razões. Rosenthal jamais esteve na posse do cálice.

— Como sabe?

— Recentemente houve uma fusão na área do petróleo. Os interesses de Rosenthal e os meus, agora, coincidem. Somos aliados e não inimigos. Falei-lhe abertamente sobre o assunto e ele imediatamente garantiu-me que o cálice jamais estivera em sua posse.

— E acreditou nele?

— Acreditei.

Poirot ticou pensativo e disse: — Quer dizer que, durante dez anos, o senhor ficou, como dizem neste país, latindo junto à árvore errada?

O financista disse, amargamente: — Sim, é exatamente o que tenho feito!

— E agora... tem de recomeçar, da estaca zero?

O outro concordou.

— E é aí, então, que eu entro? Sou o cão que deseja que siga uma pista fria; ou, melhor dizendo, gelada.

Emery Power disse, secamente: — Se fosse uma questão fácil não teria sido necessário que eu o mandasse chamar. É claro que, se acha impossível...

O homem tinha encontrado a palavra mágica.

Hercule Poirot empertigou-se e disse friamente: — Não conheço a palavra impossível, Monsieur! Pergunto-me apenas: será esse assunto suficientemente interessante para que eu o aceite?

Emery Power sorriu novamente.

— Um interesse ele apresenta — disse. — O senhor poderá determinar o seu preço.

O homenzinho olhou para o grande homem.

Os trabalhos de Hércules 243

Suavemente, ele disse: — Deseja então a tal ponto essa obra de arte?

Emery Power respondeu: — Digamos que, como o senhor, não consigo aceitar a derrota.

Hercule Poirot inclinou a cabeça.

— Sim... posto nesses termos, compreendo.

O inspetor Wagstaffe ficou interessado.

— O cálice Veratrino? Sim, lembro-me do caso. Era eu o encarregado, do lado de cá. Falo um pouco de italiano, sabe, então fui lá e conversei um pouco com os Macaronis. Nunca mais apareceu. É uma coisa muito engraçada.

— Qual seria a explicação? Uma venda em segredo?

Wagstaffe sacudiu a cabeça.

— Duvido. Claro que é remotamente possível... não; minha explicação é bem mais simples. Foi escondido — e o único homem que sabia onde estava morreu.

— Quer dizer Casey?

— É. Ele pode tê-lo escondido em algum lugar na Itália, ou talvez tenha conseguido contrabandeá-lo para fora do país. Porém *ele* o escondeu e, seja onde foi que o fez, o cálice ainda está lá.

Hercule Poirot suspirou. — É uma teoria romântica. Pérolas escondidas em contas de gesso — como é aquela estória? — O Busto de Napoleão, não é? Porém neste caso não se trata de joias e, sim, de um cálice grande, de ouro maciço. Não parece muito fácil de se esconder.

Wagstaffe disse, vagamente: — Ora, não sei. É possível. Debaixo do assoalho, coisas assim.

— Casey tinha casa própria?

— Tinha; em Liverpool. — Sorriu. — Mas não estava debaixo daquele assoalho. Disso temos certeza.

— E a família dele?

— A mulher era uma boa pessoa... tuberculosa. Morria de aflição com a vida que o marido levava. Muito religiosa — cató-

244   Agatha Christie

lica — mas não conseguia se resolver a abandoná-lo. Morreu há uns dois anos. A filha saiu a ela — é freira. O filho era diferente: saiu ao pai. A última vez que soube dele estava na cadeia nos Estados Unidos.

Hercule Poirot escreveu em seu caderninho. *Estados Unidos.*

Perguntou: — Acha possível que o filho de Casey soubesse onde era o esconderijo?

— Acho que não. Já estaria nas mãos de receptadores, a esta altura.

— O cálice poderia ter sido derretido.

— Claro. É possível. Mas não sei... seu extraordinário valor para os colecionadores... e muita coisa esquisita se passa, nesse meio de colecionadores: você ficaria surpreso! Às vezes — comentou o virtuoso Wagstaffe — tenho a impressão de que eles são absolutamente amorais.

— Ah! Você ficaria surpreendido, então, se Sir Reuben Rosenthal, por exemplo, entrasse em uma dessas transações que você chama de esquisitas?

Wagstaffe sorriu: — Não duvido, não. Consta que ele é totalmente inescrupuloso, quando se trata de obras de arte.

— Que tal os outros membros da quadrilha?

— Riccovetti e Dublay pegaram sentenças pesadas. Acho que devem estar para sair agora.

— Dublay é francês, não é?

— É. Era o cérebro da organização.

— Mas não havia outros membros?

— Havia uma moça: chamavam-na de Red Kate. Empregava-se como criada de quarto e descobria a muamba — quer dizer, onde se guardavam as joias ou o que seja. Acho que se mandou para a Austrália, quando o grupo foi desbaratado.

— Alguém mais?

— Um sujeito chamado Yougouian andou sendo suspeito no caso. É antiquário. Sede em Istambul, mas tem uma loja em Paris. Não se provou nada contra ele — mas é um tanto escorregadio.

Poirot suspirou. Olhou para o seu caderninho. Nele estava escrito:

Estados Unidos, Austrália, Itália, França, Turquia.

Ele murmurou: — Terei de fechar um círculo em torno do mundo...

— Perdão? — disse o inspetor Wagstaffe.

— Estive observando — disse Hercule Poirot — que uma circulada pelo mundo parece que será indispensável.

Era hábito de Hercule Poirot debater seus casos com seu excelente criado de quarto, Georges. Isto é, Hercule Poirot deixava escapar certas observações às quais Georges respondia com a sabedoria mundana que adquirira durante toda uma vida de intimidade com os mais refinados cavalheiros.

— Georges, se você estivesse na situação — disse Poirot — de ter de conduzir investigações em cinco partes diferentes do globo, o que faria?

— Bem, senhor, as viagens aéreas são muito rápidas, embora digam alguns que perturbam o estômago. Não posso falar de experiência pessoal.

— Perguntou-me — disse Hercule Poirot — o que Hércules teria feito?

— Está falando do ciclista, senhor?

— Ou melhor — continuou Poirot — o que fez ele, com efeito? E a resposta, Georges, é que ele viajou freneticamente. Porém no final foi forçado a obter informações — dizem uns, de Nereu, outros de Prometeu.

— Verdade, senhor? — disse Georges. — Não conheço nenhum desses dois cavalheiros. Lidam com agências de viagens, senhor?

Hercule Poirot, gostando do som de sua própria voz, continuou:

— Meu cliente, Emery Power, só compreende uma coisa — ação! Porém é inútil despender-se energia em ação desnecessária.

246 — Agatha Christie

Eis uma regra de ouro para a vida, Georges; nunca faça o que os outros podem fazer por você.

— Especialmente — acrescentou, erguendo-se e indo até a estante — quando se pode gastar o que se quiser!

Tirando um livro da estante ele abriu-o na letra D e procurou o item *Detetives, Agências de Confiança*.

— O moderno Prometeu — murmurou ele. — Tenha a bondade, Georges, de anotar para mim certos nomes e endereços. Srs. Hankerton, New York. Srs. Laden & Bosher, Sidney. Signor Giovanni Mezzi, Roma. M. Nahum, Istambul. Messrs. Roget et Fragonard, Paris.

Ele esperou que Georges terminasse, depois disse:

— E agora faça-me a fineza de fazer reservas no trem para Liverpool.

— Sim, senhor. O senhor pretende ir a Liverpool, meu senhor?

— Temo que sim. É possível, Georges, que vá até mais longe. Porém ainda não.

Foi três meses mais tarde que Hercule Poirot parou junto a uma ponta rochosa e observou o Oceano Atlântico. Gaivotas subiam e tornavam a mergulhar, soltando longos gritos melancólicos. O ar estava suave e úmido.

Hercule Poirot teve a sensação, nada incomum àqueles que aportam a Inishgowlan pela primeira vez, que chegara ao fim do mundo. Jamais em sua vida vira nada tão remoto, desolado, abandonado. Era belo, com uma beleza melancólica, fantasmagórica, a beleza de um passado remoto e inacreditável. Aqui, no oeste da Irlanda, os romanos jamais haviam feito marchar suas legiões, jamais haviam erguido seus acampamentos, jamais haviam construído alguma estrada boa e sensata. Era uma terra na qual o bom senso e um modo de vida organizado eram desconhecidos.

Hercule Poirot olhou para a ponta de seus sapatos de verniz e suspirou. Seu tipo de critério de vida não era apreciado naquela região.

Os trabalhos de Hércules

Seus olhos passeavam, subindo e descendo, pela desolada linha da costa, depois voltavam-se de novo para o mar. Em algum ponto, lá fora, segundo a tradição, estava a Ilha dos Abençoados, a Terra da Juventude.

Ele murmurou: *A Macieira, o Canto e o Ouro...*

E repentinamente Hercule Poirot voltou a si — o encanto quebrou-se e novamente ele entrou em harmonia com seus sapatos de verniz e seu caprichadíssimo terno cinza-escuro.

Não muito longe de onde estava, ouviu o dobrar de um sino. E compreendeu-o. Era um som que fora muito familiar à sua primeira juventude.

Começou a andar rapidamente pelo penhasco. Em dez minutos, mais ou menos, a edificação do topo já estava à vista. Era cercada por um alto muro e seu grande portão de madeira era reforçado com cravos e embutido na muralha. Hercule Poirot chegou até o portão e bateu. Havia uma imensa aldraba. Depois, cautelosamente, puxou uma corrente enferrujada e um badalo estridente tintilou do lado de dentro.

Um pequeno painel no portão foi afastado e revelou um rosto. Era um rosto desconfiado, emoldurado em branco engomado. Havia um bigode claramente perceptível no lábio superior, porém a voz era de mulher, a voz daquilo a que Hercule Poirot denominava *une femme formidable*.

E a voz perguntou o que ele desejava.

— Este é o Convento de Sta. Maria de Todos Os Anjos?

A assustadora mulher disse, asperamente: — E se for?

Hercule Poirot não pretendeu responder tal pergunta, mas disse ao dragão:

— Eu gostaria de ver a madre superiora.

O dragão estava relutante, porém finalmente cedeu. Trancas foram removidas, o portão se abriu e Hercule Poirot foi conduzido a um pequeno e austero cômodo, no qual eram recebidos os que visitavam o convento.

Daí a pouco uma freira deslizou até ele, com o rosário pendurado na cintura.

Hercule Poirot era católico de nascimento. Compreendia a atmosfera na qual se encontrava.

— Peço perdão por vir perturbá-la, *ma mère* — disse ele —, porém creio que tem aqui uma *religieuse* que, no mundo, era Kate Casey.

A madre superiora inclinou a cabeça.

Disse: — É exato. Na religião, irmã Maria Úrsula.

Hercule Poirot explicou: — Há um certo erro que precisa ser corrigido. Creio que a irmã Maria Úrsula poderia ajudar-me. Ela tem informações inestimáveis.

A madre superiora sacudiu a cabeça. Seu rosto era plácido, sua voz calma e distante. Disse:

— A irmã Maria Úrsula não poderá ajudá-lo.

— Porém eu lhe garanto...

Ele parou, porque a madre superiora dizia:

— A irmã Maria Úrsula morreu há dois meses.

No bar do hotel de Jimmy Donovan, Hercule Poirot estava inconfortavelmente sentado de encontro à parede. O hotel não correspondia às suas noções do que deveria ser um hotel. Sua cama estava quebrada — do mesmo modo que os vidros de sua janela, o que permitia a entrada do ar da noite, do qual Hercule Poirot tanto desconfiava. A água quente que lhe havia sido levada estava morna e a refeição que comera estava produzindo sensações curiosas e dolorosas em seu interior.

Havia cinco homens no bar e todos eles falavam de política. Hercule Poirot não conseguia compreender a maior parte do que diziam, o que pouco lhe importava.

Dentro em breve um dos homens veio sentar-se a seu lado. Era um homem de classe ligeiramente diferente da dos outros. Havia qualquer coisa nele que cheirava a fracasso na vida urbana.

Com imensa dignidade, ele disse: — Estou lhe dizendo, senhor. Estou lhe dizendo: Pegeen's Pride não tem a menor chance, a menor... na certa vai chegar na rabada — bem na rabada, mesmo.

Os trabalhos de Hércules

249

Aceite o meu palpite... todos deviam seguir meus palpites. O shenhor shabe quem shou, shabe? Atlash — Atlash, do S-sh-un, de Dublin... Dishtribuí palpitesh o ano todo... Shó ganhadoresh... Lembra de Larry'sh Girl? Vinte e chinco pra um... vinte e chinco pra um! Shiga os conshelhos de Atlash, shiga o Atlash, que tudo shairá cherto.

Hercule Poirot olhou-o com estranha reverência e, quando falou, sua voz tremia:

— Atlas! *Mon Dieu,* é um agouro!

Algumas horas mais tarde. A lua aparecia de tempos em tempos, espiando, como uma *coquette,* por detrás das nuvens. Poirot e seu novo amigo haviam caminhado algumas milhas. Ocorreu-lhe repentinamente que poderia haver, afinal, outro tipo de sapatos — mais adequados às caminhadas campestres. Na verdade, Georges chegara a fazer tal sugestão. "Um bom par de botinas" era o que Georges havia dito.

Hercule Poirot não gostara da ideia. Gostava que seus pés parecessem limpos e bem calçados. Porém, agora, atravessando a pé aqueles caminhos pedregosos, compreendeu que havia lugar no mundo para outro tipo de sapatos...

Seu companheiro disse, repentinamente: — Sherá que o padre não ia querer me pegar por issho? Não quero pecadosh mortaish na conshiênchia...

Hercule Poirot respondeu: — Estará apenas devolvendo a César o que é de César.

Tinham chegado ao muro do convento. Atlas preparou-se para executar sua parte do trabalho.

Um tremendo gemido saiu dele e ele exclamou, em tom baixo e pungente, que estava em pedaços!

Hercule Poirot falou com autoridade.

— Fique quieto. Não é o peso do globo que terá de sustentar — apenas o peso de Hercule Poirot.

250   Agatha Christie

Atlas estava revirando, nas mãos, duas notas de cinco libras, novinhas em folha.

Esperançosamente, ele disse: — Pode sher que, de manhã, eu não lembro como ganhei issho. Shó não quero o Padre O'Reilly atrásh de mim.

— Esqueça-se de tudo, meu amigo. Amanhã o mundo será seu.

Atlas resmungou: — Em quem sherá que ponho issho? Tem tanto cavalinho bom! E na Sheila Boyne shão shete para um!

Fez uma pausa.

— Foi engano meu ou o senhor falou de um deush pagão ainda agora? O shenhor falou Hérculesh, e raiosh me partam she não tem um Hérculesh no páreo das trêshemeia, amanhã.

— Meu amigo — disse Hercule Poirot —, aposte neste cavalo. Garanto-lhe que Hércules não falhará.

E é sem dúvida verdade que, no dia seguinte, o Hércules do sr. Rosslyn, muito inesperadamente, venceu o Grande Prêmio de Bonyan, pagando 60 por 1.

Agilmente Poirot desembrulhou seu pacote. Primeiro o papel pardo, depois o algodão em rama, finalmente o papel fino.

Sobre a escrivaninha de Emery Power ele colocou o reluzente cálice de ouro. Cinzelado nele havia uma árvore carregada de maçãs de esmeraldas.

O financista deu um profundo suspiro e disse: — Meus parabéns, M. Poirot.

Hercule Poirot curvou-se, agradecendo.

Emery Power estendeu a mão. Tocou a beira do cálice, correndo o dedo em torno dela.

Com voz embargada, disse: — É minha!

Hercule Poirot concordou: — É sua!

O outro suspirou e recostou-se em sua cadeira.

Em tom objetivo, de homem de negócios, perguntou: — Onde o achou?

— Em um altar — respondeu Poirot.

Os trabalhos de Hércules 251

Emery Power ficou espantado.

Poirot continuou: — A filha de Casey era freira. Estava a ponto de fazer seus votos perpétuos quando o pai morreu. Era uma moça devota porém ignorante. O cálice estava escondido na casa de seu pai em Liverpool. Ela o levou para o convento, creio eu, para pagar, um pouco, pelos pecados do pai. Ela o doou para que fosse usado para a glória de Deus. Não creio que nenhuma das freiras jamais tenha compreendido o seu valor. Aceitaram-no, provavelmente, julgando que fosse da família. A seus olhos, era um cálice, e deveria ser usado como tal.

Emery Power exclamou: — Mas que estória extraordinária! E acrescentou: — O que o fez ir até lá?

Poirot deu de ombros.

— Possivelmente, um processo de eliminação. E, além do mais, havia o fato absolutamente extraordinário de ninguém jamais ter tentado vender o cálice. Isso podia sugerir, compreende, que o cálice estivesse em algum lugar onde os valores materiais corriqueiros não vigorassem. Lembrei-me de que a filha de Patrick Casey era freira.

Power disse, com entusiasmo: — Bem, como disse antes, apresento-lhe os meus parabéns. Diga-me quais são os seus honorários e eu prepararei seu cheque.

Hercule Poirot disse: — Não há honorários.

O outro encarou-o estarrecido.

— O que quer dizer com isso?

— Quando era pequeno, leu contos de fadas? Neles, o Rei dizia "Peça o que quiser!"

— Então vai pedir-me alguma coisa?

— Sim; porém não dinheiro. Apenas um pedido.

— Então o que é? Palpites para a Bolsa?

— Isso, de certa forma, seria dinheiro. Não, o que peço é bem mais simples do que isso.

— O que é?

Hercule Poirot pousou sua mão sobre o cálice.

252   Agatha Christie

— Mande isto de volta para o convento.

Houve uma pausa. Depois, Emery Power disse:

— O senhor está completamente louco?

Hercule Poirot sacudiu a cabeça.

— Não, não estou louco. Vou mostrar-lhe uma coisa.

Pegou o cálice. Com a unha, fez pressão sobre a boca aberta da serpente que estava enrolada na árvore. No interior do cálice um pedacinho mínimo de ouro cinzelado deslizou para um lado, deixando aberta uma comunicação com a alça oca.

Poirot disse: — Viu? Este era o cálice do Papa Bórgia. Por esse orifício o veneno passava para a bebida. O senhor mesmo já disse que a história do cálice é má. Violência e sangue e paixões violentas têm acompanhado sua posse. É possível que, por sua vez, algum mal lhe advenha.

— Superstição!

— É possível. Mas por que razão o senhor estava tão ansioso para possuir este objeto? Não por sua beleza. Não por seu valor. Mas o senhor tem centenas — talvez milhares — de objetos raros e belos. Desejava-o apenas por uma questão de orgulho. Estava resolvido a não ser derrotado. *Eh bien,* o senhor não foi derrotado. Ganhou! O cálice está na sua posse. Porém, agora, por que não fazer um gesto — um gesto supremo? Mande-o de volta para o lugar onde ficou, em paz, durante quase dez anos. Que o mal seja purificado lá. Outrora ele pertenceu à Igreja — que ele retorne à Igreja. Que novamente ele repouse sobre um altar, purificado e absolvido, assim como nós desejamos que também as almas dos homens sejam purificadas e absolvidas.

Ele inclinou-se para a frente.

— Deixe-me que lhe descreva o local onde o encontrei — o Jardim do Éden, debruçado sobre o mar Ocidental que vai para o esquecido Paraíso da Juventude e da Beleza Eterna.

Ele continuou a falar, descrevendo em palavras simples o encanto do isolamento de Inishgowlan.

Emery Power recostou-se, cobrindo os olhos com uma das mãos.

Afinal, murmurou: — Eu nasci na costa ocidental da Irlanda. Ainda menino, saí de lá para ir para a América.

Delicadamente, Poirot concordou: — Assim ouvi dizer.

O financista sentou-se ereto. Seus olhos novamente tornaram-se penetrantes. E disse, com um ligeiro sorriso nos lábios:

— O senhor é um homem estranho, M. Poirot. Terá seu desejo. Leve o cálice ao convento como um presente, em meu nome. Um presente bastante caro. Trinta mil libras — e o que terei em troca?

— As freiras dirão missas por sua alma.

O sorriso do homem rico ampliou-se — um sorriso faminto e rapace.

— Quer dizer — disse — que, afinal, estarei fazendo um investimento! Talvez o melhor de toda a minha vida!

No pequeno parlatório do convento, Hercule Poirot contou sua história e devolveu o cálice à madre superiora.

Ela murmurou: — Diga a ele que agradecemos e que rezaremos por sua alma.

Com delicadeza, Poirot retrucou: — Ele precisa de suas orações.

— Então ele é um homem infeliz?

— Tão infeliz — disse Poirot — que já esqueceu o que é a felicidade. Tão infeliz que nem sabe que o é.

Suavemente, a freira disse: — Ah, um homem rico...

Poirot não disse nada. Sabia que não havia nada para dizer.

As Profundezas do Inferno

HERCULE POIROT, SACUDIDO DE UM LADO PARA O OUTRO no metrô, atirado ora contra um corpo, ora contra outro, refletiu que havia gente demais no mundo! Por certo, havia gente demais no metrô de Londres naquele exato momento (6h30 da tarde). Calor, ruído, aperto, proximidade — a desagradável pressão de mãos, braços, corpos, ombros! Cercado e apertado por estranhos — e, o que é pior, de modo geral, um bando feio e desinteressante de estranhos! A humanidade vista assim, *en masse,* não era atraente. Como era raro ver-se um rosto brilhando de inteligência, como era rara uma *femme bien mise!* E que paixão era essa que atacava as mulheres, levando-as a tricotar nos locais mais inconvenientes? Nenhuma mulher se apresentava em seu melhor aspecto ao tricotar; a absorção, os olhos vidrados, os dedos implacavelmente agitados! Era necessário ter a agilidade de um gato selvagem e a força de vontade de um Napoleão para conseguir tricotar em um metrô apinhado, porém as mulheres o conseguiam! Mal conseguiam um lugar para sentar, aparecia um miserável novelinho rosa-camarão e começava o tlique-tlique das agulhas!

Nenhum repouso, pensava Poirot, nenhuma graça feminina! Sua alma velhota revoltava-se contra as pressões e a pressa do mundo moderno. Todas essas jovens que o circundavam — tão parecidas, tão privadas de encantos, tão sem aquela feminilidade rica que é tão atraente! Ele exigia um apelo mais espetacular. Ah!, ver *uma femme du monde, chic,* compreensiva, *spirituelle* — uma mulher de curvas amplas, uma mulher ridícula e extravagantemente vestida! Outrora tais mulheres existiam. Porém agora... agora...

Os trabalhos de Hércules

O trem parou em uma estação: gente precipitou-se para fora, empurrando Poirot de encontro as pontas de um par de agulhas de tricô; gente precipitou-se para dentro, espremendo-o ainda mais na proximidade de sardinha em lata que já era obrigado a ter com os outros passageiros. O trem tornou a partir, com um solavanco, e Poirot foi atirado de encontro a uma senhora volumosa coberta de embrulhos de equilíbrio precário. Ele disse *"Pardon"* e foi novamente atirado de encontro a um homem alto e anguloso cuja pasta atingiu-o na base da espinha. Novamente ele disse *"Pardon!"*. Sentiu seus bigodes começarem a cair nos cantos, desmanchando seus caracóis. *Quel enfer!* Felizmente, sua parada era a próxima.

Aparentemente, ela era também a estação de cerca de cento e cinquenta pessoas, já que se tratava de Picadilly Circus. Como um maremoto, elas lançaram-se sobre a plataforma. Dentro em pouco, Poirot estava novamente esmigalhado, na escada rolante, sendo arrastado para a superfície terrestre, ao alto.

Saído, pensou Poirot, das Profundezas do Inferno... Com que requintes de dor uma valise era capaz de atingir a parte posterior dos joelhos de um infeliz numa escada rolante que subia!

Nesse instante, alguém gritou seu nome. Surpreendido, levantou os olhos. Na escada rolante oposta, a que descia, seus olhos descrentes viram uma visão do passado. Uma mulher de formas cheias e esplendorosas; seus bastos cabelos, pintados de vermelho, eram coroados de um pequeno chapéu de palha, ao qual estava atado um verdadeiro batalhão de pequenos pássaros emplumados. Peles de aspecto exótico caíam em cascata de seus ombros.

Sua boca rubra escancarou-se, sua rica voz de sotaque estrangeiro ecoou sonoramente. Tinha bons pulmões.

— É *mesmo!* — gritou ela. — É mesmo! *Mon cher Hercule Poirot!* Temos de nos encontrar de novo! Eu insisto!

Porém nem mesmo o Destino é mais inexorável do que o comportamento de duas escadas rolantes movendo-se em direções opostas. Firme e implacavelmente. Hercule Poirot foi carregado para cima e a condessa Vera Rossakoff foi carregada para baixo.

Retorcendo-se para o lado, debruçando-se sobre o corrimão, Poirot gritou, desesperadamente:

— *Chère Madame:* onde poderei encontrá-la?

Sua resposta chegou-lhe, fraca, das profundezas. E foi inesperada, embora, no momento, parecesse até muito adequada.

— *No inferno!*

Hercule Poirot piscou. Piscou de novo. Repentinamente, sentiu que se desequilibrava. Sem o perceber, havia chegado ao alto — e não pisara com o cuidado necessário. A multidão a seu redor espalhou-se. Um pouco para um lado, nova multidão acotovelava-se na direção da descida. Deveria ele juntar-se a ela? Seria esse o sentido do que dissera a condessa? Sem dúvida, viajar nas entranhas do mundo *era* um inferno. Se tal fosse o sentido da condessa, não poderia estar mais de acordo.

Resolutamente Poirot deu alguns passos, foi engolfado pela multidão que descia e foi novamente carregado para as profundezas. Ao pé da escada nem sinal da condessa. Restava a Poirot escolher se seguiria as luzes azuis, amarelas, ou de alguma outra cor.

Estaria a condessa usando a linha Bakerloo ou a Picadilly? Poirot procurou, sucessivamente, por todas as plataformas. Foi arrastado por multidões que entravam ou saíam dos vários trens, porém em lugar algum conseguiu vislumbrar a flamejante figura russa da condessa Vera Rossakoff.

Exausto, amassado, infinitamente deprimido, Hercule Poirot novamente subiu até o nível da rua e saiu para o burburinho de Picadilly Circus. Chegou em casa sentindo-se agradavelmente excitado.

É a desgraça dos homens pequenos e arrumados sonharem com mulheres enormes e espetaculares. Poirot jamais fora capaz de livrar-se do fatal fascínio que a condessa exercia sobre ele. Embora já se passassem cerca de vinte anos desde que a vira pela última vez, a mágica persistia. É bem verdade que sua maquilagem agora parecia o pôr do sol de um cenário barato, que escondia cuidadosamente a mulher existente por baixo dela, porém para Hercule Poirot ela ainda era um símbolo de atração e suntuosidade. O pequeno burguês ainda continua fascinado pela aristocrata. A lembrança da categoria com a qual ela roubava joias provocou sua velha admiração. Lembrou-se do magnífico *aplomb* com que ela havia admitido o fato quando ele a acusara. Uma mulher em mil — em um milhão! E, depois de encontrá-la novamente, ele a perdera!

— No inferno — ela havia dito. Não tinha dúvidas de que havia ouvido certo. Será que ela dissera isso mesmo?

Mas o quereria dizer com tais palavras? Teria ela falado do metrô londrino? Ou deveriam suas palavras ser tomadas em seu sentido religioso? Por certo, mesmo que seu modo de vida tornasse o inferno seu destino mais plausível após a morte, sua cortesia russa jamais sugeriria que Hercule Poirot devesse, necessariamente, seguir o mesmo caminho!

Não, ela devia ter querido dizer algo completamente diferente. Devia ter querido dizer — e a mente de Hercule Poirot ficava paralisada e atônita. Que mulher fascinante e imprevisível! Outra mulher, menos interessante, teria gritado "O Ritz" ou "O Claridge". Porém Vera Rossakoff havia gritado, pungente e impossivelmente, "O Inferno!"

Poirot suspirou. Porém não estava derrotado. Em sua perplexidade, ele optou pelo mais simples e direto curso de ação, na manhã seguinte. Perguntou à sua secretária, srta. Lemon.

A srta. Lemon era inacreditavelmente feia e incrivelmente eficiente. Para ela, Poirot não era ninguém em especial — apenas seu empregador. Servia-o de forma excelente. Seus pensamentos e sonhos secretos concentravam-se em um novo sistema de catalogação que lentamente estava aperfeiçoando nos recantos mais recônditos de sua mente.

— srta. Lemon, posso fazer-lhe uma pergunta?

— É claro, M. Poirot. — A srta. Lemon retirou os dedos da máquina de escrever e aguardou com atenção.

— Se uma amiga ou um amigo lhe pedisse que o encontrasse ou a fosse encontrar no inferno, o que faria?

258 Agatha Christie

Como de hábito, não houve pausa antes da resposta. Não havia, como se costuma dizer, pergunta para a qual ela não tivesse resposta.

— Creio que seria aconselhável reservar uma mesa — disse ela, Hercule Poirot encarou-a estupefato.

Pausadamente, perguntou: — A — senhorita — reservaria — uma — mesa?

A srta. Lemon puxou o telefone para perto de si.

— Para hoje à noite? — perguntou ela e, pressupondo uma resposta positiva já que ele não falou, discou eficientemente.

— Temple Bar 14578? É do *Inferno*? Quer fazer o favor de reservar uma mesa para dois. M. Hercule Poirot. Para as 11 horas.

Ela desligou e seus dedos pairaram sobre as teclas da máquina. Um olhar de ligeira — muito ligeira — impaciência podia ser notado em seu rosto. Ela já fizera o que devia, parecia dizer esse olhar; por certo seu empregador poderia agora deixá-la em paz para que continuasse a fazer seu trabalho.

Porém Hercule Poirot ainda desejava explicações.

— Mas, então, o que é esse Inferno? — perguntou ele.

A srta. Lemon ficou ligeiramente surpreendida.

— Ah, o senhor não sabia, M. Poirot? É uma boate — muito nova e, no momento, no auge da moda: parece que é de uma russa. Poderei providenciar facilmente para que se torne sócio; até logo mais.

Ao que, tendo desperdiçado (como tornava óbvio) quantidade suficiente de seu tempo, a srta. Lemon retomou sua eficiente fuzilaria datilográfica.

Às onze horas daquela noite Hercule Poirot passou por um portal acima do qual um cartaz luminoso discretamente exibia uma letra por vez. Um cavalheiro de casaca vermelha recebeu-o e tomou-lhe o chapéu.

Um gesto indicou-lhe uma larga escadaria de degraus rasos, que conduzia para baixo. Em cada degrau havia uma frase escrita.

Dizia a primeira: *Minhas intenções eram boas.*

A segunda: *Virar uma nova página e recomeçar da estaca zero.*

A terceira: *Paro no momento em que quiser.*

— De boas intenções o inferno está cheio — murmurou Hercule Poirot, com certa admiração. — *C'est bien imaginé, ça!*

Ele desceu a escada. Embaixo havia um tanque de água com lírios vermelhos. Atravessava-o uma ponte em forma de barco. Poirot cruzou-a.

À sua esquerda, numa gruta de mármore, estava sentado o cão mais feio e mais preto que Poirot jamais vira! Estava sentado muito quieto, muito ereto, muito deprimente. Talvez não fosse real (ou pelo menos essa era uma esperança!). Porém naquele exato momento o cão virou seu focinho feio e feroz e, das profundezas de seu corpo negro, emitiu um rosnado grave e prolongado. Era um som apavorante.

E então Poirot notou uma cestinha decorativa cheia de biscoitos para cachorro. Um rótulo dizia: *Um óbolo para Cérbero!*

Era neles que estavam fixos os olhos do cão. Novamente o reboante rosnado fez-se ouvir. Apressadamente, Poirot pegou um biscoito e atirou-o ao imenso mastim.

Uma goela cavernosa abriu-se; em seguida, as poderosas mandíbulas fecharam-se rapidamente. Cérbero havia aceitado seu óbolo! Poirot passou por um portal aberto.

A sala não era grande. Pontilhada de mesinhas, deixava um espaço para danças no meio. Era iluminada com pequenas lâmpadas vermelhas, havia afrescos nas paredes e, ao fundo, uma imensa grelha, na qual trabalhavam cozinheiros vestidos de diabos, com chifres e rabos.

Tudo isso Poirot notou antes que, com toda a impulsividade de sua natureza russa, a condessa Vera Rossakoff, resplendente em seu vestido de noite escarlate, se atirasse sobre ele com as duas mãos estendidas.

— Ah, então veio! Meu querido — meu amigo *muito* querido! Que alegria vê-lo novamente! Depois de tantos anos — tantos! — quantos? Não, não me diga quantos! Para mim, é como se fosse ontem. E você não mudou — não mudou absolutamente!

— Nem tampouco a minha *chère amie* — exclamou Poirot, inclinando-se sobre sua mão.

No entanto, ele tinha agora plena consciência de que vinte anos são vinte anos. A condessa Rossakoff podia, não sem falta de caridade, ser descrita como uma ruína. Mas, pelo menos, era uma ruína espetacular. A exuberância, o apaixonado prazer de viver ainda estavam presentes, e ela sabia, melhor do que ninguém, encantar um homem.

Levou Poirot consigo para uma mesa onde estavam sentadas outras duas pessoas.

— Meu amigo, o célebre M. Hercule Poirot, meu amigo — anunciou ela. — Sim, o terror dos malfeitores! Outrora eu mesma tive medo dele, porém hoje levo uma vida da mais extrema e virtuosa caceteação. Não é verdade?

O homem alto e magro, de meia-idade, a quem ela falava, disse: — Jamais de caceteação, condessa.

— O professor Liskeard — anunciou a condessa. — Ele, que sabe tudo a respeito do passado e que me deu sugestões preciosas para a decoração deste lugar.

O arqueólogo teve um estremecimento.

— Se eu tivesse sabido quais eram as suas intenções! — murmurou ele. — O resultado é tão assustador.

Poirot observou os afrescos mais de perto. Na parede à sua frente Orfeu e seu conjunto de jazz tocavam, enquanto Eurídice olhava, esperançosa, para a grelha. No lado oposto, Osíris e Ísis pareciam estar dando uma festa aquática no inferno egípcio. Na terceira, um bando de jovens de ambos os sexos nadavam, vestidos apenas com as próprias peles.

— A Terra dos Jovens — explicou a condessa e, de um mesmo fôlego, completou suas apresentações: — E esta é minha pequena Alice.

Poirot olhou para a segunda ocupante da mesa, uma mocinha de aspecto severo, com saia e casaco de xadrez. Usava óculos de tartaruga.

Os trabalhos de Hércules

— Ela é muito, muito inteligente — disse a condessa Rossakoff.

— É formada em psicologia e sabe todas as razões pelas quais os loucos são loucos! Não é, absolutamente, como possa pensar, porque são malucos! Não, há toda espécie de outras razões. Eu acho tudo muito esquisito.

A moça chamada Alice sorriu bondosamente, porém com certo desdém. E perguntou ao professor, com voz firme, se ele gostaria de dançar. Ele pareceu encantado, porém hesitante.

— Minha cara jovem, eu só sei dançar valsa!

— Isso *é* uma valsa! — explicou Alice, pacientemente.

Os dois levantaram-se e dançaram. Não dançavam bem.

A condessa Rossakoff suspirou. Seguindo uma linha de pensamento exclusivamente sua, comentou: — E, no entanto, ela não é tão feia assim.

— Ela não aproveita o material que tem — disse judiciosamente Poirot.

— Francamente — exclamou a condessa — não compreendo os jovens de hoje. Não procuram mais agradar — sempre, enquanto fui jovem, eu ficava tentando: que cores me iam bem... onde os vestidos deviam levar um pouco mais de forro... onde apertar um pouco mais a cintura... como dar aos cabelos um tom mais interessante...

Ela empurrou para trás as pesadas madeixas vermelhas — não havia dúvida de que ela, ao menos, ainda estava tentando! E muito!

— Ficar contente com o que a natureza nos deu é... é tão *estúpido!* E, além do mais, presunçoso! A pequena Alice, ela escreve páginas de palavras compridas sobre sexo, porém quantas vezes, eu me pergunto, algum homem sugere a ela que fossem passar o fim de semana em Brighton? É só usar palavras compridas, e trabalhar, e pensar no bem-estar do proletariado e no futuro do mundo. Muito meritório, sem dúvida, mas será que é *alegre?* E, olhe só, veja como estes jovens tornaram o mundo sem graça e incolor! Só se fala de regulamentos e proibições! Não era assim quando eu era jovem!

— O que me lembra, como vai seu filho, Madame? — Foi no último momento que se lembrou que não deveria dizer "filhinho", já que eram passados vinte anos.

O rosto da condessa iluminou-se de entusiasmo materno.

— Meu anjo querido! Tão grande, com ombros tão largos, tão bonito! Está na América. Ele, lá, constrói: pontes, bancos, hotéis, lojas, estradas de ferro, tudo o que os americanos querem!

Poirot ficou um pouco confuso.

— Então ele é engenheiro? Ou arquiteto?

— O que importa? — perguntou a condessa. — Ele é adorável! Vive enrolado em vigas de ferro, e máquinas, e coisas que se chamam resistência de metais. Enfim, todas as coisas eu jamais entendi. Mas nós nos adoramos — sempre nos adoramos! E, por ele, eu adoro a pequena Alice. Sim, sim, eles estão noivos. Eles se encontraram em um avião, ou um navio, ou um trem, e se apaixonaram enquanto falavam do bem-estar do proletariado. E quando ela vem a Londres, vem me ver e eu a recebo em meu coração. — A condessa cruzou os braços por sobre seu amplo colo. — E eu digo: "Você e Nicki se amam... e eu também amo vocês... mas se você o ama por que o deixa ficar na América?" E ela fica falando de seu "trabalho" e do livro que está escrevendo e de sua carreira, e, francamente, eu não entendo, porém sempre disse que acho que todos devem ser tolerantes. — E continuou, no mesmo fôlego: — E o que acha, *cher ami,* disto tudo que eu imaginei aqui?

— É muito bem imaginado — disse Poirot, olhando à sua volta com aprovação. — Muito *chic!*

O lugar estava repleto e havia nele aquele inconfundível ar de sucesso que é impossível falsificar. Havia casais lânguidos em trajes de noite, boêmios em calças de veludo, senhores rotundos de terno escuro. O conjunto musical, vestido de diabo, tocava música quente. Não havia dúvida, o *Inferno* tinha pegado.

— Temos de tudo por aqui — disse a condessa. — Não é assim que deve ser? As portas do inferno não estão abertas para todos?

— Com a possível exceção dos pobres? — sugeriu Poirot.

A condessa riu.

— Não dizem sempre que é difícil aos ricos entrar no reino dos céus? É natural que tenham prioridade para o inferno.

O professor e Alice estavam voltando à mesa. A condessa levantou-se.

— Devo falar com Aristide.

Ela trocou algumas palavras com o *maître,* um Mefistófeles magérrimo, depois foi passando de mesa em mesa, falando aos fregueses.

O professor, enxugando a testa e tomando um pequeno gole de vinho, comentou:

— Ela é uma personalidade notável, não é? Todo mundo o sente.

Pediu licença e foi conversar com alguém em outra mesa. Poirot, deixado a sós com a severa Alice, sentiu-se ligeiramente constrangido ao encontrar seus gélidos olhos azuis. Reconheceu que ela na verdade era bastante bonita, porém considerava-a nitidamente alarmante.

— Ainda não fui informado de seu último nome — murmurou ele.

Cunningham, dr.ª Alice Cunningham. Tenho a impressão de que conheceu Vera em outros tempos, não é?

— Creio que há vinte anos.

— Considero-a um caso muito interessante — disse a dr.ª Alice Cunningham. — Naturalmente interesso-me por ela como mãe do homem com quem vou casar-me, porém ela me interessa, igualmente, do ponto de vista profissional.

— Não diga.

— Sim. Estou escrevendo um livro sobre psicologia criminal. Considero a vida noturna deste local muito esclarecedora. Há vários tipos criminais que o frequentam regularmente. Tenho

264 Agatha Christie

discutido suas vidas com Vera e com alguns deles. É claro que o senhor conhece as tendências criminais de Vera; isto é, sabe que ela rouba?

— Sim... eu sei — disse Poirot, um tanto assustado.

— Pessoalmente, chamo a isso o complexo da gralha. Ela pega apenas, como sabe, coisas que brilham. Dinheiro, nunca. Só joias. Estou convencida de que, em criança, foi excessivamente agradada, bajulada e protegida. Sua natureza pedia algo de dramático: sonhava com *punição*. E é isso que reside no fundo de sua indulgência em questão de roubo. Quer ser importante, quer sentir a notoriedade de ser *punida!*

Poirot objetou: — Sua vida sem dúvida não pode ter sido nem protegida nem monótona, como membro do *ancien régime* durante a Revolução Russa!

Um olhar divertido apareceu nos olhos azuis da srta. Cunningham.

—Ah, membro do *ancien régime?* Já lhe contou isso, também?

— Ela é incontestavelmente uma aristocrata — disse teimosamente Poirot, reprimindo algumas lembranças perturbadoras a respeito da imensa variedade de versões sobre sua juventude, relatadas pela própria condessa.

— Acredita-se no que se quer acreditar — comentou a srta. Cunningham, lançando-lhe um olhar profissional.

Poirot ficou alarmado. Em pouco, sentiu ele, ela lhe estaria dizendo quais eram os *seus* complexos. Resolveu levar a batalha para o campo do inimigo. Ele gostava da companhia da condessa Rossakoff, em parte, por causa de suas origens aristocráticas, e recusava-se a perder esse prazer por causa de uma moçoila de óculos, olhos desbotados e um diploma em psicologia!

— Sabe o que vejo que me deixa perplexo? — disse ele.

Alice Cunningham não confessou, explicitamente, que *não* sabia. Contentou-se em lançar-lhe um olhar desdenhoso e aborrecido.

Poirot continuou: — Deixa-me perplexo o fato da senhorita — que é jovem e que poderia ser bonita se se desse a um pouco de trabalho — bem, deixa-me perplexo que *não* se dê a esse trabalho! Usa um casaco grosso e uma saia com bolsos enormes, como se fosse jogar golfe. Porém, aqui, não estamos num campo de golfe e sim num porão quente, e o seu nariz está afogueado e brilhante, porém a senhorita não o empoa, enquanto que seu batom foi posto sem atenção, sem realçar as curvas dos lábios! A senhorita é mulher, porém não presta atenção ao fato de ser mulher. E eu me pergunto *"Por quê?"* É uma pena!

Por uma fração de segundo ele teve a satisfação de ver Alice Cunningham ficar humana. Chegou até a perceber uma fagulha de ira em seus olhos. Porém, logo após, ela retomou sua atitude de desdém sorridente.

— Meu caro M. Poirot — disse ela —, tenho a impressão de que o senhor está muito distanciado da ideologia moderna. O que importa é o *fundamental;* não o supérfluo!

Ela levantou os olhos no momento em que um rapaz moreno e muito bonito se dirigiu a eles.

— Esse é um tipo muito interessante — murmurou ela. — Paul Varesco! Vive às custas de mulheres e tem desejos muito depravados! Quero muito saber mais a respeito de uma governanta que tomava conta dele quando ele tinha três anos.

Momentos mais tarde, estava dançando com o rapaz. Ele dançava divinamente. Quando deslizaram por perto de Poirot, este a ouviu dizer: — E depois do verão em Bognor ela lhe deu um guindaste de brinquedo? *Um guindaste* — muito sugestivo.

Por um momento Poirot permitiu-se brincar com a possibilidade de que os interesses criminais da srta. Cunningham a levassem, um dia, a ter seu corpo retalhado à faca descoberto em alguma floresta deserta. Não gostava de Alice Cunningham, mas pelo menos era suficientemente honesto para compreender que a principal razão de sua antipatia era o fato da moça tão obviamente não ficar impressionada com Hercule Poirot! Sua vaidade estava ferida!

E então viu alguma coisa que, momentaneamente, tirou-lhe Alice Cunningham da cabeça. Numa mesa do lado oposto da pista

266   Agatha Christie

de danças estava sentado um rapaz louro. Usava traje a rigor, seus cabelos brilhavam, seus bigodes sugeriam um membro dos Regimentos de Guardas, todo o seu comportamento transpirava vida mansa e lazer. À sua frente estava sentada uma moça obviamente cara. Ele a olhava de modo tolo e fátuo. Qualquer um que o visse, teria murmurado: *Um milionário inútil!* No entanto, Poirot sabia muito bem que o rapaz não era rico nem inútil. Era, na verdade, o detetive inspetor Charles Stevens e, a Poirot, pareceu muito provável que o detetive inspetor Stevens estivesse ali a serviço.

Na manhã seguinte Poirot fez uma visita a seu velho amigo inspetor chefe Japp, na Scotland Yard.

A reação de Japp às suas discretas indagações foi inesperada.

— Sua raposa velha! — disse Japp, afetuosamente. — O que eu não sei é como você consegue descobrir essas coisas!

— Porém eu lhe asseguro que não sei de nada... de nada, mesmo! Estou apenas curioso.

Japp declarou que Poirot poderia dizer isso a outro!

— Quer saber tudo a respeito desse *Inferno*? Bem, ostensivamente é apenas mais uma boate como qualquer outra. Pegou! Devem estar ganhando muito dinheiro, muito embora as despesas sejam altas. Há uma russa que, ostensivamente, é a dona, e que se chama de condessa não sei dos quantos...

— Eu conheço a condessa Rossakoff — disse Poirot, com frieza. — Somos velhos amigos.

— Porém ela é apenas uma testa de ferro — continuou Japp. — Não foi ela que entrou com o dinheiro. Pode ser que tenha sido o tal *maître*, Aristide Paaopolous — sei que ele tem interesse na casa —, porém não acreditamos que ele seja o dono, tampouco. Na realidade, não sabemos *quem* é o manda-chuva.

— E o inspetor Stevens está lá para descobrir?

— Ah, então viu Stevens, não é? Sujeito de sorte, pegar um trabalho desses, às custas dos contribuintes! E até agora não descobriu porcaria nenhuma!

Os trabalhos de Hércules

— E o que suspeitam que irão encontrar?

— Tóxicos. Tráfico de tóxicos em larga escala. E as drogas não estão sendo pagas em dinheiro, M. Poirot, e sim em pedras preciosas.

— Hã?

— É assim que a coisa funciona: Lady Fulana — ou a condessa Beltrana — acha difícil conseguir dinheiro vivo — além do que, não deseja tirar grandes somas de sua conta bancária. Porém tem joias — por vezes tradicionais joias de família! Estas são levadas a algum lugar para serem "limpas" ou "reformadas"; e lá as pedras são retiradas de seus engastes e substituídas por pedras falsas. E as verdadeiras, soltas, são vendidas na Europa. É uma tranquilidade... não houve assalto, ninguém está à procura delas. Digamos que, mais cedo ou mais tarde, alguém descobre que certa tiara ou certo colar são falsificações? Lady Fulana fica estarrecida: não pode imaginar *quando* nem *como* foi feita a substituição — o colar nunca saiu de suas mãos! E manda um bando de policiais suarentos e exaustos correr atrás de empregadas despedidas, mordomos suspeitos, ou faxineiros mal-encarados.

— Porém não somos tão idiotas quanto essas grã-finas pensam! Tivemos vários casos sucessivos — e *encontramos um fator comum:* todas as mulheres mostram indícios de drogas: nervosas, irritadiças, têm tremores, as pupilas dilatadas etc. A pergunta é: Onde, andaram arranjando as drogas e quem está operando o negócio?

— E a resposta, pensa, é esse tal *Inferno?*

— Acreditamos que seja a sede de toda a operação. Já descobrimos onde é feito o trabalho de joalheria: um lugar chamado Golconda Ltd. — bastante respeitável à primeira vista, vende imitações de alta classe. Há um vigarista que se chama Paul Varesco — ah, já vi que o conhece...

— Eu o vi no *Inferno.*

— É onde eu gostaria de vê-lo, porém no verdadeiro! Esse é dos piores; porém as mulheres — até mesmo mulheres honestas — caem por ele direitinho! Ele tem alguma ligação com a Golconda e estou quase certo de que é ele o homem que está por

268   Agatha Christie

trás do *Inferno*. É ideal para seu tipo de negócio — todo mundo vai lá, mulheres de sociedade, escroques conhecidos: é o local de encontro perfeito.

— Então acredita que a troca — joias por drogas — é feita lá?

— Sim. Nós conhecemos uma das pontas — a da Golconda — mas queremos a outra — a das drogas. Queremos saber quem está fornecendo as drogas e de onde estão vindo.

— E até agora não têm a menor ideia?

— *Penso* que é a tal russa — porém não temos provas. Há algumas semanas pensamos que estávamos a ponto de descobrir alguma coisa. Varesco foi à Golconda, pegou algumas pedras, e de lá foi direto para o *Inferno*. Stevens o observava, mas não conseguiu vê-lo efetivamente fazendo negócios. Quando Varesco saiu, nós o apanhamos — e *as pedras não estavam com ele*. Demos uma batida no clube, revistamos tudo! Nem pedras, nem tóxicos.

— Um fiasco, na verdade!

Japp parecia ter levado um soco. — A quem o diz! Podíamos nos ter metido numa grande encrenca, mas por sorte, no meio de todos, pegamos Peverel (sabe, aquele assassino de Battersea). Pura sorte; pensávamos que ele tinha ido para a Escócia. Um de nossos sargentos mais espertos reconheceu-o pela fotografia. Então tudo acabou bem — ainda recebemos um elogio: para o clube serviu de propaganda; desde então está cada vez mais cheio!

Poirot comentou: — Mas a questão dos tóxicos ficou na mesma. Haverá, possivelmente, algum esconderijo na casa?

— Deve haver. Porém não conseguimos encontrá-lo. Examinamos tudo com pente fino. E, cá entre nós, houve também uma outra busca, não oficial. Muito na moita — disse ele piscando. — Sabe como é, um pequeno arrombamento. Mas não tivemos sucesso; nosso homem "não oficial" quase morreu, estraçalhado por aquele raio daquele cachorrão! Ele dorme lá!

— Ah! Cérbero!

— É. Que nome besta para um cachorro. Nome de marca de sal.

— Cérbero — disse Poirot, pensativo.

Os trabalhos de Hércules

269

— Que tal você experimentar, Poirot? — sugeriu Japp. — É um bom probleminha, e compensador. Eu odeio todo tráfico de drogas, uma coisa que destrói corpos e almas. Isso é que é o verdadeiro inferno, para mim.

Poirot murmurou, meditativo: — Sim, completaria o ciclo... sim...Você sabe qual foi o décimo segundo Trabalho de Hércules?

— Não tenho a menor ideia.

— Capturar Cérbero. Muito apropriado, não acha?

— Não tenho a menor ideia do que você está falando, meu velho, mas sei que *Cachorro Come Homem* dá boas manchetes. — E Japp caiu na gargalhada.

— Desejo falar-lhe com a maior seriedade — disse Poirot.

Era cedo, o clube estava quase vazio. A condessa e Poirot estavam sentados em uma pequena mesa perto da porta.

— Mas não me sinto nada séria — protestou ela. — *La petite Alice* está sempre séria e, *entre nous,* acho-a um tanto cacete. Meu pobre Nicki, como é que ele vai se divertir?

—Tenho por si uma grande afeição — continuou Poirot.— E não quero vê-la naquilo que se chama uma encrenca.

— Mas que absurdo está dizendo? Eu estou com tudo o que quero! O dinheiro entra que é uma beleza!

— O clube lhe pertence?

Os olhos da condessa tornaram-se ligeiramente evasivos.

— É claro — respondeu ela.

— Porém tem um sócio?

— Quem lhe disse? — perguntou a condessa, agressiva.

— Seu sócio é Paul Varesco?

— Ora, Paul Varesco, que ideia!

— Ele tem... uma péssima ficha criminal. Sabe que muitos criminosos estão frequentando o clube?

A condessa começou a rir.

— Agora está falando o *bon bourgeois!* Claro que sei! Não percebe que essa é uma das atrações do lugar? Esses jovens de

Mayfair — cansam-se de se verem sempre uns aos outros nos mesmos lugares finos. Então eles vêm aqui e veem criminosos; um ladrão, um chantagista, um vigarista... até mesmo, talvez, um assassino: o homem que estará nas manchetes da pior imprensa em alguns dias! Para eles, é excitante — acham que estão vendo a vida! E acontece o mesmo com o cavalheiro que passa a semana inteira vendendo calcinhas, meias ou cintas! Que mudança, de seus amigos respeitáveis e de sua vida respeitável! E, além disso, ainda há uma emoção maior: lá, numa mesa, há um inspetor da Scotland Yard — um inspetor de casaca!

— Então, sabia disso?

Seus olhos encontraram os dele e ela sorriu.

— *Mon cher ami,* não sou tão simplória quanto pensam!

— E também vendem drogas, aqui?

— *Ah, ça non!* A condessa falou rispidamente. — Isso seria uma abominação.

Poirot olhou-a por um momento, depois suspirou.

— Estou disposto a acreditar no que diz — disse ele. — Porém, nesse caso, é ainda mais necessário que me diga quem é o verdadeiro dono desta casa.

A dona sou eu — explodiu ela.

— No papel, sim. Porém há uma outra pessoa por trás disto.

— Sabe, *mon ami,* que o acho curioso demais? Ele é muito curioso, não é, Dou-dou?

Sua voz transformou-se em carícia quando disse essas últimas palavras e ela atirou um osso de pato de seu prato na direção do cão, que o abocanhou ferozmente.

— Do que foi que chamou aquele animal? — perguntou Poirot, divertido.

— *C'est mon petit Dou-dou.*

— Mas é um nome ridículo.

— Mas ele é adorável! É um cão policial! Sabe fazer tudo — qualquer coisa: Espere!

Ela levantou-se, olhou em volta e, repentinamente, agarrou um prato com um suculento filé que acabara de ser colocado diante de um freguês, em uma mesa perto. Ela foi até o nicho de mármore e colocou o prato em frente ao cachorro, dizendo-lhe, ao mesmo tempo, algumas palavras em russo.

Cérbero ficou olhando para a frente. O imenso filé podia não estar ali de todo.

—Viu? E não é apenas uma questão de *minutos!* Ele é capaz de ficar *horas* assim, se for necessário.

Depois ela murmurou uma palavra e, como um raio, Cérbero curvou seu longo pescoço e o filé desapareceu como num passe de mágica.

Vera Rossakoff atirou os braços em torno do pescoço do cachorro e abraçou-o apaixonadamente, ficando na ponta dos pés para fazê-lo.

— Vê como ele é delicado? — gritou ela. — Comigo, com Alice, com seus amigos — todos podemos fazer o que quisermos! Porém basta dizer uma única palavra e presto! Eu garanto que ele despedaçaria — por exemplo — um inspetor da polícia. Sim — em pedacinhos!

E ela começou a rir.

— Bastaria eu dizer uma palavra...

Poirot interrompeu rapidamente. Ele havia calculado mal o senso de humor da condessa. O inspetor Stevens poderia estar correndo real perigo.

— O professor Liskeard deseja falar-lhe.

O professor estava praticamente ao lado dela.

—Tirou o meu filé! — queixou-se ele. — Por que o tirou? Estava ótimo!

— Quinta-feira à noite, velho — disse Japp. — É nesse dia que o balão sobe. A criança é de Andrew, naturalmente — Departamento de Narcóticos — porém ele ficará encantado com a sua colaboração. Não, obrigado, não quero beber nenhum desses seus *sirops;* isso é perfumaria. Tenho de cuidar do meu estômago. Aquilo ali é uísque? Disso é que eu gosto.

Pousando seu copo, continuou:

— Resolvemos o problema, não foi? Há uma outra saída do clube... e *nós já a encontramos!*

— Onde?

— Atrás da grelha. Parte gira e abre.

— Mas sem dúvida ficaria visível...

— Não, meu velho. Quando a batida começou, as luzes se apagaram — a chave geral foi desligada — e levamos um minuto ou dois para tornar a ligá-la. Ninguém saiu pela frente, que estava sendo vigiada, porém é óbvio que alguém escapuliu secretamente com a muamba. Examinamos a casa atrás do clube — foi assim que descobrimos o truque.

— E estão se propondo a fazer... o quê?

Japp deu uma piscadela. — É só correr tudo direitinho: a polícia aparece, as luzes se apagam — e *alguém estará esperando do outro lado da porta para ver quem sai.* Desta vez os pegamos!

— E por que quinta-feira?

Nova piscadela. — Já estamos com a Golconda sob controle. Vai sair um carregamento de lá na quinta-feira. As esmeraldas de Lady Carrington.

— Mas permite — disse Poirot — que eu também faça uma ou duas preparações?

Sentado em sua mesa habitual na noite de quinta-feira, Poirot, perto da entrada, observava o ambiente. O *Inferno* estava à toda!

A condessa estava ainda mais espetacular do que de costume, se possível. Estava sendo muito russa naquela noite, batendo palmas e rindo alto. Paul Varesco havia chegado. Às vezes ele usava roupa a rigor impecável, outras, como nesse dia, preferia aparecer com uma espécie de roupa de apache, com um casaco abotoado, muito justo, e um lenço no pescoço. Parecia malévolo e atraente, a um tempo. Deixando uma senhora corpulenta coberta de diamantes, ele se curvou sobre Alice Cunningham, que estava em uma das mesas, escrevendo furiosamente num caderninho, e tirou-a para dançar. A senhora gorda lançou um olhar furioso a Alice e outro, de adoração, a Varesco.

Não havia adoração nos olhos da srta. Cunningham. Eles brilhavam de puro interesse científico e Poirot captou trechos de sua conversa quando passavam por ele, dançando. Ela já havia superado a governanta e, agora, tentava obter informações a respeito da administradora do colégio que Paul frequentara.

Quando a música parou, ela sentou-se perto de Poirot, parecendo feliz e excitada.

— Muito interessante — disse ela. — Varesco será um dos casos mais importantes de meu livro. O simbolismo é perfeito. Veja como ele gosta de usar colete, por exemplo. Ele o usa no lugar de uma camisa de penitência. Basta pensar nesses termos que tudo fica explicado. É um tipo nitidamente criminoso, porém passível de cura...

— Ser capaz de reformar um mau caráter — disse Poirot — tem sido sempre uma das maiores ilusões das mulheres!

Alice Cunningham olhou-o friamente.

— Não há nada de *pessoal* neste relacionamento, M. Poirot.

— Nem nunca há — disse Poirot. — É sempre uma questão do mais desinteressado altruísmo; porém o objeto da campanha é sempre um membro atraente do sexo oposto. A senhorita se interessaria, por exemplo, em saber onde *eu* estudei, ou que atitude a administradora do colégio teve para *comigo?*

— O senhor não é um criminoso — respondeu a srta. Cunningham.

— A senhora reconhece tipos criminosos quando os vê?

— Claro que sim.

O professor Liskeard reuniu-se a eles e sentou-se perto de Poirot.

— Estão falando de criminosos? Deveriam estudar o código de Hamurábi, escrito em 1.800 a.C. Muito interessante. *O homem apanhado roubando durante um incêndio será jogado no fogo.*

274   Agatha Christie

E ele ficou olhando, com óbvio encanto, para a grelha elétrica.

— E há leis sumérias, ainda mais antigas. *Se uma esposa odiar seu marido e disser a ele "Tu não és meu marido", ela será atirada no rio.* Muito mais fácil e barato do que um tribunal de divórcios. Porém se o marido disser a mesma coisa à esposa ele só terá de pagar a ela uma certa quantia em prata. A *ele* ninguém atira no rio.

— É sempre a mesma coisa — disse Alice Cunningham. — Uma lei para o homem e outra para a mulher.

— As mulheres, é claro, apreciam mais os valores monetários — disse o professor pensativamente. — Sabe — acrescentou —, eu gosto deste lugar. Venho aqui quase toda noite. Não tenho de pagar. A condessa providenciou o assunto — muita bondade dela — em consideração às minhas contribuições para a decoração, segundo diz. Não que elas tenham, realmente, qualquer coisa a ver comigo... eu não tinha a menor ideia da razão pela qual ela me fazia todas aquelas perguntas — e, naturalmente, ela e o artista conseguiram fazer tudo absolutamente errado. Eu espero que ninguém jamais venha a saber que eu possa ter a mais remota ligação com essas monstruosidades. Porém ela é uma mulher maravilhosa — sempre a julguei como parte da Babilônia. As mulheres, lá, eram ótimas negociantes, sabem...

As palavras do professor foram afogadas em um coro repentino. A palavra "Polícia" foi ouvida... mulheres levantaram-se, o lugar era uma babel. As luzes apagaram-se, bem como a grelha elétrica.

Enquanto tudo se transformava num caos, a voz do professor continuava a recitar vários trechos do código de Hamurábi.

Quando as luzes se acenderam novamente, Hercule Poirot já tinha subido metade da escada. Os policiais que estavam na porta lhe fizeram continência enquanto ele passava em direção à rua para, depois, caminhar até a esquina. Logo do outro lado, ao virar a esquina, bem encostado à parede, estava um homem pequeno e odorífero, com o nariz vermelho. Sua voz era um sussurro aflito e rouco.

— Tou aqui patrão. Tá na hora da minha vez?

Os trabalhos de Hércules   275

— Está. Pode ir.

— Mas tem tira pra burro, lá.

— Pode ficar tranquilo. Eles sabem que você vai.

— E não vão se meter?

— Eles não vão se meter com você. Tem certeza de que é capaz de fazer o que deve? O animal em questão é muito grande e muito feroz.

— Comigo, não — disse o homenzinho, com confiança. — Não com o que eu tenho aqui! Qualquer cachorro vai comigo até pro inferno!

— Porém neste caso — murmurou Poirot — ele tem de *sair* com você do *Inferno!*

De madrugada o telefone tocou. Poirot atendeu.

A voz de Japp disse: — Você pediu para eu telefonar.

— Sem dúvida. E então?

— Drogas, não... pegamos as esmeraldas.

— Onde?

— No bolso do professor Liskeard.

— Do professor Liskeard?

— Surpreendido, não é? Para falar a verdade, eu não sei o que pensar. Ele parecia surpreendido como um bebê, ficou olhando para as pedras e dizendo que não tinha a menor ideia de como elas haviam ido parar em seu bolso. O pior, raios, é que eu acreditei nele! Varesco poderia, com toda a facilidade, tê-las posto em seu bolso, no escuro. Não vejo um velho como Liskeard envolvido em coisas como essa. Ele é membro de um bando de sociedades científicas com nomes dificílimos! Ele tem ligações até com o Museu Britânico! Só gasta dinheiro em livros e, assim mesmo, livros velhos, de segunda mão. Não, ele não combina. Estou começando a achar que estamos completamente enganados, desde o começo — que jamais houve drogas naquele clube.

— Houve sim, meu amigo. E havia, esta noite. Diga-me, não viu ninguém sair pela passagem secreta?

—Vi; o príncipe de Scandenberg e seu ajudante de ordens — que só chegou à Inglaterra ontem.Vitamian Evans, que é ministro (é de matar ser ministro trabalhista, é preciso tomar um cuidado louco. Ninguém se importa de ver um conservador gastando o dinheiro e se divertindo, porque os contribuintes logo pensam que o dinheiro é dele mesmo! — mas, quando o sujeito é trabalhista, acham logo que é o dinheiro *deles* que ele está gastando! E, de certa forma, é mesmo); Lady Beatrice Viner foi a última — ela vai se casar depois de amanhã com aquele jovem Duque de Leominster, que é cheio de preconceitos. Não creio que nenhum desses estivesse envolvido na trama.

— E está absolutamente certo. No entanto, *havia* drogas no clube e alguém as tirou de lá.

— Quem?

— Eu, *mon ami* — disse suavemente Poirot.

Ele desligou, interrompendo as explosões de Japp, quando uma campainha tocou. Foi abrir a porta de entrada. A condessa Rossakoff entrou triunfante, como sempre.

— Se, infelizmente, nós não fôssemos velhos demais, como tudo isto seria comprometedor! — exclamou ela. — Como vê, aqui estou eu, exatamente como me mandou dizer em seu bilhete. Creio que há um policial atrás de mim, porém ele pode ficar lá fora. E agora, meu amigo. o que é?

Poirot, galantemente, aliviou-a de suas peles de raposa.

— Por que botou as esmeraldas no bolso do professor Liskeard? — perguntou ele. — Ce *n'est pas gentille*, ce *que vous avez fait là!*

Os olhos da condessa arregalaram-se.

— Mas naturalmente era no *seu* bolso que eu queria colocá-las.

— Ah, no *meu* bolso?

— É claro. Fui correndo para a mesa onde costuma sentar-se... mas as luzes se apagaram e, inadvertidamente, é claro, coloquei-as no bolso do professor.

— E por que razão haveria de querer botar esmeraldas roubadas no *meu* bolso?

Os trabalhos de Hércules

277

— Bem, pareceu-me... eu tive de pensar muito rápido, sabe...
que seria o melhor a fazer.

— Realmente, Vera, você é *impayable!*

— Porém, meu caro amigo, *pense!* A polícia chega, as luzes se
apagam (que é nosso acordo particular com os fregueses que não
podem ser embaraçados) e *uma mão tira minha bolsa da mesa.* Eu a
agarrei de volta, porém senti, através do veludo, que havia alguma
coisa dentro. Enfio a mão e, pelo tato, sei que estou tocando em
joias, e compreendo imediatamente quem as botou lá.

— Ah, é?

— É claro! Foi aquele *salaud!* Aquele réptil, aquele monstro,
aquele rato de duas caras, aquele traidor, aquele verme filho de
uma porca, Paul Varesco.

— O homem que é seu sócio no *Inferno?*

— É; é ele que é dono de tudo, que entrou com o dinheiro.
Até hoje não o traí — eu sei ser leal, eu! Porém agora, que
ele me traiu, que ele está tentando me embrulhar com a polícia... Ah!, sim, agora eu cuspo o nome dele — sim, eu cuspo
o nome dele!

— Acalme-se — disse Poirot — e venha comigo até o quarto
ao lado.

Ele abriu a porta. Era um cômodo pequeno que parecia, no
momento, totalmente entupido de CACHORRO. Cérbero parecia
exagerado até mesmo no amplo espaço do *Inferno.* Porém, na sala
de jantar mínima do apartamento de Poirot, todo o espaço parecia
absolutamente ocupado por ele. Porém estava lá, igualmente, um
homenzinho odorífero.

— Aqui estamos, como o senhor mandou, patrão — disse o
homenzinho com sua voz rouquenha.

— Dou-dou! — gritou a condessa. — Meu querido Dou-dou!

Cérbero bateu com o rabo no chão, porém não se moveu.

— Permita-me que lhe apresente o sr. William Higgs — gritou Poirot, para ser ouvido apesar das batidas do rabo de Cérbero
no chão. — Um mestre de seu ofício. Durante a confusão desta

noite — continuou Poirot — o sr. Higgs convenceu Cérbero a segui-lo para fora do *Inferno*.

— O *senhor* convenceu-o? — A condessa olhou, incrédula, para aquela figurinha de rato. — Mas *como? Como?*

O sr. Higgs baixou os olhos, encabulado.

— Não é coisa que se diga na frente de uma dama. Mas tem coisas que cachorro nenhum resiste. Qualquer cachorro me segue para onde eu quiser. É claro que, com cadela, já não é a mesma coisa. Não, aí é diferente.

A condessa Rossakoff virou-se para Poirot.

— Mas por quê? *Por quê?*

Poirot disse, lentamente: — Um cachorro, devidamente treinado, carrega um objeto em sua boca até que tenha ordens de largá-lo. É capaz de carregá-lo durante horas. Quer fazer o favor, agora, de dizer ao cão que deixe cair o que está carregando?

Vera Rossakoff olhou-o fixamente, depois voltou-se e emitiu duas palavras rápidas.

As imensas mandíbulas de Cérbero abriram-se. E, aí, houve um momento de verdadeiro pânico. *A língua de Cérbero caiu de sua boca!*

Poirot deu um passo à frente e pegou um pequeno pacote embrulhado numa esponja rosa. Desembrulhou-o. Dentro havia um pacote de pó branco.

— O que é isso? — perguntou a condessa, com voz cortante.

Baixinho, Poirot disse: — *Cocaína.* Parece uma quantidade tão pequena — mas vale alguns milhares de libras para aqueles que estão dispostos a pagar por ela. É o suficiente para levar a miséria e a ruína a várias centenas de pessoas.

Ela susteve a respiração, depois gritou:

— E você pensa que *eu*… mas não é verdade! Eu juro que não é! No passado eu me diverti com minhas joias, meus *bibelots*, minhas brincadeirinhas — tudo ajuda a viver, sabe? O que eu pensava era: Por que uma pessoa há de ter uma coisa e a outra não?

— É isso que eu acho, a respeito de cachorros — comentou o sr. Higgs.

Os trabalhos de Hércules 279

— Você não tem critério de julgamento entre o certo e o errado — disse Poirot, com tristeza.

Ela continuou: — Mas *drogas... drogas, não!* Elas causam sofrimento, miséria, degeneração! Eu não tinha ideia... não tinha a menor ideia... que meu *Inferno,* tão encantador, tão inocente, tão agradável... estivesse sendo usado para isso!

— Eu concordo com a senhora nessa coisa de drogas — disse Sr. Higgs. — Drogar os cachorros que correm é sujeita! Nunca fiz uma coisa dessas, nem jamais hei de fazer!

— Mas diga que me acredita, meu amigo — implorou a condessa.

— É claro que acredito! Não gastei meu tempo para me incomodar o suficiente para condenar o verdadeiro organizador da quadrilha de drogas? Não executei eu o décimo segundo Trabalho de Hércules e tirei Cérbero do Inferno para provar meu caso? Pois deixe que eu lhe diga, não gosto de ver meus amigos usados — é exatamente essa a palavra, *usados* — já que era *você* que eles pretendiam que pagasse o pato, se as coisas corressem mal! Era na *sua* bolsa que as esmeraldas teriam sido encontradas e, se alguém fosse suficientemente esperto (como eu fui) para desconfiar do esconderijo na boca do cachorro — *en bien,* era o *seu* cachorro, não era? Mesmo que ele tenha aceitado *la petite Alice* ao ponto de aceitar ordens dela, também! Sim, é melhor que abra os olhos! Desde o primeiro dia que não gostei daquela moça com seu jargão científico, seu casaco, sua saia com bolsos grandes. Sim, *bolsos.* Não é natural que mulher alguma seja indiferente à sua aparência até esse ponto! E o que é que ela me dizia? Que o que conta é o fundamental! Ah! O fundamental eram *os bolsos.* Bolsos nos quais ela podia carregar drogas e levar embora joias — numa troca facilmente realizada enquanto ela dançava com seu cúmplice, que ela pretendia encarar como um caso psicológico. Ah, mas que disfarce! Ninguém suspeita de uma jovem psicóloga, científica e séria, que tem um diploma e usa óculos. Ela pode contrabandear as drogas, tornar viciadas suas pacientes ricas, entrar com o dinheiro para o

280   Agatha Christie

clube e providenciar que ele seja dirigido por alguém com, digamos, uma pequena fraqueza em seu passado! Porém ela despreza Hercule Poirot, pensa que pode enganá-lo com suas asneiras de governantes e coletes! *Eh bien!* Eu estou pronto para ela. As luzes se apagam. Rapidamente eu me levanto da mesa e fico perto de Cérbero. No escuro ouço-a aproximar-se. Ela abre sua boca e empurra o pacote para dentro e eu — muito delicadamente, sem que ela o sinta — corto um pedacinho de sua manga.

Dramaticamente ele apresenta um pedacinho de fazenda.

— Observem... o xadrez de *tweed...* que eu darei ao inspetor Japp para que ele o encaixe onde estava... e a prenda... e diga uma vez mais o quanto são brilhantes os homens da Scotland Yard.

A condessa Rossakoff ficou olhando para ele, estupefata. E, repentinamente, soltou um grito como uma sirene de navio.

— Mas meu Nicki... meu Nicki. Vai ser horrível para ele... — Ela faz uma pausa. — Acha que não?

— Há muitas outras moças na América — disse Hercule Poirot.

— E, se não fosse você, sua mãe estaria na cadeia — *na cadeia* — com os cabelos cortados... sentada em uma cela... e fedendo a desinfetante! Ah, mas você é maravilhoso — *maravilhoso!*

Atirando-se para a frente, ela prendeu Poirot em seus braços e abraçou-o com fervor eslavo. O sr. Higgs ficou apreciando. O cão, Cérbero, bateu alegremente o rabo no chão.

No meio dessa cena de congraçamento e alegria, tocou a campainha.

— Japp! — exclamou Poirot, libertando-se dos braços da condessa.

— Seria melhor, talvez, que eu passasse para o outro quarto — disse a condessa.

Ela desapareceu pela porta de comunicação. Poirot dirigiu-se à porta que dava para o *hall.*

— Patrão — grunhiu o sr. Higgs, preocupado —, é melhor dar uma olhada no espelho, não acha?

Os trabalhos de Hércules   281

Poirot olhou e levou um susto. Batom e máscara ornamenta-vam-lhe o rosto em fantástica confusão.

— Se é o sr. Japp da Scotland Yard, ele ia pensar o pior... sem dúvida — comentou o sr. Higgs.

Enquanto Poirot tentava, febrilmente, para remover tons vermelhos de seus bigodes, o sr. Higgs acrescentou, quando a campainha tornou a tocar:

— O que é que o patrão quer que *eu* faça? Me mande, tam-bém? E esse cão dos demônios?

— Se bem me lembro — disse Hercule Poirot — Cérbero voltou para o Inferno.

— É como o senhor quiser — disse o sr. Higgs. — Para falar a verdade, até que eu estava gostando dele... Mas, deixa pra lá. Não é do tipo que eu gosto... não dá pra ficar com ele... todos iam reparar, sabe como é? E imagine só o que ia custar em carne de boi e de cavalo! Come mais do que um leão, esse bicho!

— Do Leão da Nemeia a Cérbero — murmurou Poirot. — A tarefa está completa.

Uma semana mais tarde a srta. Lemon apresentou uma conta a seu patrão.

— Desculpe, M. Poirot. Isto aqui está certo? "Leonora, florista. Onze libras, oito xelins e seis pence. Rosas Vermelhas. Mandadas à condessa Vera Rossakoff, *Inferno*, 13, End. St., W1."

Tão vermelhas quanto as rosas ficaram as faces de Hercule Poirot. Ele corou até a raiz dos cabelos.

— Perfeitamente certo, srta. Lemon. Um pequeno... hm... tributo... por uma ocasião especial. O filho da condessa acaba de ficar noivo, na América... da filha de seu patrão, um magnata do aço. As rosas vermelhas... se bem me lembro... são suas flores favoritas.

— Está bem — disse a srta. Lemon. — Mas nesta época do ano estão muito caras.

Hercule Poirot esticou-se ao máximo possível.

— Há certos momentos — disse ele — em que não se faz economia.

Cantarolando uma melodia, ele saiu pela porta. Seu passo era quase saltitante. A srta. Lemon quedou-se a observá-lo. Seu sistema de arquivo e catalogação ficou esquecido. Seus instintos femininos despertaram.

— Ora essa — murmurou ela. — Será... Ora... na idade dele... não pode!

SOBRE A AUTORA

Agatha Christie nasceu em Torquay, cidade da Inglaterra, em 1890, e tornou-se a romancista mais vendida de todos os tempos. Escreveu oitenta romances e coletâneas de contos, além de mais de uma dúzia de peças, incluindo *A ratoeira*, peça que ficou mais tempo em cartaz na história teatral. Agatha também escreveu sua autobiografia, publicada no Brasil em 1977. Embora seu nome seja sinônimo de ficção policial, a extensão dos temas em seus romances é extraordinária, e Agatha realmente merece um lugar de destaque como uma das mais queridas escritoras de todos os tempos.

Seu sucesso permanente, ampliado pelas inúmeras adaptações para o cinema e para a tevê, é um tributo ao eterno fascínio de seus personagens e à absoluta engenhosidade de suas tramas.

Agatha Christie morreu em 1976, aos 85 anos, de causas naturais.

Surpreso com o desfecho desse mistério?

Não deixe de conferir outros desafios que
a Rainha do Crime preparou para seus detetives:

A maldição do espelho
A mansão Hollow
Assassinato no Expresso do Oriente
Casa do Penhasco
Cem gramas de centeio
Convite para um homicídio
Hora zero
M ou N?
Morte na Mesopotâmia
Morte no Nilo
Nêmesis
O mistério dos sete relógios
O Natal de Poirot
Os crimes ABC
Os elefantes não esquecem
Treze à mesa
Um corpo na biblioteca

Este livro foi impresso na China, em 2020, para
a HarperCollins Brasil.
A fonte usada no miolo é Bembo, corpo 11/14.